KB266080

오늘의 시민서당 13

小說作法 II

핼리 버넷／휘트 버넷

청 하
1984

FICTION WRITER'S HANDBOOK

HALLIE & WHIT BURNETT

이 책은 질좋은 잡지를, 계속 살아있고 좋은 상태로 유지하는 데 어려움이 많았던 시절에 우리의—— 휘트와 나와 《스토리》지의——연합된 동료 관계를 삼십 년간 지탱하도록 우정과 충성과 성원을 보내준 각 개인에게 바친다. 거기에는 또한 훌륭하고 기억할 만하게 보상을 받아야 할 우리가 찬미한 발행되는 작가들과 보다 새로운 벗들로서 이 책이 나오도록 도움을 준 분들이 있다.

노만 메일러	엘리노어 길크리스트
귀도 다고스티노	캐스 캔휠드
메어리 오하라	에마니에 및 토비 펄럽스
터언리 워커	해피 및 리차드 와벤
윌리엄 사로얀	윌리엄 페덴
어스킨 콜드웰	줄리 및 월터 랭삼
트루먼 카포트	알렉산더 클라아크
J. D. 샐린저	모어리 캘러간
제씨 스튜어트	M. R. 로빈슨
에디 코헨	루이스 베이츠
켄 맥코믹	해리 한센
릴레이 휴지즈	아니타 버어크
프랜시스 스테로프	조셉 버가라
윌리엄 쉬어러	로다 드레이푸스
매튜 허트너	존 수트게이트 버넷
알란 시거	랠프 D. 가드너
휘트니 앤 비크만 버넷	

그 충성과 우정을 잊지 못할 기타 벗들이 있다.

버어나딘 및 해리 쉐르만	카슨 맥클러스
존 군터	고르함 먼슨
엘리자베드 수트게이트	존 페디

플로베르는 문학적 원리에 대한 논문을 발행
한 적이 결코 없다. 그는 자신이 생각하기에 그
원리가 있어야 할 곳——즉, 소설——에서 그것
을 구현하였다. 이것이 바로 그의 원리 중 하나
였다.

「모파상과 플로베르」에서
——프랜시스 스티그뮬러

모든 책은 의도적으로 쓰여졌다고 나는 확신
한다.

——마아쉐트 슈트

소설작법·차례

소설작법·차례

머리글

　1973년 부활절에 휘트가 사망하기 전 수년 동안 그와 나는 단편 소설에 대한 책을 함께 써 보기로 계획하였었다. 그러나 우리는 근 삼십여 년 간 《스토리》지를 유지해 나가고자 진력하며, 다른 주제에 대한 책을 각기 혹은 함께 쓰거나 편집하는 일, 강의와 강연 및 타 출판사의 편집 등 여러가지 이유로 그 일에 손을 대지 못했다.

　이제 나는 스토리 문고를 한때 발행한 바 있는 휘트의 오래된 벗 캐스 캔휠드와 호의적이고 통찰력있는 편집인 조셉 버가라의 격려를 받아, 휘트가 지금까지 살아있더라면 느꼈을 소설 저작에 대한 기교와 기예를 담은 책을 펴내는 바이다. 우리는 삼십 년간 함께 일하고 함께 편집하였으며, 비록 함께 저술하지 않은 경우라 해도 서로의 작품을 편집하였고 직업적이건 사적이건 간에 생활과 이익을 함께 나누었었다. 그같은 협조와 이해가 없었다면 이러한 책을 쓰기가 불가능했을 것이다.

　휘트는 그의 독특한 유우머 소인이 찍혀 있어 흥미있는 기록 일부를 남겨놓았다. 이들 중 대부분은 수년에 걸쳐 행하여진 그의 강연에서 비롯된 것이다. 그는 즉석에서 아주 재미나게 말할 수 있었다. 그러나 그의 유우머란 사전에 주의 깊이 계획된 종류의 것이 아니었기 때문에 이 기록들은 세부점 보다는 그것이 불러일으키는 것으로 인해 더 유익하였다. 그중에는 또한 단편소설을 저술하는 법에 대해 논한 페이지도 얼마간 있는데 그 중 많은 부분이 이 책에 수록되어 있다.

　이밖에 혹자는 분명 휘트가 말하고 싶은 방법대로 하고 싶은 이야기를 말하는 저자의 권한을 평생 동안 옹호한 것에 대해 말

할 것이다. 그리고 그가 주장한 바처럼 이것이 없었더라면 좋은
저술이 결코 나올 수 없었을 그의 인내심과 원칙에 대한 소신,
재능에 대한 배려, 자기 자신이나 다른 사람이 발견한 새로운 재
능에 대한 쇠할 줄 모르는 기쁨 등에 대하여도 또한 그러할 것이
다. 누군가 그를 가리켜 「프로 작가 중의 프로」라고 말한 적이
있는데 그 어느 것도 이 표현만큼 그를 기쁘게 하지는 못했을 것
이다.

H. B.

서   문

노만 메일러

　지금도 그런지는 몰라도 내가 하바드에 다니던 시절에는 (1939
—1943) 저술을 위한 훌륭한 교육과정이 마련되어 있었다. 사실
상 그것은 한 강좌가 아니라 여섯이었다. 영어 A는 영어과 대학
입학부에서 썩 좋은 점수를 얻지 못한 신입생들이라면 의무적으
로 들어야 했으며, 그 뒤를 이어 영어 A—1, 영어 A—2에서
영어 A—5에 이르기까지 다섯 개의 선택과목이 있었다. 영어
A—5는 소수의 인재들에게도 눈이 빙빙 돌 정도의 수준으로서
그들을 지도한 교수는 플리처 상을 수상한 시인 로버트 힐리에르
에 상당하는 분들이었다. 나는 4학년 때 영어 A—5를 들었는
데, 실제로 나는 하바드 역사상 저술 강좌를 하나만 빼고(A—4
는 듣지 못했다) 다 수강한 소수의 학생 중 하나이며, 작문과 단
편에 대한 기교 면에서 6등급의 효력을 증명하는 소수의 살아있
는 증명서 중 하나임이 분명했다. 나는 다소 관대한 마음을 지녔
는지는 몰라도 좋은 영어 문장에 대하여는 초보(즉 장력 강도를
보여주는 천부적 능력——그에 대해서라면 말도 꺼내지 말라！)
도 모르는 브루클린 풋나기로서 대학에 입학했다가 4년 후에는
절반 정도 영향을 받고 매우 불완전한 하바드인으로서 20세도 되
기 전에 인생의 열정을 발견하는 행운을 지니고 졸업하였다. 나
는 작가가 되고자 했다. 그리고 이 열정은 다행히도 1학년 시절
기초 작문을 다루는 필수과목을 수강할 때 생겼다. 내게 가해진
압박감으로 본다면 그 정도는 당연하다 할 것이다.
　1939년 하바드에서 영어 A는 학생들에게 웬만큼 잘 쓰는 법——
다음 3년이 넘도록 확실하게 사용할 수 있었던 능력을 가르치는
데 역점을 두었다. 그 과정의 처음 과제는 현명한 것으로서 저술

이란 우리가 하는 말의 연장임을 깨닫게 하는 것이었다. 그리하여 우리는 우리가 말할 수 있는 것을 쉽게 써 보라는 교훈을 받았는데 이것은 초보자에게 좋은 규칙이었다. 그것은 조만간 몸에 배게 되고 당연하게 여겨지므로 마침내는 거기서 이탈하게 된다. 가장 훌륭한 저술은 분명 우리가 말할 때는 감히 구사할 수 없는 정밀성에서 나온다. 하지만 그러한 저술은 여전히 말의 가락을 지니고 있다. 요컨대 그것은 여러분이 노력하면 얻을 수 있는 것으로서 활력을 주는 문제이다.

그러나 하바드는 우리를 어떻게 착수시킬 것인가를 알고 있었으며, 그곳엔 영어 A를 가르치는 훌륭한 분들이 있었다. 특히 테오도르 모리슨, 마크 쇼러, 앨버트 게라드, 로버트 고르함 데비스 및 머레이 켐프톤 등의 교수들은 우리에게 A—1에서 A—5에 이르는 선택과목의 사다리를 오르게 하였다. 4년간 그런 과정을 밟은 후에 학생들은 개선되지 않는 재능의 부족한 면을 마땅히 확정적으로 보충했어야 할 것이었다. 나는 개선되었는데 그 4년 동안 문장 구성에 대하여 좀 배웠고 이야기 속도에 대하여 더 많은 것을 배웠다. 그러는 중에 나는 젊은 작가가 자기 작품에 대한 타인의 모순적 반응을 지속적으로 경험해 나가기 위해 필요한 일종의 문학적 자아가 몸에 배게 할 수 있었다. 저술 강좌를 수강하는 여러 이유 중 한 가지를 든다면, 그것은 그토록 명료하고 아름답고 강력하고 진실되며 그 외미가 대단히 확정적이고 애매모호한 것이 전혀 없는 듯한 자신의 단편이, 학급에 있는 다른 작가들에 의해 일백 가지의 다른 것으로 나타나는 것을 괴롭지만 어쩔 수 없이 시인하는 과정을 겪는 데 있다고 할 수 있다. 교수들까지도 여러분의 파묻힌 상징을 찾아내지 않으며, 설상가상으로 그것을 좋아하지 않는다. 저술 강좌를 듣는 젊은 작가는 골든 글로브 시합에 나갈 초보자가 받는 머리의 고통만큼 심하게 정신이 멍들게 할 수 있다. 지금 받은 것보다 그 얼마나 더 많은 강타가 아직도 남아 있는가를 인식하는 것이 바로 강타였다. 그러나 저술 강좌는 독특하고 뿌리깊은 가치를 지니고 있다. 여러분은 자신의 작품을 좋아하거나 그다지 좋아하지 않는 사람들의 얼굴을 보게 되며, 그들의 목소리를 듣기 때문에 청중의 외고 집 같은 취향을 다소 이해할 수 있다(예로서 여러분이 경멸하는 작가의 소설을 그들은 좋아하는 경우처럼). 여러분은 또한 훌륭한 산문 한 편이 어떻게 청중의 주의를 공통적으로 이끄는지 인식하게 될 수 있다. 그런 일이 여러분에게 발생하면, 즉 여러분이 한 작품을 썼는데 방에 있는 모두가 마치 자신의 귀를 위한 자양분이나 있는 듯이 그것을 경청한다면 나중에 여러분이 열 두 가지의 분리된 반응을 듣는다 해도 별 문제가 없을 것이다. 여러분은 마침내 여러분이 작가라는 확신을 갖게 되었기 때문이다. 여러분의 작품은 이제 효력을 지니고 있다——여러분은 어느 정도 타인의 생활과 이지력 속으로 들어가기 시작한 것이다. 그러면 여러분은 이제 저술업과 동떨어져 있는 것같이 느끼지 않는다. 여러분 자신이 쓴 한 귀절에서 그런 반응을 얻었다면, 여러분에게는 그런 귀절들이 더 많이 있음을 깨닫게 될 것이다. 여러분은 그러한 주목으로부터 이루 말할 수 없는 기쁨을 더 많이 원하게 될 것이다.

저술강좌의 가치에 대해 이만큼이나 말한 것에 대하여——여러분은 어째서 여러분이 이치적으로 정독함으로써 작가가 되는 데 도움이 될 이 책에 오히려 그 반대가 되는 것처럼 보일 수 있는 서문을 계속 제공하고 있는가 의아해 할지도 모르겠다. 나는 충분히 그럴 수 있다고 답변할 것이다. 그것은 내가 하바드에서 가졌던 행운만큼 썩 좋지는 않으나 저술 강좌 주변에서 부유하는 학생들에게 결정적인 보강제 구실을 할 수 있다. 그리고 그것은 어느 초보 작가에게나 거의 신성하다 할 수 있고 큰 공포감을 조성하는 빈 페이지의 빈 공간을 둘러싼 신비한 놀라움을 경험, 극복하는데 필수불가결한 첫걸음이 분명 될 수 있을 것이다. 나는 소설 작법을 설명하는 책의 권위자인 척하지는 않는다. 그러나 나는 초보작가를 위한 이보다 더 좋은 책을 읽어본 적이 없다는 것을 안다. 그리고 저술강좌를 듣는 기회로부터 유발되는 격한 기질과 상황에서 벗어난 누구에게나 이 책은 소설을 시작하는 방법을 제시하며 그 방법은 훌륭하다. 또한 이 책은 문학적 교훈이라는 주제보다 유쾌하게 쓰기가 어려운 것은 거의 없다는 점을 숙고하면서 유쾌하게 쓴 책이다.

그래서 나는 이 서문을 확신있게 제공할 수 있다. 『소설 작법 Ⅱ』는 현명하고 포괄적이며 놀라우리만치 박학한 필치로 씌어졌다. 거기에는 작가의 기교를 위한 힌트가 들어 있다. 저작에 임하는 초보자는 이 책과 함께 잠잘 수 있다. 그리고 페이지마다 열정이 담겨 있다. 이 책의 저자는 결국 저술에 대한 사상을 지니고 그녀 일생의 대부분을 살아왔다. 그리고 그것은 아마 사라져 가는 문화일 것이다. 저술업보다 더 영예로운 직업은 그리 많지 않으며, 젊은 작가의 재능을 고무하는 것보다 더 흥미있는 업무는 많지 않다고 믿었던 소수의 작가와 교사와 편집인들의 소사회에서 지금까지 남아있는 사람은 그리 많지 않다. 오늘날 재능있는 젊은 남녀들은 영화, TV, 보도기관, 로크 혹은 만남을 위한 집단에 접하려는 목적으로 대학에 간다. 그들은 저술에 대한 일을 하고 있을지 모른다. 말이란 연속적인 통신 관계를 위해 글로 적을 수 있다.

물론 숙부와 같은 음성으로 말하자면 우리 시대에는 그렇지 않았다. 우리는 「연속적인 통신 관계」 따위의 문귀는 조롱하도록 가르침 받았다. 맥루언(매스 커뮤니케이션 이론을 주창한)이 나타났다면 우리는 아마 그를 화형시켜 버렸을 것이다. 한 세대로서 우리는 아직도 피츠 제럴드와 포크너와 헤밍웨이의 그늘과 월프와 도스 파소스와 스타인 벡과 훠렐의 생애 속에 있었다. 우리에겐 단 한 가지 사상밖엔 없었다. 그것은 쓰는 일이었다. 그것은 미국의 작가가 되는 일이었다. 그것이 우리 모두가 원하던 바였다. 그것이 우리의 종교였고, 혁명이었으며 정사이자 스포츠였고 우리의 헌신이자 악습이었다. 그외엔 다른 어떠한 이상도 없었다. 그것은 유일하고 아주 작은 법전이었다. 그것은 우리의 냉소에 좌우되는 것이었다. 그러므로 상당히 냉소적이 아니라면 훌륭한 작가가 될 수 없었다.

　말할 나위없이 우리 중 상당수는 작가가 되는 것이 중요하다고 생각한 편집인과 작가와 교사의 소집단을 만나 도움을 받는 행운을 지녔다. 그리고 우리는 제나름대로 도움을 받았다. 그런 그룹에 속해 있던 한 사람은 대단히 겸손하였는데 내가 그를 만났을 무렵 그는 아름답고 하얀 염소 수염을 기르고 있었다. 나는 겨우 18세였는데 그에게 단 한 마디의 흥미있는 말도 하지 못하는 내 무능력으로 인해 몹시 당황해 하였다. 그런데 그는 나를 곤란한 지경에서 벗어나게 하고자 수줍어하면서 그 자신 또한 무능력한 듯이 당황해 하였다. 우리는 함께 점심 식사를 하면서 화제거리를 찾았다. 그는 내게 묻기를 실내 4중주에 대해 아는 바가 있느냐고 했다. 그때 그는 그런 그룹에서 연주하고 있었음이 분명했다. 그런데 나는 머리 속에 로울러 하키와 브루클린 가의 미식 축구에 대한 생각으로 가득 차——서로 떨어져 있는 두 개의 하수구가 골 라인이었다——새로 발견한 하바드의 음성으로 나는 그런 것에는 가련하게도 문외한이라고 불쑥 말해 버렸다. 그리하여 우리는 서로 고통스럽게 그리고 열정적으로 고개를 끄덕이고는 실제보다 훨씬 더 길게 느껴지는 침묵 속에서 계속 식사하였다.

　그러나 그것은 내 생애에 있어 보다 빛나는 식사 중 하나였다. 나와 함께 점심을 나눈 그는 전설적인 인물이었고 그의 잡지인 《스토리》지는 그 자신의 전설 문학이었던 것이다. 30년대 후반과 2차 세계대전이 일어난 시대 중에는, 마치 오늘날의 젊은 로크 그룹이 《롤링 스톤》지에 실린다는 약속으로 인해 탁월하다는 느낌을 가지는 것과 마찬가지로 《스토리》지에 실리는 것을 꿈꾸곤 했었다. 그는 내가 2학년 늦은 봄에 학생 작가를 위한 단편 콘테스트에서 수상하였기 때문에 자신의 잡지의 작은 예산으로 내게 점심을 낸 것이었다. 그것은 내 경력상 최초로 맞은 인상적이고 행복한 사건이었다. 그 이래로 그때만큼 좋았던 일이 발생했는가에 대하여는 잘 모르겠다. 그것은 청춘기에 내가 발견했던 것인 만큼 커다란 행복을 맛보게 했다. 나는 방금 올림픽 대회에서 수상한 것인양 기분이 좋았던 듯싶다. 그러므로 이 사건을 기념하기 위한 점심 식사는 대화가 거의 오고 가지 않았다 해도 나쁘지 않았던 것이다. 그리고 내게는 그 사람의 친절, 즉 문학적 친절과 가장 희귀하고 정교한 어족——정수와 같은 문학 문화——에게로 자신의 훌륭한 손을 내밀려 하는 동경의 열망이 느껴졌다.

그 이후 우리는 종종 만나 따뜻한 인사를 나누곤 했다. 우리는 사람들이 함께 만나 친구가 되는 계기에서 시작한 것이 아니므로 친구는 아니었지만 확실히 우정적인 친지였다. 변함없이 우리는 만나면 즐거워하였다. 결국 우리는 사이좋게 교제를 나누었다. 우리는 각각 일 처리해 나가는 방법에 대한 서로의 생각을 어느 정도 확인하게 되었다. 따라서 이 서문을 쓰게 된 것을 나는 매우 기쁘게 생각한다. 이 책의 저자인 헬리 버넷은 남편과 함께 문학적 인생을 살아왔는데 그들의 가장 독특한 문학 문화가 이 책에 수록되어 있음을 알리게 되어 반갑다. 그 남편은 물론 휘트 버넷이다. 그리고 뒤이어 나오는 장을 통해 독자가 그에 대해 약간의 것 이상을 듣게 될 것이며, 비교적 적은 작품으로 조금 이상의 지혜를 얻는 문학적 경험을 하게 되리라고 나는 약속한다. 그것은 문학의 신비——노력의 중력 법칙——이며, 이러한 언어의 공중 부양(浮揚) 과정에 들어가는 얼마간의 실마리들은 헬리 버넷이 쓴 다음의 지면을 통해 뒤따를 것이다.

Ⅰ. 소설작가의 자기검토

1. 왜 쓰는가?

어느 해 여름에 비범한 작가들의 회의가 콜로라도 주의 보울더 시에서 개최되었다. 그 모임은 테오도르 데비슨(그 당시 학장으로 있었던)의 주재하에 열렸는데 그는 특히 로버트 프로스트, 탐 월프, 진 스태포드, 휘트버넷 등을 포함한 여러 교수진을 함께 모이게 하였다. 여학생들은 저명인사들의 참여로 인해 실신상태를 빚거나 혹은 다소 열광적이 되었다. 저술 분야를 담당한 교수단은 쓰는 것을 불가능하다고 생각하는 학생들에게 강의하고 원고를 읽어주고 또한 그들을 모욕하였다.

어느날 로버트 프로스트는 그의 진기한 시집을 읽고 있는 휘트와 우연히 마주쳤다. 프로스트는 그 책을 빌려가서 되돌려 주지 않았다. 수년이 지나 프로스트는 그 진기한 책 대신 구하기 쉬운 자신의 시선집 한 권을 사과문 하나 없이 보내왔다. 프로스트는 분명 아무렇지도 않게 자신을 즐겁게 하는 일을 우선적으로 한것이었다. 어느날 용감 무쌍한 학생 하나가 그를 찾아와 왜 누구나 맨 처음에 써야 하는가 하고 질문하였다. 프로스트의 대답은 솔직했다.

〈나는 자네가 왜 써야 하는지를 모르네. 그러나 나는 내가 쓰는 이유를 알고 있지. 그밖의 다른 일에서는 그만한 만족을 얻지 못하기 때문일세.〉

다른 일에서 보다 저술에서 더 큰 만족을 얻는다는 것의 일면에는 작가가 된다는 의미가 담겨 있다. 주변에 우리를 심란케 하는 것들이 있음에도 불구하고 단일 목적을 갖는 것은 우리가 수

행할 과제의 자연스런 보상과 기쁨을 얻는데 필수적이다. 어느날 누군가 우리에게 물을지도 모른다. 〈왜 쓰는가?〉하고. 그러므로 만족스런 답변을 미리 준비해 두는 것이 좋을 것이다. 다른 일에서는 그만한 기쁨을 얻지 못하기 때문이라고 말할 수 있다면 좋을 것이다.

그러나 사람들은 왜 작가이기를 원하는가? 물론 성공하고 싶기 때문이다. 읽혀지고 사랑받고 경청되고——아마도 대부분의 출판사가 자기네 달걀을 던지고자 더욱 원하는 바구니, 즉 유일한 베스트 셀러를 쓰기 위해서일 것이다.

그러나 염려하지 말라. 모든 작가는 꿈을 꿀 권한이 있다. 그리고 완전히 몰두하여 인내한다면, 싱클레어 루이스의 충고대로 책상 앞에 눌러 앉아 있다면, 거절당해도 대수롭지 않게 여기고 자신의 작품을 알아 주지 않아도 웃어넘길 수 있다면 기회는 열려 있다. 그러므로 믿음을 고수하라. 종국에 가서는 어딘가에 도달할 수 있을 것이다. 그 「어딘가에」.

여러분은 이미 결정내릴 단계에 들어섰다. 여러분은 사실상 선생이나 편집인 혹은 아내 등 누군가를 붙잡고 〈하지만 「당신」은 내가 작가라고 생각하시오?〉라고 묻고 다니는 확신없는 초보자로 영원히 머물 수 없다. 글 쓰는 데 소모되는 시간과 정력과 희생과 조롱까지도 감수할 수 있을 만큼 쓰는 것은 내게 가치있는가? 나는 계속 써야 하는가? 아니면 차라리 몽땅 집어치우고 백만장자가 될까?

J.P. 모르건에 대한 오래된 일화가 있다. 자기가 요트를 살 수 있는지 의심하는 사람이 모르건에게 요트 값이 얼마냐고 물었다. 모르건은 답변하기를 〈당신이 내 요트 값을 물었기 때문에 그것을 사지 못할 거요.〉라고 했다. 여러분도 마찬가지로 계속 재확증받고 격려받을 필요가 있다면, 남의 견해에 의지해야 한다면 여러분은 쓸 수 없다. 여러분은 E.M. 포스터가 말했듯이 〈쓰는 고통을 감수할 만한〉 시간과 노력을 기울일 수 없을 것이다. 그러므로 여러분이 그렇게 할 수 있다면 만사를 잊으라. 그러지 못

하겠다면 자신의 한계를 일찌감치 깨닫고 다른 쪽으로 전향하여 돈을 벌든지 아니면 그런 고난을 요구하지 않는 다른 종류의 쓰는 일을 택하는 것이 나을 것이다. 캐더린 앤 포터가 우리에게 경고한 바와 같이 〈여러분은 이제 예술을 따르기 위해 무엇인가 포기해야 할 입장에 놓여 있다.〉

쓰고자 하는 욕구가 어디에서 연유하는지는 아무도 모른다. 그러나 모든 진실한 작가의 경우 그런 충동은, 자기가 쓴 작품과 좋은 사이를 갖도록 그를 애타게 괴롭히고 명치 부위에서 힘을 모으면서 항상 그 부위에서 존재해 왔을 것이다. 그는 매번 자신이 썼기를 바라는 작품들을 읽고, 그 작가의 역할을 탐내며 작가로서의 자기 이미지를 구축해 나간다. 사랑하거나 미워하고 아니면 단순히 집중적으로 관찰한 사람들의 행위와 움직임과 비행에 대해 길게 써볼 때마다 그는 이미 자신의 직업을 실행하고 있는 셈이다. 마음 속에서 그려본 어떤 모호한 내적 감정을 표현하고자 사실과 공상과 단어를 정돈하고, 공공연한 보통의 사실들로부터 극적 상황을 창출하고자 분투한다면 그는 분명 자신의 길을 가고 있는 중이다.

이처럼 내면적 관찰과 가상적 사고를 곰곰히 함으로써 다른 사람들을 신경증 환자로 만들었다 한들 무슨 상관이 있는가? 그런 연습이 도둑, 거짓말장이, 배우에게나 어울리는 것이라 해도 그게 어떻단 말인가? 작가다운 작가는 자신이 이런 존재였을 수 있다는 것을 행복하게 인정할 것이다. 그리고 마침내는 자기 자신의 것으로 사용할 수 있는 등장인물에 대한 이해력을 베풀어 준 데 대하여 자연에게 감사할 것이다. 이미 말했듯이 대부분의 사람들의 목적은 올바르게 사는 것이다. 그러나 작가의 목적은 자신의 능력으로 관찰하여 창조한 것이 힘과 정직성을 지니게 하는 것이다. 그는 일상 생활에서 사후 검토 없이는 모든 것을 지나칠 수 없다. 그는 양심을 괴롭히는 후회, 죄의식, 질투심, 불안, 사랑, 독선적인 자기 만족 등을 탐색하는 데 거의 실패하지 않을 것이다. 그러나 그가 일단 작가로서의 위치에서 벗어나 이런 특성에 몰두한다면——혹은 그가 결코 착수하지 않는다면——
그에게 도움될 것은 전혀 없다.

　성공적인 작가들이 짧은 한 철 이상되는 기간에 계속 수고하고
다른 직종에서 볼 수 있는 이상의 정력과 시간을 쏟는 것이 단순
히 자기만족뿐 아니라 쓰고자 하는 욕망이 강렬하기 때문이라는
증거는 풍부하다. 캐더린 앤 포터는 다름 아니라 「열정, 충동적
인 욕구」에서 쓰기 시작했다고 말하였다. 오도라 웰티는 윌라 캐
더에 대하여 그녀는 자신의 작품에서 〈열정을 구체화〉시켰다고
말했다. 써머세트 모옴은 지금까지도 비중 있는 저서 「써밍엎」에
서 주장하기를 〈우리는 원래서가 아니라 그렇게 하지 않으면 안
되기 때문에 쓴다〉고 했다. 프랑스 신사 아베 딤네는 〈대부분의
예술가들이 경험한 바에 의하면 작품의 질은 그들의 열정 강도와
비례한다〉라고 간단히 설명한 바 있다.

　「왜 쓰는가?」 선천적인 이야기꾼으로 할 이야기가 많아서인
가? 그러나 쓸 시간이 없을 정도로 이야기를 잘 하기란 불가능
한 것이 아니다. 입으로 말하는 소설가는 자기 말을 기록하기 위
해 초오서나 복카치오 같은 자를 필요로 할 것이다.

　「왜 쓰는가?」 일부 사람들은 작가의 인생이 흥분에 싸여 있고
보상과 재정적 보수 및 명성으로 충만해 있다고 믿는다. 그러나
우리는 모두 F. 스코트 피츠제럴드의 만년이 실패로 인해 어둡
고 우울했다는 것과, 대부분의 유명 작가의 전기에는 성공과 상
실된 확신, 성취감과 거절의 사이를 오고 간 비참한 변동이 드러
나 있음을 알고 있다. 버어지니아 울프는 자기 작품이 대중 앞에
발표될 적마다 매번 극심한 고통을 겪었다. 쉐루드 앤더슨은 오
로지 쓰는 일을 통해서만 〈자아에서 벗어날〉 수 있었다고 말했는
데, 그 역시 거절로 인해 심한 압박감을 느낀 나머지 「부정직」을
더이상 견딜 수 없을 때에만 빠져나왔던 벽장 같은 곳, 즉 자신
이 증오한 사업계로 돌아가려고 만사를 종종 포기하였다.

　윌리엄 포크너가 노벨 문학상과 그에 수반되는 4만 달러의 상
금을 받은 것도 만년에 접어들어서였는데, 소문에 의하면 그때

그의 책은 모두 절판되었다 한다.

그보다 몇 년 앞서 《스토리》지는 그 특징적 불황 중 한 가지로써 포크너의 작품 한 편을 25 달러에 구입했었다. 그 당시 그것은 던세니 경, 루이지 피란델로, 토마스 만, 프랭크 오크너, 훠랑 모나르 및 우리 잡지에 실렸던 유망한 미지의 작가들에게 지불된 값이었다. 포크너는 감사했다. 〈나는 작년에 생계를 꾸려나가고 내 식품점이 파산하는 것을 막으려고 진저리나도록 필사적인 노력을 기울였다. 그래서 내가 썼든 간에 그 어느 작품도 더 이상 가치있게 보이지 않았다.〉고 그는 썼다.

「왜 쓰는가?」 스탕달과 모옴의 경우, 스탕달에게는 명성을 얻으려는 희망이 훨씬 더 강했지만, 아뭏든 이들은 모두 여성을 감동시키고자 처음에 쓰기 시작했다. 1930 년대에 리차드 라이트는 《스토리》지에서 5 백달러의 상금을 받고 작품 발전 관리부에서 벗어나 『네이티브 썬 *Native Son*』『흑인 소년』(스토리 출판부— 하아퍼)이 발행됨에 따라 그에게 필요한 안전을 제공받았으며, 이로써 오늘날 인종적 표현이 나오기 수년 전에 아메리카의 흑인 저술 영역에서 새로운 세력이 부상케 하였다.

마다리아가는 〈예술이란 정신과 정신 간의 문제를 잇는 가교〉라고 말한다.

서부 해안의 한 젊은이가 노란 이등품 종이에 한 줄씩 사이를 멘 소설을 여러 이름으로 보내기 시작한 때는 1930 년대였다. 『날으는 그네 위의 친애하는 젊은이』를 비롯한 여러 작품들은 구입되어 실제 저자명, 윌리엄 사로얀의 이름으로 발행되었다. 그는 《스토리》지의 편집인들에게 편지하였다. 그는 다음과 같은 이유로 작가가 되고자 했다.

〈나는 내가 말하는 것을 확신합니다. 나는 단어가 지닌 굉장한 힘을 인식하기 시작했을 뿐임을 믿습니다. 나는 작품 속에서 삶을 개선하지 않으면 안될 방법으로 그 단어를 사용하고자 합니다……나는 이 땅에 있는 사람의 이야기를 내가 이해한대로 말하고 해명코자 합니다……나는 작품을 통해 피상적인 것의 배후에

도달하려고 합니다. 보고 알고 명시하고 알리고 즐거워하기 위하여!〉

〈나는 산문, 즉 단편, 소설, 희곡, 산문시 및 내 사상과 감정을 가장 훌륭하게 전달하기 위해 창안해낼 필요가 있다고 보이는 기타의 표현 형태를 통해 이 목표(그리고 기타의 것들)에 도달할 계획입니다. 나는 심장과 정신을 감동시키는 방법, 즉 명료하고 단순한 산문으로 쓸 작정입니다.〉

「왜 쓰는가?」 작가는 얼마나 많은 이유를 가질 필요가 있는가? 우리 자신의 작업 시간을 배정하고 우리 자신의 상상력이 지시하는 것을 따르는, 마음에 드는 이유 하나가 있다. 그 일 자체에 대한 만족이 적어도 자기 작품이 벌어들일 수 있는 달러와 센트만큼 클 때, 자신이 사적으로 느낀 즐거움의 댓가를 받는 것은 유쾌한 것이다.

그런데 거기에는 돈이 「있다.」 그것은 비상한 성공과 함께 베스트 셀러 목록에 실리고 영화화 되기 위해 팔리고 염가판 책의 대판매에서 비롯된다. 그리고 이 모든 것은 무엇보다도 우리의 벗과 가족들에게 영향을 미칠 것이다.

「왜 쓰는가?」 우리에겐 방해없이 읽고 쓰며, 비난받는 일 없이 신경질적이 되고, 사랑을 시도하며, 지겨워지거나 독거가 필요할 때엔 사회로부터 은거해 있고, 자료를 수집하고 상상력을 다시 풍요케 하기 위해 용납할 만한 핑계를 대며 여행하고 새로운 경험 속으로 뛰어들 자유와 구실이 있다. 일단 작가임이 판명되었다면 작가들의 생활면에서 얼마간 특이한 점들은 언제나 용납된다. 그리고 우리 대부분이 그런 특권의 대부분이 어떻게 형성되는지 안다.

「왜 쓰는가?」 〈쓰는 일은 강제적이면서도 즐겁다〉라고 헨리밀러는 썼다. 〈쓰는 것은 그 자체가 보상이다.〉

「왜 쓰는가?」 《뉴요크 타임즈》지의 발행인인 만년의 J. 도널드 아담스는 쓰는 것 자체가 카타르시스의 한 형태, 개인에게 발생한 소극적 죄와 적극적 죄, 모욕, 비극, 유우머러스한 일 등의 모든 것을 정화시키는 구실을 한다고 쓴 적이 있다. 그러므로 자유로운 상상력을 발휘하는 작가는 정신 분석가 구실을 담당하는 이점을 갖고 있다. 또한 사랑이나 종교를 제외하고 그 어느 영역에서 생활과 사멸이라는 무거운 짐이 그처럼 자유롭게 표현되고 고백될 수 있겠는가?

궁극적으로 대부분의 예술을 능가하는 우리에게 주어지는 보너스는, 우리의 자그마한 만족에 도전하고 감퇴되어가는 우리의 포부를 자극하며, 오래전에 우리를 위해 성취된 제조건 속으로 보다 깊숙이 들어가도록 우리를 고무하기 위해 앞서간 가장 위대한 지도자이자 교사인, 도스토예프스키, 톨스토이, 만, 플로베르, 오스틴, 조이스, 프루스트 및 나머지 모든 자들로부터 얻어지는 유익이다. 그 정도로 성취하고자 하지 않는다 해도, 로버트 프로스트의 말을 다시 인용한다면, 우리는 작가로서 가능한한 매우 진지한 자세로써 저술에 임해야 할 것이다. 사로얀은 자신을 개선하기 위해 쓰기 시작했고 그리고 나서야 비로소 그밖의 개개인을 계속 향상시킬 수 있다고 말했다.

「왜 쓰는가?」

「그밖에 무엇이 있는가?」

2. 작가의 재능

작가의 선천적 재능은 가수나 화가의 것보다 복잡하지 않을 것이다. 그러나 그 재능의 용도는 무한할 정도로 다양하다. 토마스 울프는 쓰지 않으면 안되는 충동을 가리켜 자기 머리 위에서 폭발하는 거대한 먹구름이라고 했고, 다른 작가들은 쓰는데 착수하는 것을 질서를 위해 일하지 않으면 안되는 혼돈 상태로서 묘사해 왔다.

그러면 논리적 전개를 통해 단편이나 소설을 쓰고 등장인물, 사건, 작가의 의식적 혹은 무의식적 정신 속에서 모아져 대기하고 있는 감정의 말미에 발전적 의미를 부여하는 인상과 분규의 각종 실뭉치를 풀기 위하여 작가는 어떤 자질을 가져야 하고 개발해야 하는가?

벤 존슨은 말하기를, 작가는 남들에 대해 만족스럽게 쓸 수 있기 이전에 자신에 대해 먼저 올바르게 판단할 수 있어야 하며, 〈천부적 위트와 시적 본능 없이 어떤 것을 성취코자 하는 것은 무모하다〉고 했다.

자신의 천부적 자질을 평가하려 하는 것은 겸손히 자신을 판단하는 것과 반드시 같지는 않다. 사람은 자신과 편집인에게 만족스러울 정도로 표현하지 못하는 자신의 재능에 대해 얼마간의 점들을 알는지 모른다. 그러나 이런 조심스런 평가는 지속적인 창작 생활을 영위하기 위한 본질적인 수단이다. 그것은 이에 그치는 것이 아니다. 작가는 어떤 방법으로든 편집인과 대중뿐 아니라 자기 자신에게도 계속 스스로를 입증해 나가야 한다. 작가가 긴장을 풀고 〈이젠 됐다. 그일은 이제 끝났어.〉라고 말할 수 있는 지점은 없으며, 적어도 오랜 동안 그렇게 할 수 있는 경지란 존재하지 않는다. 작가가 해놓은 일은 잊어도 좋다. 그가 앞으로 할 일은 적어도 그의 정신 속에서 이전에 해놓은 어떤 일보다 언제나 진보된 것이어야 한다.

휘트는 작가에게 필요한 것은 단순하다고 했다. 그는 4 가지 것들, 즉 보고 기억하고 반영하고 기획하는 능력이 그것이라고 했다. 그밖의 모든 것은 이같은 자질을 가다듬는 구실을 하며 그것 역시 중요하다.

따라서 다행히도 저술을 원하는 방향으로 틀잡을 능력, 즉 자신과 남을 판단하게 하는 자질의 일람표를 만들어 보자.

1 . 소설 발언권에 대한 확신 : 소설에 대한 관점
2 . 무대감각 : 극적 요소의 가치
3 . 정직성의 실행 : 솔직한 안목
4 . 감정이입과 공감 : 이해심
5 . 작품을 다채롭게 하는 감각 : 시각, 청각, 후각, 촉각 및 직관

6. 상상력과 선별적 기억력 : 회상, 공상
7. 언어에 대한 사랑 : 단어, 어귀, 비유
8. 문체 : 위트, 아이러니
9. 정규성 및 작업에 대한 역량 : 우수성의 추구
10. 재능 : 대담성. 천재적 수법

1. 소설 발언권에 대한 확신 : 소설에 대한 관점

사람들은 재능과 쓰고자 하는 불타는 욕망에서 착수할 수 있다. 그러나 작가가, 자신이 아는 진실이 적절하게 표현되고 전개될 곳은 소설밖에 없다는 무조건적 확신 없이는 일이 진척될 수 없다. 우리 역시 스스로 창조하여 불러들인 등장인물의 신체적이고 감정적인 실재성과 그들의 생활에서 발생되게 한 사건의 불가피성에 대한 확신을 가져야 한다. 우리는 공공연한 사실도 때로는 거짓되며, 실제 그대로의 인생과 응당 그래야 할 진리 및 우리가 상상한 것의 의심의 여지없는 실재성을 보여줄 수 있는 방법은 상상적 탐구와 회상뿐이라는 데 대하여 확신해야 한다.

소설가, 단편작가, 극작가, 시인 등 자신의 상상력만을 유일한 지침으로 삼는 현실주의자들, 허공을 나는 공상을 이 땅으로 정착시키는 풍부한 상상력을 소지한 예술인들의 가장 본질적인 과제는, 확신이라는 자질을 강화시키는 일이어야 한다. 작가가 망설이고 의심하면, 그가 쓴 것은 신빙성이 없어지고 그가 묘사한 등장인물은 진지한 면이 없이 겉만 매끄러운 무표정한 존재가 된다. 헤밍웨이는 작가가 조작한 곳을 어느 독자나 다 안다고 말했다. 그러므로 사기친 곳을 제일 먼저 알아야 할 자는 작가 자신이어야 한다.

무엇보다도 촛점적 위치에 있는 확신감은 시선이 계속 공에 머물게 만든다. 작가가 만일 이야기하다가 머리 위로 날아가는 비행기에 눈을 돌려버리면, 그것은 그가 기울이는 노력의 중요성을 더이상 믿지 않는다는 점을 시사하는 것이다. 그렇게 되면 우리의 관심은 방황하게 된다. 기도로 탄원하는 자는 다른 모든 잡념을 떨쳐버리고 신심깊게 자신의 행위에 몰두해야 한다. 그러나 그가 거기에 집중하지 않는다면 그는 신이 함께 하는 것을 믿기 어렵다.

사람들은 누구나 일상 생활에서 잘 아는 사람들보다 소설이나 연극에 나오는 인물들과 더 실감나게 친숙해져 있다. 리어왕은 그 연극을 처음 보던 날 밤 함께 저녁 식사한 친구들보다 더 현실감이 나므로 잊혀지지 않는다. 우리의 교사 이름은 잊어버려도 학생 시절에 읽은 소설의 등장인물인 허크 핀과 바비트는 기억한다. 이같은 작중인물을 만들어낸 자는 자신의 인물이 실제로 존재한다는데 의문을 품거나 불신을 한 적이 결코 없다.

리차드 라이트는 한때 쓰기를, 『네이티브 썬 *Native Son*』에서 자기가 평상시 알고 있는 사람들을 사용했는데도 불구하고 그들의 결말이 어떻게 될지 완벽하게 설명할 수 없다고 했다. 〈저자가 왜 쓰는가에 대해 곰곰이 생각하면 할수록, 상상력이 자신이 알고 있는 사실들을 함께 엮는 자아 생성적 접착제인 듯이 여겨지고, 감정이 그같은 사실들을 설계하는 어둡고도 모호한 것처럼 보인다. 그리하여 그는 마지못해 하면서 자신의 책을 설명하는 것이 자신의 인생을 설명하는 것이라는 결론에 달하게 된다.〉그러나 주인공인 비거는 창작자가 너무 소상히 이해한 나머지 수많은 세대에 의해 친숙하게 느껴져 그만이 기억에 남는다는 평을 들어왔다. 라이트에게 정서적 작가로서 능력과 분별력을 부여한 것은 바로 이러한 이해였다.

J.D. 샐린저는 너무 완벽할 정도로 선명하게 등장인물을 창조했기 때문에 한 비평가로부터 인간으로서의 샐린저는 불신해야 한다는 평을 받았다. 그의 등장인물이 사실적인 출생 증명서와 사회 보장 제도면에서 볼 때 실제적이 아니었다면, 우리로 그들을 그토록 신뢰하게 만든 샐린저는 대체 어떤 종류의 거짓말장이란 말인가?

우리 모두는 또한 캐더린 맨스필드의 초기 작품 『앳 더 베이

At the Bay』의 인쇄 업자가 그 내용을 읽으면서 〈하지만 이 애들은 「정말」 존재한다구 ! 〉라고 외쳤던 것을 안다. 캐더린 맨스필드 자신이 뉴질랜드에서 보낸 소녀기에서 비롯된 이 등장인물들은 가장 훌륭한 소설만이 해낼 수 있는 방법으로 향수병과 노스텔지어를 표현하였다.

우리의 정신 속으로 밀려들어 오는, 실제보다 더 크고 참된 형상인 주인공, 운명, 감각에 대해 갖는 확신감이라는 자질, 이것이야말로 작가에게 창조의 자유와 세상이나 인간의 본성을 해명하는 자신의 가치를 느끼게 한다. 작가는 자기 생활과 그로부터 쓸만한 독특한 경험을 지니고 있다. 그러나 그의 창조된 세계가 다른 것보다 더 실재적이지 않으면 그는 우리를 자신의 상상의 세계로 멀리 데려갈 수 없다. 그리고 라다크 리쉬난이 말했듯이 내면적인 상상의 세계를 확신한다면 「직관으로 창조한」 것은 매우 쉽게 논리적으로 증명된다.

2. 무대감각 : 극적 요소의 가치

모든 훌륭한 작가는 무대감각을 발전시켜야 한다는 말을 했을 때, 써머세트 모옴은 자신의 특별한 비밀을 드러내고 있었다. 모옴 자신도 극작가로서 첫 성공을 거두었다. 현재 그의 소설과 단편을 우리가 어떻게 비평하든지 간에 그의 직업적 재능이나 관객에 대한 이해력——그의 〈무대감각〉, 읽을 만한 책을 쓰는 그의 능력 및 우리의 주의력을 사로잡는 역량——을 부인할 사람은 아무도 없다. 작가는 반드시 관객——우리를 용납하고 우리가 쓴 것으로 감동받고 이해력과 긍정적인 자세로 부득이 계속 읽어나가는 독자, 즉 마지막 장이 끝나기까지 머물러 있을 관객을 가져야 한다.

인간의 모순과 부조화와 불합리성과 경악이 신뢰할 만한 주인공, 장면, 상황 등으로 전이된다는 것을 아는 데서 드라마 창작은 비롯된다. 극작가 해롤드 헤이즈는 몇년 전 바그너 컬리지에서 말하기를, 〈드라마의 정수는 사람이 자기 행위의 결말을 쉽게 앞지를 수 없는 데 있다〉고 하였다. 희곡에서와 같이 우리의 소설에서 증류되는 것은 바로 이 정수이다.

《스토리》지에 수년간 그 작품이 실렸던 초기 작가들 다수는 극장을 위한 특별한 재능을 가졌음이 판명되었다. 피란델로는 단편을 가리켜 〈문학의 거위알〉이라고 불렀는데, 우리는 40년 간에 걸쳐 공동 편집을 하면서 이 거위알 중 많은 것이 소설로 부화되었고, 다른 것들은 브로드웨이의 무대 위에서 백조가 된 것을 보았다.

수년 전 우리는 단편 소설의 발전상 의미깊은 시기였던 1940년대의 우리 잡지에서 빛을 본 일부 인재들의 보다 흥미있는 작품을 수집하였다. J. D. 샐린저, 트루만 카포트, 조셉 헬러, 노만 메일러 및 기타 아직 발행된 적이 없었던 작가들 및 신진 작가들이 우리 잡지의 지면에 처음 나타났다. ——이들은 하바드, 뉴 올리안즈, 전쟁 지대 출신으로 신·구 양 주제에 신선한 상상력과 독창적인 수법을 가하였다.

우리가 추구한 최종적인 것은 단편이었다. 작품 배후에 있는 작가의 성격이나 다른 업적에서 느낀 흥미는 부수적인 것에 지나지 않았다. 그 실례로서 우리는 미루지 않고 원고를 읽어나갔다. 또한 어떤 면에서 우리는 젊은 작가의 최초의 프로듀서로서 그들의 작품을 독자에게 선보일 때와 같이 그 질에 큰 관심을 보였다. 그것은 브로드웨이에서 상연될 희극보다 더 조심스럽게, 그러나 프로 작가의 수준에서 검토되었고 편집자들의 열광적인 지지를 받았다.

그러나 『40년대의 단편』(영국에서는 『세대의 단편』이라는 제목 하에 두 권으로 발행됨)에 실린 그들의 작품 중 상당한 비율이 극장에서 얼마간의 인정을 받았을 때보다 더 놀라왔던 것은 우리가 전기를 수집했을 때였다.

일부 작가들은 이미 그러한 성공을 거두었었다. 희곡 『담배길 *Tobacco Road*』이 브로드웨이에서 히트하기 오래 전부터 친구지

간이었던 기고가 어스킨 콜드웰은 『신의 작은 구획 *God's Little Acre*』이 금지작으로서 뉴요크 사교계에 의해 공판에 붙여진 이래 잘 알려져 왔다. 휘트는 어스킨을 대신하여 증언하였고, 그가 남부에서 올라와 얇은 옷을 입고 있었으므로 추운 날에 그에게 오버 코트를 빌려주었다. 1940년대에 어스킨은 자신의 코트를 가지게 되었고 명성도 보장되었다.

또 다른 젊은 작가로 J. 윌리엄 아치발트 같은 자가 있다. 그는 히치콕 영화사의 각본 작가로서 헨리 제임즈의 『스크루의 회전 *Turn of the Screw*』을 『결백한 자들 *The Innocents*』로 각색하여 뉴요크와 런던 무대에서 비평적이며 재정적인 성공을 거두었다. 근래에 상연되어 온 희곡 『유리 동물원』을 쓴 테네시 윌리엄즈는 수년이 지나 《스토리》지에 자신의 첫 단편을 실어주어 감사하다고 하며, 자신이 그 당시 극장 안내인이자 식당 접시닦이로 일했다고 편집자에게 전했다.

우리는 그 책에 멜 디넬리가 쓴 단편 『그 사람』을 실었다. 이 작품은 추정된 곳이 별로 없이 무대 상연을 위한 희곡으로 이내 각색되었다. 여기 단편이 희곡 형태로 바뀐 가장 간단한 예가 있다. 그것은 긴장감이 도는 이야기였으나 그 계절에 드릴을 주는 작품으로 성공하였다.

그 단편은 소박한 가정을 배경으로 하여 이렇게 시작된다.

질리스 부인 집에서 하숙하는 암스트롱씨는 부인에게 자기가 아침이 되기 전에 사업차 여행을 떠나게 되었다고 경고하려 했다. 그리고 자기는 부인이 낯선 청년을 고용하여 집을 소제하고 온종일 그와 단 둘이 있다는 것은 분별없는 일로 본다고 말하려 했다.

질리스 부인은 기분이 좋다. 젊은 청년인 호워드가 길을 걸어 내려오자 암스트롱씨는 그를 보고 몸이 약하고 악의가 없다고 생각하고는 안심한다. 〈저 작자가 나를 온통 고뇌에 빠지게 한 장본인이구만.〉이라고 그는 말한다. 질리스 부인의 늙은 개 사라만 난로 밑에서 나와 으르렁대지 않으면 만사는 오케이이다. 이 단편 소설에 나오는 모든 것은 거의 손대지 않고 무대위로 옮길 수 있다.

암스트롱씨는 떠나고 질리스 부인은 집 뒷편의 창고로 호워드를 데리고 간다. 거기서 그녀는 그에게 앞치마를 하나 내준다. 이 창고는 단편과 희곡 양자에서 거의 동시에 나타난다.

이상하게도 호워드는 앞치마를 거절한다. 〈얼룩이 묻어〉 있기 때문이다. 〈얼룩 이라구요?〉 질리스 부인은 앞치마를 집어든다. 〈왜요, 이건 페인트에요. 마른 페인트는 더럽지 않아요, 젊은 이.〉 그녀는 말한다. 〈아주머니만 괜찮으시다면 그것을 걸치고 싶지 않습니다.〉 그날의 상황은 짐작되는 바와 같이 긴장감이 도는 가운데 진전된다. 자기를 감시한다고 호워드가 질리스 부인을 비난하자, 부인은 자기가 〈젊은 사람들에게 관심이 있고, 내게도 군대에 간 아들 둘이 있다.〉고 말하며 그를 무마시키려 한다. 그녀는 아들 사진을 그에게 보여준다. 〈그래서 부인은 날 미워하시는군요!〉 호워드는 말한다. 〈이제 난 다 알아요!〉〈젊은이를 미워한다고? 어째서? 아니 내가 무얼 했다고——〉

불쌍한 질리스 부인은 그에게 일을 쉬라고 제안한다. 그리고 그에게 차를 대접하겠다고 말한다. 그녀는 뒷문을 열려고 한다. 그러나 문이 잠겨 있다. 열쇠가 없어졌다. 그녀는 앞문으로 간다. 그런데 앞문도 잠겨있다. 열쇠가 없어진 것이다. 〈갑자기 사라 생각이 난 부인은 이제 창문을 열려고 한다. 사라가 걱정된다. 사라는 벌써 몇 시간 동안이나 아무런 소리가 없다.〉

그녀는 개집으로 달려간다. 그리고 호워드가 동일한 지점에서 윤내고 있는 것을 발견한다. 그는 분명 일 인치도 움직이지 않았다. 그런데 전화선은 벽에서 끊겨서 그의 옆 바닥에 떨어져 있다.

사라는 창고에 있지만 죽었다. 호워드는 질리스 부인을 강제로 사라와 함께 그곳에 있게 한다. 나중에 그가 그녀를 나오게 했을 때, 경찰관이, 그리고 우유배달부가 문쪽으로 온다. 그러나 호워드는 그녀가 도움을 요청할 수 없도록 칼을 들이대고 서 있다.

마지막에는 질리스 부인이 계속 살아 있다. 그러나 그녀는 존재하지 않았을는지도 몰랐다. 극적 요소들은 희곡과 단편에서 똑같이 성공적이었다.

우리는 랭스톤 휴우즈, 트루만 카포트, 스탠리 카우프만, 로버트 폰테인, 윌리엄 마아치, 프랭 모나르, 사로얀 등의 소설을 발행했는데 이들의 희곡 대부분은 소설이 잡지에 실린 직전이나 직후에 산출되었다. 거기에는 또한 루드빅 베멜만즈는 물론 조셉 헬러와 로버트 에이레가 있다. 에이레의 『시카모어 씨』는 릴리안 기쉬와 함께, 수년이 지난 지금도 영화화되는 희곡이 되었다. 대부분의 이런 작가들은 의문의 여지없이 문학적 자질을 지니고 있으며, 그들의 산문은 확고히 통제되어 있고 그들의 구성은 극적으로 꾸며졌다. 그리고 개개인의 작가는 분명 고도로 발전된 무대감각을 지니고 있었다.

3. 정직성의 실행 : 솔직한 안목

정직성은 일종의 에너지이며 무엇을 쓰든 간에 우리의 손을 강화시킨다. 그것은 우리가 알고 있는 것의 근원에서 나오며, 도중에 거짓말로 인한 방해를 받지 않는다. 정직성은 핑계로 인해 취소되지 않으며, 이전에 말하거나 썼던 것을 잘못 기억함으로써 지장을 초래하지도 않는다. 이것은 길을 잃어버리게 하는 꾸불꾸불한 진로를 따름으로써 야기되는, 활기 없는 종국으로 우리를 인도하지 않는다.

작가의 작품 속에 사기성이 없다는 것을 시험하는 한가지 방법은, 저술 자체가 작가의 말 그대로 그를 받아들이도록 확신을 허용하느냐의 여부를 따지는 것이다. 그를 신뢰할 수 있다고 「느끼면」, 그로부터 낯선 길을 인도하게 하고 그의 소신을 주저하지 말고 받아들이라. 정직성은 허튼 수작을 헤치며 나아간다. 즉, 그것은 그 단순성으로 전달되며, 세심한 주의뿐 아니라 단어 배후에 있는 재능의 성실성도 수용할 것을 요구한다.

작가의 입장에서, 작가는 스스로 기만당하도록 선택한 경우에만 기만당해야 한다. 상상력을 발휘하여 공상을 했다면 소나무를 바라보고 무시무시한 괴물을 보게 하라. 그러나 「작가가」 차이점을 알지도 못하는 상태에 있다면, 소나무가 덤불에 지나지 않으며, 가짜임에도 불구하고 진짜라고 주장하지는 결코 못하게 하라.

그 생애의 매우 이른 시기부터 작가는 주변의 모든 것, 즉 자신을 포함하여 교훈, 부모, 예술작품의 제재 등에 대한 모든 것에 대한 의문을 갖기 시작해야 한다. 그는 아름다움을 목격할 때 그것을 인식할 정도로 충분히 담대해야 한다. 그리고 행복과 비극 및 사람의 근원을 깊이 탐구하는 것을 두려워 말아야 한다. 그는 흥분에 온전히 몰두해야 하며, 한 가지 충동이나 흥분을 다른 것과 비교하고 이 모든 것을 글로 써 보는 습관을 들여야 한다. 그가 비록 이것을 형편 없는 시로 옮겼다 하더라도, 그런 것조차 처음에는 좋은 경험이 된다.

그는 독학에 종사해야 한다. ——다시 말해서 자기 나름의 진실과 확신을 추구하는 일을 해야 한다. ——왜냐하면 작가가 받은 교육과는 무관하게 가장 중요한 것은 바로 이것이기 때문이다. 많은 작가들은, 작가가 되는 신비한 과정에서 독학의 중요성이 얼마나 큰지 직감적으로 알면서도, 생각하기를 소위 고등교육을 받은 기간이 충분치 못했다고 한다. 그것은 의식적으로 선택하지 않아도 자연히 생성되는 듯하다. 캐더린 앤 포터, 윌리엄 포크너, 어네스트 헤밍웨이 등등, 자신의 내적 지령으로 인해 인생과 문학에서 알아야 할 것들을 찾아낸 자들의 목록을 만들자면 끝도 없다. 그러나 F. 스코트 피츠제럴드와 싱클레어 루이스 같은 작가들은 재능을 풍요케 하고 대학에서 얻은 경험을 이용하였다. 따라서 독학이 고등교육을 배제하는 것은 아니다.

정리하자면, 정직성이란 환히 보는 것, 즉 피상적인 것의 배후에 감추어져 있는 모든 동기를 깊이 탐색하면서 명백하게 보는 습관이다. 그것은 자신이 필요로 하는 점들을 이해하고, 재능을 강화시키며, 작가로서 작품에 타당성을 부여하는 것을 혼자 힘으

로 찾는 습관이다. 정직성은 또한 진실한 상태에 「머물러」 진실
을 보며, 그것을 이용하기 위해 모든 값을 지불하는 일을 실행에
옮기는 것이다.

4. 감정이입과 공감 : 이해심

장 폴 싸르트르는 말하기를, 작가는 자신의 것이나 남의 작품을
그 질로 판단할지 모르나, 독자는 그것이 불러일으키는 감정으로
판단할 것이라고 했다. 죠지 무어는 〈작가가 울지 않으면 독자도
울지 않는다〉고 말했다. 이런 인용귀를 통해 우리는, 작중인물이
나 인간 조전에 대한 공감과 이해심이 없는 작가는 독자의 감정
적 반응을 일으키는데 곤란을 겪으리라는 점을 이해하게 된다.

가상적인 인물의 공감은 종종 관련이 적은 문제로 인해서도 매
우 쉽게 야기된다. 어떤 사람은 현관 계단에서 학대받는 동물,
굶주리는 먼 나라의 아이들, 혹은 생전 본 적이 없는 폭격당한
마을에 대해 염려하고 기부금을 보낼는지 모른다. 그러나 작가에
겐 다른 의무가 있다. 어떤 것을 보고 공감하고 직접 강력한 느
낌을 가졌다 할 때, 그는 그 공감이나 비애 혹은 환희를 창작적
으로 이용하거나 미래를 위해 비축해 두면서 이같은 동요를 표현
할 길을 모색해야 한다. 때로 그것은 먼 미래를 위해 저장될 수
있다. 하지만 종국적으로 작가가 느낀 대부분의 것은 그의 작품
에 출현해야 한다.

작가는 사람들을 인식하는 감수성 있는 인물이어야 하며, 홍분
하고 기뻐하고 격노하는 인물이어야 하고, 다정다감할 수 있으며
희망컨대 이해심이 있어야 한다. 오래 전에 트롤로프는 작가가
독자를 이끌기 전에 공감과 상상력이 먼저 작동해야 함을 관찰
하였다. 조셉 콘라드는 충고하기를, 작가는 정신력에 있어 성장
하는 한편, 인내와 충성스런 관찰에 의해 공감대를 넓혀야 한다
고 했다. 〈동료 인간의 사소한 결점에 대한 흥미나 동정심이 없
는 작가는 작가라고 볼 수 없다〉고 콘라드는 썼다. 감정이입, 일

종의 남과 자신을 동일시하는 공감, 남의 감정을 대신 느껴보는 것은 작가의 가장 가치 있는 재질이다. 랜덤 하우스 사전은 그 단어의 용도를 이처럼 알려준다. 〈감정이입에 의하여 위대한 그림은 자신의 거울이 된다.〉

이상적으로 말한다면, 우리가 쓴 것은 자신의 인생을 실제적으로나 이상적으로 경험한 자, 자신과 남의 정서를 감정적으로나 지성적으로 인식한 일 개인의 견해여야 한다. 우리가 등장인물과 함께 울고 웃고 사랑할 수 없다면 감정을 거의 전달할 수 없을 것이다. 원래의 제재에 우리가 덧붙이는 것이 우리의 견해이다. 독자는 작가가 지닌 견해의 진실성을 확신하고, 사물을 보고 듣고 느끼고 잘 반영한 자가 있다는 점을 의심할 수 없게 되어야 한다.

작가의 임무는, 주제와 작중인물에 대해 그 누구보다도 더 많이 아는 것이며, 또한 선입관과 편견을 모두 버리고 계속 분투 노력하면서 친구, 원수, 애인, 낯선 자들의 입장이 되어보기 위해 감정이입을 배양하는 것이다. 작가가 남자라면 여자들을 관찰하면서 지능이 허용하는 만큼 여자에 대해 써 보게 하라. 작가가 여자라면 남자가 하는 말과 행동을 적어보게 하라. 그리고 남자에 대해 갖는 공감으로, 남자의 전반적인 면 혹은 최소한 그녀가 정직하게 이해했거나 솔직하게 관찰한 부분을 묘사하게 하라.

캔버스에 묻은 검댕이를 닦아내듯이, 감상주의와 순전한 감정적 판단을 제거하라. 감정이 혐오적일 때는 그것을 미화하지 말며, 실제적으로 보이게 하려는 그릇된 시도를 통해 혐오스러운 세부점을 부가하지 말라. 감정이입이란 매력뿐 아니라 급격한 반동도 포함한다. 그것은 정확한 이해와 함께 솔직하게 사용되는 일종의 관련성을 포함한다.

앙드레 지드는 〈우리는 종종 좋은 감정으로 나쁜 문학을 산출한다〉고 말했다. 이것은 가끔 소위 「독자동일시」라는 감정이입의 형태를 취하려고 시도하는 대중 잡지에 실린 단편의 결점이 된다. 그러나 그것이 아름답게 끝맺거나 스스로를 극화시키는 입

장을 취함으로 위조될 때, 독자는 이 땅의 실과를 쥐고 있어야
할 때에 가서 아이스크림의 장식 쵸코렛에 탐닉하게 된다.

이해란 항상 친절하거나 용서하는 것이 아니다. 그러나 그것
없이 우리는 동료 인간에 대해 알고 쓰는 척 할 수 없다.

5. 작품을 다채롭게 하는 감각 : 시각, 청각, 후각, 촉각. 직관

작가는 감각에 기민하다. 그는 시선이 머무는 곳을 볼 수 있
고, 남의 말을 들을 수 있으며, 그것을 설득력 있는 산문으로 옮
길 수 있어야 한다. 그는 발자크와 함께 기숙사의 실제 냄새를,
프루스트와 함께 동백나무 향내를, 그리고 테네시 윌리엄즈에 의
해 무대 위로 고스란히 옮겨진 도덕적 부패의 보다 미묘한 냄새를
맡을 수 있어야 한다. 그는 가이드 모파상이 플로베르에게 말했
듯이 〈나는 내 비너스 루스티크를 거의 완성했소. 그래서 이제
그녀에게 바라는 것은……〉라고 말할 수도 있어야 한다.

감각적 관찰 없이는 사물 묘사가 어렵다. 오래된 우화로 부연
하자면, 코끼리는 코만 더듬은 장님 작가에 의해 길고 홀쭉하며
한 쪽 끝의 윗부분이 둥글게 생긴 도마뱀으로 묘사될 수 있다.
귀머거리 작가의 경우 그것은 아무 소리도 내지 못하는 큰 입을
가진 동물로 묘사될 것이다. 후각이 없는 작가는 코끼리에게서
장미 냄새가 난다고 할 수 있고, 공간 감각이 없는 작가는 그것
이 뒤에 있는 하늘만큼 크다고 할 것이다. 또한 촉각이 없는 작
가는 아무것도 느끼지 못하므로 거기엔 아무 것도 없다고 보고할
수 있다. 반면에 직관이 없는 작가는 코끼리라는 존재에서 아무
의미도 찾지 못할 것이다.

물리적 세계의 전체적 가치를 이해하려면 우리에게 있는 감각
을 모두 이용해야 한다. 그리고 우리 언어의 미묘성과 시성을 발
전시키려면 그 감각을 묘사해야 한다.

첫째로 「시각」은 주제 선정에 큰 구실을 한다. 우리는 눈 내리
는 겨울날 썰매가 뒤집혀 울고 있는 어린이를 「본다.」 이제 우리

의 상상력은 나래를 펼치기 시작한다. 아이가 다쳤나? 길을 잃었을까? 아니면 다만 놀랐을 뿐인가? 누군가 와서 그녀를 발견할 것이다. 아무도 그렇게 하지 않으면 어쩌지?

우리는 청명하고 뜨거운 하늘 아래 베니스에서 곤돌라를 탄, 청춘기가 막 지난 소박한 여교사를 「본다.」 우리는 그녀의 손과 툭 불거진 손마디, 꾸며낸 우아함으로 손을 일부러 물에 담그는 모습, 사공이 그녀에게 말하려고 상체를 앞으로 굽히자 매우 긴장한 듯이 미소짓는 모습 등을 「본다.」 우린 그녀가 대답하는 것을 「본다.」 그러나 듣지는 못하므로 그녀가 구애를 요청받았는가 궁금해한다. 이것은 우리가 상상할 수 있는 내용이 아닌가?

우리는 레스토랑에서 등 뒤에서 들려오는 말소리를 「듣는다.」 젊은 연인 한 쌍이 말다툼을 하고 있다. 아가씨는 귀에 들릴 정도의 소리로 흐느끼기 시작한다. 우린 그들을 보지 못하며 둘러보지 못한다. 이 사건으로 이야기를 구성하자면, 우리는 그들의 이상의 것을 써 넣기 위해 다른 감각의 기억에 의존해야 한다. 하지만 우리는 언쟁하는 것을 「들었다.」

밤중에 우리는 불현듯 담배 「냄새를 맡는다.」 우리는 아무도 보지 못했고, 발자국 소리도 듣지 못했으나 우리가 혼자 있지 않음을 안다. 그는 우호적인 통행인인가? 금품을 훔치려는 도둑? 아니면 담배 피울 권한이 없는 어린 소녀인가? 시메논은 그러한 구체적인 인식에 지나지 않는 것으로부터 메그렛 소설을 시작하였다.

「촉각」에 대하여——우리는 오랫 동안 어떤 사람을 알아왔고 전화 번호부에 그의 이름을 적어 두었고, 벗들과 함께 그에 대해 심심치 않게 이야기해 왔을지 모른다. 그러던 어느날, 우린 접촉한다. 그러면 우리 인생 전체를 뒤바꿀 수 있는 매력의 계시가 우리 사이에 존재하게 된다. 이것은 행복한 러브 스토리가 되거나 죽음으로 인도하는 비극적 이야기의 시초가 될 수 있다.

끝으로 우리는 「직관」이 없이는 아무것도 모른다. 그것은 감각적이고 지성적인 소질이며, 우리는 그것에 의해 〈분명히 상관 없는 요소라는 최소한의 합금으로〉 용도가 확실한 최상의 작품을 산출한다. 아베 덤네는 말하기를 〈우리가 갈망해왔거나 갈망해 오지 않았을지도 모르는 한 가닥 조명이 갑자기 머리 속에 떠오른다. 우리는 그 말이 암시하듯이 전에는 본 적이 없는 것을 한순간에 보며, 확신감과 더불어 평정을 의식하게 된다.〉

그는 결론짓기를, 〈직관을 부드럽게 다루라〉고 한다. 그리고 모든 진지한 작가는 우리가 가진 가장 심오한 지식, 기타 모든 것을 비출 수 있는 사상에서 야기되는 것은 단 한 가지뿐임을 안다. 직관에 귀를 기울이고, 의식세계에서 상상하지 못하는 길로 그것이 우리를 인도하게 하고, 우리가 알고 있던 사상보다 더 많은 것을 우리에게 계시토록 하는 것이 필수적이다.

감각은 모든 예술에 속해 있다. 그러나 전 인생을 설명하기 위해 이 재능을 사용하는 것은 작가의 특수한 의무이다.

6. 상상력과 선별적 기억력 : 회상, 공상

적당히 휘갈겨 쓴 것으로부터 무언가를 상상하기란 어렵다는 점을 사람들은 대개 동의한다. 우리가 경험에서 시작하며, 그 경험을 온통 뒤바꾼다 해도 그러하다. 우리는 이미 알고 있는 인물, 과거에 느꼈던 감정에 의해 연출된 인물에 의해 자극 받는다. 우리는 무의식적으로 선택하였을 뿐, 미리 해설을 붙인 것은 아닌 상징을 사용한다. 그리고 희망컨데 우리는 어떤 깊은 의미로 결론을 내린다. ——이것이 우리의 이야기의 본질이 된다. 이럴 경우 우리는 그 결과를 상상력의 소산이라고 부른다. 그러나 선별적인 기억이 없다면 우리 작품에는 그 본질이 결여되어 있을 것이다. 상상력이 없다면 회계원의 보고서인 시산표는 거기서 끝나고 말 것이다.

헨리 제임즈는 자신의 필수적인 『노트북』에서 이렇게 말했다. 〈우리는 끊임없이 시대의 공격, 사람들의 탐욕, 자신의 절망을 관찰해야 한다…… 저술이란 원래 도피가 아니라 이용하는 것이다.

인물이나 사건이 특수한 방법으로 여러분에게 영향을 미친다면
그 사실을 시험하고 천천히 그리고 곰곰히 그에 대해 생각하라.
그 인물이나 사건 혹은 생각이 정신에 오래 머물도록 하라. 그것
을 맛보고 그것에 귀를 기울이고 그에 대한 어떤 결론을 이끌어
내라. 직관과 다른 감각을 따라 조명탄 같은 상상력으로 이런 단
편적인 조각들을 철저히 검토하라. 그리고 그 결과를 가장 잘 나
나타낼 수 있는 방법——단편소설, 시, 소설, 혹은 벗들을 즐겁
게 하는 일화 등의 단순한 것——을 결정하라.

우리는 동화되고 공감하며 거부하고 표현한다. 이 모든 것은
결국 우리 자신의 선별적인 기억에서 비롯된다.

누군가 충고하기를, 작가는 우선 자신의 인생부터 기억하라고
한 적이 있다. 쓰기 위해 그는 자신의 인생부터 상기할 수 있다.
우리가 만일 남들이 놓쳤을지도 모르는 것들에 민감하다면, 사랑
처럼 유동적인 우리의 관심과 경험을 유지해 왔다면, 그래서 다
른 사람의 열정과 우리의 것을 병합시킬 수 있다면, 활동적이고
사색적이며 훗날의 이용을 위해 사물을 저장하는 기억력을 발전
시켜 왔다면, 어린 시절부터 공상의 즐거움을 가슴 속에 쌓아 왔
다면——그때 우리는 우물이 마를까 염려할 필요가 없으며 쓸거
리를 언제나 갖게 될 것이다.

1915년부터 1941년까지 미국과 영국에서 매년 발행된 최상의
단편을 실은 『아메리카의 최우수 단편집』을 창간한 에드워드 J.
오브리엔은 사망하기 얼마 전, 필수적인 자질이 부족한 작가 지
망자들은 물러서도록 경고할 것을 결심했다. 〈여러분이 작중인물
과 극적 상황에 호기심과 기민한 관심을 갖고 있지 않다면, 눈에
보이는 듯한 상상력도 없고 솔직한 정서적 반응과 인생에 대한 감
정적 접근의 차이를 식별할 수 없다면, 여러분은 뛰어난 단편을
결코 쓰지 못할 것이다.〉

「호기심과 기민한 관심」, 「눈에 보이는 듯한 상상력」은 세계가
기록해 온 매우 중요한 작가들의 특징이었다. 그는 말하기를, 헨
리 제임즈는 열쇠 구멍에 귀를 기울일 정도의 대담성을 갈망했다

고 하였다. 「내 입장에서 본 문제」에서 트루먼 카포트는 한 젊은 이로 하여금 자기 형들과 나이어린 아내가 아랫방에서 무엇을 하는지 알고자 하는 필요성을 충족시키기 위해 다락의 바닥 틈새로 엿보게 한다. 상상력은 작가를 날아다니게 하며, 무엇보다도 그를 작가가 되도록 감동시키는 요소의 열쇠이다.

존 드라이덴은, 〈시인에게 있는 상상력은 첫째, 적절히 창안하거나 사상을 발견하므로, 둘째는 공상이나 변형, 유도 혹은 그 사상을 변화시키므로 만족스럽다〉고 썼다.

작가의 상상력으로부터 나온 결과가 독자로 하여금 그 공상의 진실성을 확신케 했다면, 그는 세번째 단계를 계속 일컬었을지도 모른다.

7. 언어에 대한 사랑 : 단어, 어귀, 비유

플로베르는 모파상에게 이렇게 썼다. 〈당신이 말하고자 하는 것이 무엇이든 간에, 그것을 표현할 올바른 단어는 하나뿐이며, 그것에 움직임을 부여하는 동사도 하나이고 그것을 한정하는 형용사도 하나입니다. 당신은 그 단어, 그 동사, 그 형용사를 찾아야 합니다. 그 근사치에 만족한다거나 난점을 피하고자 요령을 부린다거나 혹은 현명한 자에게 의뢰하거나 말을 돌려서 표현하는 일이 결코 없도록 하십시오.〉

사람들은 골프 공이나 기타나 정치를 가지고 놀기 좋아한다. 작가는 말을 가지고 놀기 좋아한다. 그는 자신을 감동시켰거나 흥미 있게 한 것을 상기하기 위해 인생에 대한 반응을 계속 말로 전환한다. 키이츠는 어디선가 「바다를 가르고 지나가는 고래들」이란 귀절을 보고 시쓰기를 시작했다. 토마스 울프는 말하기를 자신의 전 인생은 〈그것(인생)을 위한 단어, 그것의 모양과 빛깔 및 우리 모두가 그것을 알고 느끼고 본 방식을 이야기할 언어를 찾는〉 탐색 과정이라고 했다.

모든 작가에겐 자신이 아는 언어를 사려깊고 민감하고 의미깊게 사용할 의무가 있다. 누군가 다른 사람이 기록할 수 있는 바와 같이 하지 말고, 자신의 귀와 감수성이 자신에게 말하는 바대로「실제 발생한 것」을 함께 엮는 것이야말로 작가가 글을 쓸 수 있는 유일한 방법이다. 그런 때에도 그는 끊임없이 자신을 개선하는 작업을 하고 말과 그 의미에 대한 지식을 지치는 일 없이 충성스럽게 증진시켜야 한다. 작가는 모름지기 외국어의 의미와 어휘와 뉘앙스와 어형변화를 공부하듯이 자신의 언어를 연구하고 터득해야 한다.

시인 마리안느 무어는 말하기를 〈말은 염색체처럼 과정을 결정하면서 떼를 이룬다. 〉고 했다. 그는 재차 말하기를 〈자신의 모든 말이 명확히 이해할 수 있는 문장의 소리를 따라 줄지을 때, 그는 비로소 작가가 된다〉고 했다. 그 말은 우리의 귀에 들려온다. 그러나 그 말을 독자의 정신에 재생시키기 위해서는 말을 종이 위로 옮겨놓아야 하는 것이다.

싸르트르에 있어서 〈시는 신화를 창조한다. 반면에 산문 작가는 그것의 초상을 그린다. 〉계속하여 그는 작가에게 있어 언어란 외부 세계의 구조라고 하였다.

〈그는 내면에서 말을 유출해 낸다. 그는 그것이 자기 몸인듯이 여긴다……간단히 말해서 모든 언어가 그에게는 세계의 거울이다. 말은 산문 작가를 작가 자신에게서 찢어내어 세계의 한 중간으로 내던진다. 〉

우리가 가장 쉽고 훌륭하게 통신하는 것은 언어를 통해서이다. 그러나 때로는 언어를 통해서 가장 비참하게 의사를 소통하기도 한다. 작가가 특권을 갖고 있다 해도 말하기 전에 사고가 먼저 앞서야 한다. 그는 말을 바꾸고 개선하며 편집하고, 또한 너무 장황하게 말했다 싶으면 그것을 감축할 수 있다. 우리 자신의 진정한 의사를 명시하지 못했다는 것을 알았다면, 군말이 너무 많아 우리 사상의 본질이 매몰되었다면, 우리는「그것을 표현할 단어 하나 그것을 한정할 형용사 하나」로 대치하거나 재배열할 수 있다. 그러므로 작가가 준비를 갖추기 전에는 그의 작품을 읽을 필요가 없는 것이다.

작가는 처음에 (물론 그 후에도 그렇지만) 단어 사용, 문법, 작
문 원리 등에 대한 정확한 법칙을 관찰해야 한다. 그는 어귀와 사
고면에서 장황설이나 케케묵은 용어를 피하면서 오용된 단어를 예
리하게 간파해야 한다. 또한 그는 가능한한 가장 좋은 사전을 항
상 가까이에 두어야 하는데, 그런 책으로는 윌리엄 스트렁크 2
세와 E. B. 화이트의 『문체의 요소』 등이 필수적이다.

여러분의 언어에 대하여 귀를 좀 더 예민하게 하면 혼자서라도
자기가 쓴 작품을 소리내어 읽는 것이 좋다. 어색한 표현은 피하
고 지나치게 유창한 것 또한 마찬가지로 주의하여 피하라. 구문
에는 사상의 리듬 같은 것이 있어야 하고, 어절은 특히 그러하다.
그러나 노래할 때와 같은 리듬은 본질적인 것을 말해야 하는 산
문에 속한 것이 아니다. 대부분의 만족스런 예술 표현이 그러하
듯이, 산문은 심장의 고동소리와 관련있다. 하지만 그것은 시적
인 면에서가 아니라 그 의미와 활력에 있어 그러하다.

장식적인 동사는 피하고 가능한한 생생한 것을 사용하라.

의식적인 효과를 위해 몇 개의 형용사를 사용하라. 구를 써서
묘사할 때는 전혀 사용하지 말라. 덜 효과적인 것을 배제한 후에
극도의 주의를 기울여 한 개의 형용사를 사용하라.

분별있게 부사를 사용하되, 여러분이 스스로 창안하려고는 시
도하지 말라.

비유감각을 예리하게 하기 위해 시를 읽으라. 운명의 실재성
을 파악하기 위해 역사를 읽으라. 인간 행위에 대한 지식을 증가
시키기 위해 전기와 심리학을 연구하라. 인생의 의미와 가능성에
대한 느낌을 새로이 하기 위해 위대한 작품을 읽으라.

8. 문체, 위트, 아이러니

로버트 프로스트는 〈문체란 그 사람이라기 보다 그 사람이 자신
을 받아들이는 방법〉이라고 했다. 그것은 사람이 공중 앞에 나설

때 입는 다양한 색의 코트이다. 그것이 그에게 어울리고 그의 몸체를 돋보이게 한다면 그의 코트이다. 때때로 그것은 입으면 잘 어울리겠다고 생각하는 사람들에게 빌려지기도 한다. 하지만 사람들이 자신의 칫수를 처음부터 알았더라면 더 좋았을 것이다.

「문체」란 인간의 총체적인 표현 중 기본적인 것이다. 그것은 그가 하는 말의 리듬이며 눈의 표정이며 정서와 사상과 생명과 사망에 대한 본질이다. 그것은 또한 작가의 관찰력과 어휘의 융통성에 대한 테스트이기도 하다.

E. B. 화이트는 『문체의 요소』에서 이렇게 썼다. 〈문체에 대한 만족스런 설명이나 훌륭한 저술을 위한 절대 확실한 지침서, 명료하게 생각하는 자가 명료하게 쓸 수 있다는 보장, 문을 열 열쇠, 젊은 작가가 자신의 과정을 틀잡을 수 있는 불변의 법칙 등은 존재하지 않는다. 우리는 불안정하게 움직이는 별을 보고 키를 조종하는 자신을 종종 발견할 것이다.〉

제시된 문제에 가장 적게 방해되는 방법, 가장 덜 두드러진 것이 최상의 문체라는 점은 자명하다. 사무엘 버틀러는 말하기를, 작가가 자신이나 자기 독자들에게 손실을 가하지 않고 어떻게 문체에 대해 생각할 수 있는지 도무지 이해가 안 간다고 했다. 그는 결국 자신이 「문체」로 글을 쓰는지 아닌지 모른다고 했다. 그에게 있어 문체란 「평범하고 단순한 솔직성」에 불과했던 것이다. 발자크의 규칙이란 「명료하라」는 것이었다. 그는 말하기를, 자신이 명료하지 않다면 그의 소설 세계는 허물어진다고 했다. 헤밍웨이의 문체 역시 명료하여 〈우리 세기가 산출해 낸 하나의 진정한 문체〉라고 아키발트 맥래쉬는 썼다. 그는 〈잉여분을 조각칼로 파냄으로써〉 산문에서 선(線)의 고전주의에 도달하였다. 어조를 이루는 단어와 비유의 무성한 정글 안팎으로 방황했던 포크너는 많은 나라 언어로 잘 번역되는 문체를 가지고 있다.

그러나 로버트 루이스 스티븐슨은 가장 완전한 문체가 다음과 같다고 믿었다. 〈그것은 바보들이 말하듯이, 가장 자연스러운 것이 아니다. 가장 자연스런 문체란 연대기 기록자들의 어수선한 지껄임이다. 그것은 오히려 최상의 수준에 있는 우아하고 풍부한 함축성을 눈에 거슬리지 않게 갖추고 있는 것이다. 그것이 만일 눈에 거슬리는 때가 있다면 감각과 활력이 최고도에 달해 있기 때문일 것이다.〉

작가를 특이하게 만들고 그의 책을 보다 흥미있게 읽도록 하는 요소 중 하나인 문체는 뒷장에서 상세히 논할 것이다.

위트는 작가와 연인과 연사와 행위자에게 필수적이다. 우리의 반응을 뜻밖에 예리하게 하고 우리를 인식시키고 종종 기쁨을 느끼게 하는 능력인 위트는 실로 효과적인 모든 드라마와 문학의 근저를 이룬다. 몰리에르에서 테네시 윌리엄즈에 이르기까지 우리를 깜짝 놀라게 하고 흥미있게 만들며 우리를 둘러싼 세상의 부조화에 대한 우리 자신의 감각을 완전케 하는 뜻밖의 순간들을 우리는 많이 경험해 왔다.

장 꼭또는 〈창작의 영이란 모순의 영이다. 그것은 미지의 현실을 향한 갑작스런 출현이다〉라고 말한 바 있다.

위트는 완전히 깜짝 놀라게 할 결론을 이끌어내는 능력이다. 그것은 펄쩍 뛰게 하고 즐겁게 하며 미묘하고 미리 공표되지 않았을 때 가장 효과적이다.

문학에서 위트란 독자의 주의를 사로잡으면서 한 사상을 결론짓고, 귀절을 뜻깊게 하며, 소설이 성공적이 되게 하는 능력이다. 위트는 우스꽝스러운 것을 보게 하고 행동의 이면을 인식케 하며, 모순된 것들을 기억하게 하는 역량이다.

「아이러니」는 우리가 밝히려는 뜻밖의 진리를 재표현하는 것이다. 그것은 인생 자체처럼 부조화를 이루고 모순될 수 있는 결론을 아는 능력이다. 아이러니는 상황, 아마도 기대한 것의 역전에 근거를 두어야 한다. 극적 아이러니는 사전에 보면, 주인공이나 관계자가 모르는 어떤 것을 청중이 알게 함으로써 달성되는 효과로 정의되어 있다. 단편은 거의 언제나 아이러니로 그 효과를 이룩한다.

아이러니는 소설가들의 생각에서 멀리 떨어져 있는 것이 결코 아니다. 인생, 선악, 이의와 위선, 행동과 도피 등의 불합리한 면——이 모든 것이 소설감각을 자극하고, 씌어진 형태의 드라마를 낳게 하는 기술이다.

9. 정규성 및 작업에 대한 역량 : 우수성의 추구

여기서 우리는 작업중에 있는 작가의 말을 인용하는 것보다 더 나은 방법은 없을 것 같다. 작업의 정규성, 그 풍요성 및 작가의 성장이나 퇴보에 직면한 난점 등을 우리는 살펴볼 것이다. 연장되고 집중된 노력은 성공한 모든 작가들이 이해하는 필수 요건이다. 작업이란 작가를 친지들로부터 분리시키는 현실 세계의 굳센 바위이며, 작가가 자신의 입장처럼 남의 입장에서 본 견지를 주장할 수 있을 때까지 오르고 또 올라 정복해야 할 산이다.

E. M. 포스터는 소설가의 일정표를 이렇게 짰다. 즉, 잠자는 데 8시간, 먹는 데 2시간, 사랑하는 데 2시간, 교회에 가거나 숭배하는 데 1시간, 나머지 시간은 모두 책상 앞에서 보낸다는 것이다.

『나의 벗 플리카』를 아홉 번이나 쓴 메어리 오하라는 책이 진전됨에 따라 아침에 더욱 일찍 일어났다. 에드나 휘버는 매일 9시부터 4시까지 줄기차게 썼다.

모든 작가들은 발자크가 엄격한 계획표를 가졌다는 말을 어딘가에서 들어보았을 것이다. 그가 한 작품을 끝내는 데는 2주 내지 2달이 소모되었다. 그 기간 중에 그는 백포도주와 가벼운 저녁 식사를 하고 8시에 잠자리에 든다. 새벽 2시에 잠이 깨어 책상으로 다가가 난로 위에서 계속 끓고 있는 커피를 마시면서 6시까지 쓴다. 6시에 한 시간 동안 목욕하고 발행자가 교정쇄를 가져와 이틀 전에 쓴 수정본과 새로운 원고를 가져갈 때까지 커피를 더 마신다. 9시부터 12시까지 다시 쓰고, 아침 식사로 달걀과 커피를 든다. 1시부터 6시까지는 수정 작업을 하였다.

책 한 권이 다 끝나서야 비로소 그는 친구와 연인을 만났고 때로는 시야에서 사라지기도 하였다.

시메논은 그의 내과의와 함께 건강을 점검해 본 뒤, 새로운 책을 낼 때마다 일생의 한 부분을 베어 내었다. 그는 작품이 완성될 때까지 요구되는 저술 기간 동안 거의 시계 주변에서 일하다시피 하면서 가족, 사교 생활 및 기타의 모든 오락을 포기할 것을 주장하였다.

〈많이 쓰면 잘 쓰는 법을 배운다〉고 수티는 말했다. 사실 그렇다. 모든 작가는 결국 자기 나름대로 작품을 생산하는 최상의 유형을 고정시켜야 한다. 상상력이 보다 잘 조절되고 방해받지 않고 일할 수 있는 기간을 확정해 두어야 하는 것이다.

전화벨 소리, 수행해야 할 의무, 논평 등등의 사소한 방해라 할지라도 충분히 해로울 수 있다. 활력적으로 저술할 자세가 되어 있을 때 그보다 더 큰 장애물이 생기면 치명적이다. 작가는 다른 일에는 「최선」을 다할 수 없으며, 다른 일을 하면서 창작할 정력은 존재하지 않는다.

물론 이 점은 자주 거론되어 왔다. 일부 발행자들은 돈이 부족한 작가에게 책을 완성하기 위해 「일자리를 얻도록」 제안한다고 알려져 왔다. 일부 작가 지망자들은 가르치는 일, 편집, 신문 잡지 기고 등에 손을 대면서 자신이 지극히 흥미있어 하는 문제에 계속 접할 수 있다고 생각한다. 하지만 그것은 작업하는 것이 아니다. 차라리 나무를 찍거나 저녁 요리를 하거나 택시 운전, 사냥 혹은 낚시질을 하라. 여러분이 진정으로 흥미있어 하는 분야를 알았다면, 부담없는 일이 가장 안전하다.

올리버 라파지는 〈사람들이 잇달아 그것을 포기하고 옆으로 빗나간다. 하지만 그것과 함께 머무는 자는 그 진수를 맛볼 수 있다〉고 말했다.

쓰는 일이란 집중된 장시간의 노력뿐 아니라, 다른 인간 종족과 마찬가지로 일상적인 시간과 가치관을 공유하기 원하는 가족이나 친구의 창살을 막아줄 질긴 가죽도 요한다는 전제를 받아들이라. 또 필요한 점은 일단 작품이 끝나면 관련된 일을 옆으로 제쳐 놓을 수 있어야 한다는 것이다. 자신의 직업상의 동년배와 아내를 포함하여, 누구나가 지루해할 정도로 자기 작품에 대해 논하는 일을 삼가라. 악마가 그를 엄습해 오지 「않을 때」 생활하고 사랑하고 웃고 함께 시간을 보내도록 애쓰라. 그리고 사람들 및 자신이 원래 창안한 것은 아닌 여러 욕구들에 대한 취약점을 보강해 두라.

대부분의 작가들이 일하는 단계는 세 가지이며, 작업에 소모되는 시간은 사람마다 다르다.

첫 단계는 자료를 수집하고 상상에 의한 착상에 대해 공상하고 묵상하는 것이다. 때때로 이것은 모여 소설의 내용을 이룰 제목들이 자체의 에너지를 개발하도록 기다리는 시간이 된다. 주제는 작가의 정신 속에서 발전되며, 작중인물은 비록 이 단계에서는 어떤 것이 다른 것보다 더 분명하게 나타나기도 하지만 소설이나 단편에서 갖게 될 형태와 물리적 실재성을 갖춘다. 이 기간은 작업 방법과 개념의 복잡도에 따라 그 길이가 결정된다.

아카데미 수상자이자 휘트와 함께 『로버트 번즈의 러브 스토리』를 펴낸 존 톨더는 머릿 속에서 실제로 소설을 써나가면서 매일 밤과 아침에 몇 시간씩 센트럴 파크를 산보하곤 하였다. 그는 대단한 집중력으로 문장을 구성하였기 때문에 머릿 속으로 쓴 내용을 종이 위로 옮겨 놓기 시작했을 때, 거의 한 단어도 바꾸지 않았다. 써머세트 모옴 역시 실제로 쓰기 전에 세부점까지 낱낱이 설정해 두었으며, 「모호한 원상태 그대로」의 인상을 쓰는 것에 대해 경고하였다.

둘째 단계는 실제로 쓰는 과정으로서, 일부 작가들은 이야기 줄거리가 떠오를 때 타자기 앞에 앉기를 더 좋아한다. D. H. 로렌스는 우선 이야기 줄거리가 마음에 와 닿는 것을 느꼈다. 그러면 그는 스토리가 진행되는 대로 사건을 발생시킨다. 많은 작가들은 착수하기도 전에 이미 상상 가운데서 스토리가 완성되었음을 느꼈다고 말한다. 그럴 경우 쓰는 과정은 이야기를 창작한다기 보다 페이지를 읽어나가는 듯하다. 일단 단편 혹은 소설이 진행되면 쓰는 시간과 망설이는 시간이 단축된다는 것이 사실이다. 따라서 일단 그 줄거리를 발견할 수 있다면, 이제 해야 할 올바른 방법은 분명 한 가지뿐이다. 촛점이 뚜렷해지면, 우리의 방향도 그에 따라 명백해진다.

모든 작가는 작중인물이나 플롯이 때때로 자신에게 갑자기 덤벼들기 때문에 깜짝 놀라면서 반가와한다. 독창적인 플롯의 개요는 이내 뒤따라 나올 수 있을지 모르나 미리 설정한 계획의 배후를 못본다면 서투른 작가라 할 것이다. 로버트 프로스트는 자신의 「넘어졌다 일어서는 기법」과 작업 중에 정확한 의미를 찾았을 때의 희열에 관해 말했다. 작가에게 중요한 것은, 이야기가 진전되어 가는 모든 단계에서 무아의 경지에 빠져 있는 것이며, 또한 작품을 즐거워하면서 끝까지 거기에 몰두해 있는 것이다.

세째 단계는 수정과 편집 혹은 단순한 재작업 과정으로, 첫째와 둘째 단계를 합친 것이나 그 10배 정도로 기간이 길어질 수 있다. 때때로 빠르고도 집중적인 첫째 과정이 지난 후에는 일단 작품을 덮어두는 것이 낫다. 캐더린 앤 포터는 『바보들의 배 *Ship of Fools*』가 최종적으로 완성되기 전에 다른 형태로 수차례 재착수했다. 베스트 셀러 『죠스』의 저자인 페터 벤춰리는 말하기를, 그 책을 쓰기 15년 전부터 그것을 위한 착상을 가져왔고 상어들의 습성을 연구했다고 하였다.

때때로 등장인물과 플롯이 잘 설정되거나 명확히 구분되기도 전에 너무 일찍 쓰기 시작할 수도 있다. 어느 때에는 주제가 아직 파악되리만큼 분명하지 않으며, 너무 많은 방향에서 착수했기 때문에 여러가지 취지가 한 덩어리가 된 채로 끝맺어질 수도 있다.

아니면 제재에 대한 연구와 관심에 너무 많은 시간을 쏟아 원래의 충동이 다 없어질 정도로 늦게 착수하는 때도 있다.

일단 착상이 떠올랐다면 언제 착수하는 것이 제일 좋은가? 한동안 생각하고 공상하고 묵상하라. 그러나 너무 오래도록 끌지는 말라. 일기장에 메모해 두고, 어떤 근원으로부터든 그 문제에 대한 참고 사항을 잠재의식이 붙잡고 있도록 조종하라. 결코 그 착상이 정신에서 완전히 도망가지 못하게 하라. 예를 든다면, 『죠스』에 대한 착상이 일단 페터 벤취리의 머리 속에 떠올랐을 때, 그는 그 주제에 대해 알고 있는 모든 것이 그를 사로잡았으며, 어쩔 수 없는 충동으로 작품을 쓰기 시작할 때까지 원래의 착상 주변에 둘러붙기 시작했다고 말한다.

작가의 작업은 비작가들에게 이해되기가 항상 어렵다. 작가는 남들이 일할 때 게으름을 피우고 있는 것같다. 우리 중 많은 사람들이 매일 지정된 시간에 책상 앞에 앉아 예정된 몇 페이지의 일을 끝내기도 하지만, 모든 작가들의 정신이 이같이 규칙적인 형태를 따르는 것은 아니다. 작업을 계속하는 것은 절대적으로 중요하다. 물론 노동을 많이 하여 지력이 고갈되었을 때는 휴식을 취해야 한다. 그러나 우리는 제각기 어떤 형태를 초월하여, 우리가 가장 만족스럽게 작업할 수 있는 방법과 아주 빈번히 말하는 바이지만 정규성이 중요하다는 것을 안다.

마법에 걸려 일이 끝날 때까지 하루에 8시간이나 IO시간 동안 작업할 수 있을 때까지 기다려야 하는 사람들에게 다른 원리가 필요할 듯하다. 앞서 말한 바 있는 시메논은, 일하지 않고 오랜 시간을 보내다가 전력을 다해 책 속에 뛰어든다. 사로얀은 성공하기 시작하면 한 해에 일백 편도 더 썼다. 그러나 요즘은 뜸하다. 어떤 작가는 때로 너무 자주 지면에 나타나 변변치 못한 명성을 얻는다. 시메논 같은 작가가 아닌 이상 한 해에 수다한 소설을 펴내는 작가의 사상은 심각하게 받아들이기 곤란하다. 그런 작가는 아마 독자층을 물려버리게 한 나머지 기대치를 상실하게 한다.

조셉 콘라드는 쓰는 것이 고문이라고 했다. 그리고 작가의 인내가 끝장이 나 작업이 중단되는 경우가 매우 흔하다. 연장된 집중력, 연장된 감정, 연장된 작업 및 제재의 예술적 조절 등은 분명히 필요하다. 그러나 주의를 집중하는 시간이 아무리 길어도, 실제 인생에서처럼 작중인물에 대해 갖는 우리의 사랑과 분노와 열정은 무한정 최고도에 달해 있지 않다. 우리는 언제 중단해야 하고 언제 재착수해야 하는지를 알아야 한다.

작업 습관이 어떻든 간에, 성취한 바가 어떻든 간에, 모든 작가가 주의해야 할 충고가 한 마디 있다. 〈작품이 진행될 때 그 자리에 있으라〉고 마리안느 무어는 말했다. 그리고 그것을 지면 위로 계속 옮기라.

10. 재능 : 대담성, 천재적 수법

재능은 어릴 때부터 쉽게 식별된다. 음악에 대한 느낌과 연주 재능은 비범하므로 그 판단에 착오가 없다. 화가를 특징짓는 색채감각과 형태감각은 어린 시절부터 두드러진다. 그와 같이 말에 대한 사랑과 재능과 독서에 열중하는 것은 장래의 작가를 시사한다. 그러나 불행히도 그것에 이어 작가로서의 성공이 항상 뒤따르는 것은 아니다.

이 분명한 재능, 가능성에 대한 이 시도── 이것은 과연 재능 있는 자가 다른 것에 종사할 때까지 잠깐 있다가 사라지는 일시적인 것인가? 아니면 그것은 칭찬받고 남을 즐겁게 하기 위한 욕망, 혹은 청산유수처럼 줄줄 말하는 것을 단순히 모방한 것에 불과한가?

플로베르가 말했듯이 〈재능은 끈질긴 인내이다.〉

기묘하게도 저술 재능의 표징은 기만적일 수 있다. 작가의 재능과 전도 유망성을 시험해 봄으로써 이것이 실제로 어디에 있는가 혹은 그 재능이 어디에서 개발될 수 있는가를 알기란 항상 쉬운 것이 아니다. 훈련을 한 차례 받은 일부 음악가들은 자기 왼손이 놀랍게도 바이올린의 이 곳 저 곳을 훌륭한 효과를 내면서 날아갈 듯이 짚을 수 있음을 알게 된다. 그러나 그들은 활을 잡은 오른 손을 적절히 발전시킬 수 없을는지 모른다.

트롤로프는 말하기를, 작가는 독자를 이끌기 전에 상상력과 공감이 먼저 작동하게 해야 한다고 하였다. 또 한 가지 언급할 것은, 아름다운 귀절이나 심지어 인상적인 어휘라 해도 그것이 항상 작가의 재능을 시사하지는 않는다는 것이다. 이야기를 하는 능력도 그렇다. 어떤 점을 특수한 방법으로 말하고 확신시키고 비문학적 언어로 흥미를 자아내기 위해 필요한 것이, 문학계에서 중요한 위치를 차지할 작가를 만들어내지 않는다는 것은 매우 혼한 사실이다.

《스토리》지에서 우리가 찾고 있는 것이 무엇인지를 설명하기란 쉽지 않았다. 우리에게 단편을 보내 온 대리인들은 여기에 여러분이 찾는 독창적인 작품이 있노라며 상업 잡지에 팔 수 없는 단순히 세련된 작품을 제출하는 과오를 종종 범하였다. 그러나 혼란한 가운데 독창성은 존재할 여지가 없다. 만일 세련된 작품이 할 이야기도 없고 전달할 아무 것도 없다면 지루한 것에 지나지 않는다.

트루먼 카포트와 노만 메일러의 처음 소설은 세련되지도 혼란스럽지도 않았다. 트루먼의 『내 입장에서 본 문제』와 노만의 『세상에서 제일 위대한 것』은 플롯과 작중인물이 짜임새있게 나타난 작품이었다. 전자에는 유우머가, 후자에는 풍부한 상상력이 발휘되어 있었고, 제각기 활력과 스토리와 언어의 경제성을 지녔다.

작가는 자신을 위해, 남을 위해, 혹은 돈을 위해 쓰는가? 재능이 있다면 그것은 별문제 아니다. 재능은 혼히 믿는 바처럼 부패하지 않는다. 그러나 그것은 오도되고 낭비될 수 있다. 경제적 이유로 인해 재능은 겉만 매끄러운 작품에 사용될 수 있다. 요즈음 다행히 그런 수요가 감소되고 있는 듯하다. 재능은 저널리즘에서 그 발휘가 지연될 수 있고, 독특한 재능조차 낙담할 노릇이지만 제대로 평가받지 못할 그런 매개체에 사용됨으로써 낭비될 수 있다.

「용기」란 최선을 다해 계속 쓰기 위해, 혹은 더 잘 쓰기 위해, 심지어는 아뭏든 계속 써 나가기 위해 필수적이다. 쉐루드 앤더슨은 1939년 2월 한 친구에게 이렇게 썼다. 〈길버어트, 나는 이따금 나를 찾는 젊은 예술인들이 자기 연민에 파묻혀 있음을 본

다네. 너무도 모진 인생의 잔인성과 냉담이 그들을 매우 **놀라게** 하네. 내가 보기에 거기엔 최종적 시험, 즉 그것을 「웃어 넘기는」 시험이 있는 것 같네. 거기엔 일종의 성숙같은 것이 있지.〉

「대담성」은 군사적 천재보다 다른 사람들을 위한 모토가 되어 왔다. 전성기를 맞기 전의 예술인들은 작업하면서 그것을 칭송하였다. 그리고 오래 오래 산다면 그것은 훌륭한 보상을 그들에게 베풀 것이다. 대담성은 종종 여러분의 견해가 건전하고 여러분의 수법이 옳다고 확고부동한 확신, 혹은 그런 확신에 고착하는 용기에 불과하다. 대담성이나 확신이 없는 예술가는 이 방법 저 방법, 이 수법 저 수법에 밀려 작업하는 중에 자신의 재능을 결코 발견할 수 없다. 확신은 원래 독립성에 의해 뚜렷해진다. 달리나 피카소처럼 자기가 세운 주제와 능력과 함께 재미를 보고 장난하며 위로 던져 올리기도 하는 예술가들은 변화, 시작, 수많은 비약과 무드에 의해 우리를 어리둥절하게 할 수 있다. 그러나 그들은 모두 탈선, 자아표현, 인생에 대한 특별한 비젼 등을 즐기는 대담성이 있었다.

여러분이 하려는 일에서 실패하고 정도를 계속 걸어나가는 데도 역시 대담성이 필요하다. 체홉의 최초의 희곡은 혹평을 받았다. 그럼에도 불구하고 그는 희극 잡지에 계속 기고하였고, 의사로서 개업하였으며, 문학적 성공을 위한 자신의 계획을 한사코 단념하지 않았다. 조이스의 단편집은 그의 고향에서 금지되었다. 쉐루드 앤더슨의 초기 단편은 각기 25달러에 지나지 않았다. 헨리 밀러가 젊었을 때 쓴 작품이 파리 클럽에서 공표되었을 때 그는 중년층이었다. 그러나 그들의 끈덕진 고집은 대담성의 미덕을 확증한다.

코울리지는 신작 『서정적 발라드』가 거절당했을 때 이렇게 말했다. 〈위대하고 독창적인 모든 작가는 그 위대성과 독창성에 비례하여 스스로 즐기는 미각을 창안해내지 않으면 안된다.〉

살아 생전 문학에 영향을 끼친 천재 지그문트 프로이드 박사의 제자인 어니스트 존스 박사는 회의를 품고 있을 수 있는 작가들

에게 말하기를, 〈거의 누구에게나 천재의 혼적은 조금씩 있다〉고
했다.

그의 정의대로 〈천재란 자질이 아니다. 그것은 모든 인격체에
게 내재되어 있는 속성의 조합에 있어 양적 차이에 지나지 않는
다.〉 그 속성이란 다음과 같다.

1. 영감
2. 자발성
3. 주기성 혹은 생산 주기
4. 절대 정직성
5. 정규성
6. 의미 감각
7. 집중력

이러한 정의를 받아들이는 데는 아무 해가 없다. 하지만 19세
기의 성직자이자 위트에 넘치는 시드니 스미드가 「천재」에 대해
묘사한 것을 읽어보자.

〈비상한 자라는 뜻은, 그가 한 사람이 아니라 여덟 사람이라는
것이다. 그는 감각이 마치 없어보이는 만큼 위트가 많고, 위트가
없어보이는 만큼 명민하며, 그의 상상력은 마치 복구될 수 없을
정도로 파괴되어 있는 듯이 보이는 만큼 찬란히 빛나고 있다.〉

천재층에 있는 훌륭한 작가는 환영받는다.

Ⅱ. 소설의 요소

1. 플롯 및 이야기 전개

언젠가 휘트가 학생들과 함께 플롯에 대해 논하면서 말했듯이 〈포스터는 소설을 「순차적으로 발생한 사건을 이야기하는 것」으로 정의한다. 따라서 신밧드가 여기 저기 그리고 다른 곳을 갔다. 그리고 이것이 그에게 발생하였다 등등의 것이 소설인 것이다. 그것은 연대기 혹은 여행기이다. 그것은 발생한 것을 곧 바로 이야기하는 것이다. 플롯이란 그 이야기를 처리하는 것이다. 그것은 반드시 시간적 순서가 아니라 예술적 순서를 선택적 순서로 사건을 배열하는 계획이다. 그는 인과 관계 즉, 이 사건들이 왜 발생하였는가 하는 원인에 강조를 두면서 사건을 이야기하는 것이 플롯이라고 정의한다. 그는 좋은 실례를 들었다. 왕이 죽었다. 그리고 여왕이 죽었다. 이것은 단순히 이야기이다. 하나가 다른 것을 뒤따르는 두 개의 사실이다. 이것은 아마 이야기일 수 있고 두 가지 사실에 불과할 수 있다. 그것은 아무런 배열이 없다. 그저 사실을 말한 것에 지나지 않는다. 이 두 가지 사실에 한 가지 요소를 더한다면 여러분은 플롯을 가질 수 있을 것이다. 무엇이 그 요소가 될 것인가. 〉

학생 : 〈여왕이 실의에 차서 죽었다고 할 수 있읍니다. 〉

W. B. : 〈실제적으로 완전한 대답이다. 제군은 그들의 죽음에 원인을 붙일 수 있었다. 그러나 그것으로 끝나는 것은 아니다. 처음에 그들은 완전히 행복하다. 하지만 왕이 죽는다. 그때 여왕은 슬픔을 이기지 못해 죽는다. 이런 것이 플롯이다. 한 가지 사실의 결과로 인해 다른 사실이 발생한다. 시간적 순서는 여전히

보존된다. 하지만 「왜」라는 의미는 시간적 순서를 가려버린다. 따라서 여러분은 여왕이 왜 죽었는가에 관심을 갖는다. 이제 여러분이 좀 더 복잡하게 만들고자 한다면 어떻게 할 수 있는가?〉

학생 : 〈여왕이 멀리 떠나 있다가 귀향하게 하면——〉

W. B. : 〈좋다. 우리는 지리 문제를 부가할 수 있다. 왕은 카이로에 있고 여왕은 중국에 있다. 이것은 크게는 아니지만 이야기를 다소나마 풍부하게 만들 배경적 요소를 부가한다. 하지만 그것은 겉만 매끄럽게 쓰는 작가의 것처럼 아직도 미비한 부분이 많다. 그런 작가는 허수아비를 세워놓고 잇따른 상황 속으로 그것을 내던진다. 그리고는 소기의 성과가 있기를 희망한다. 그것은 단편을 쓰기 위해 우리가 바라는 방법이 아니다.

〈아니, 여왕을 죽게 하자. 그러나 「아무도 그 원인을 모른다.」 이 지점부터 여러분의 소설은 시작된다. 왕이 죽은 침대의 장면은 필요하지 않다. 여왕이 죽는다. 그리고 왕 역시 이미 죽었지만 아무도 처음에는 이 두 가지 사실을 연결시키지 않는다——여왕은 항상 한 두명의 기사를 꿈꾸어 왔기 때문이다. 따라서 아무도 그녀가 얼마만큼 왕을 사랑했는지 추측하지 못한다. 그때 누군가가 조사를 하고 여왕의 의문사를 밝혀야 한다. 그러면 이제 여러분은 서스펜스를 갖게 된다. 아내 모르게 여왕을 사랑했던 기사를 등장시켜 플롯을 복잡하게 해 보라. 사람들은 이 조사를 어떻게 막으려 할 것인가? 그리고 여왕의 좋은 이름을 보존코자 하는 사람들은 이 모든 것을 은폐하기 위해 어떻게 황급히 손을 쓸 것인가? 하지만 아니다. 여왕은 이미 말했듯이 슬퍼서 「죽었다.」 그러므로 여기서 멋진 심리적 소설을 발전시킬 계기가 우리에게 주어진다. 사건이 연달아 크게 터지는 대신, 밝혀지고 어떤 결론을 가져올 미스테리, 즉 해결되야 할 문제가 있다.

이제 여러분에게 당면한 문제는 소설의 플롯이——이유를 보여줄 관계나 연관성을 강조하기 위해 여러분이 선정한 것과 등장인물의 행동 등——「어떤 것」을 드러내는 일이다.〉

그때 우리는 극적 형태의 기대감, 서스펜스, 감정 및 만족감으로 상황을 설정하는 관련된 사건의 배열을 플롯이라고 한다. 아리스토텔레스는 플롯은 사건의 「배열」이라고 말함으로써 전반적인 것을 단순화하였다. 그때 사건이란 「적절한 중요성을 띤 것으로 그 자체로서 완전하며 전반적」이어야 한다.

써머세트 모옴은 흥미를 일으킨 사람들에게 무엇이 발생했는지 알고 싶어하는 독자의 욕구를 만족시키려면 플롯이 있어야 된다고 말했다.

끝으로, 웹스터 사전은 플롯을 가리켜 〈다른 것들을 덫에 걸리게 하려고 고안한 구성〉이라고 정의한다.

다음에 발생할 사건에 대한 호기심과 흥미를 자극하지 않고서는 소설 작품에서 흥미를 일으키기 어렵다. 관련된 사건들은 제각기 순조롭게 이어지든 모순되게 이어지든 간에 독자가 페이지를 넘기도록 만들어야 한다. 그리고 작가가 기민한 정도에 따라 그 스토리를 읽어나가는 독자가 느끼는 저항감은 적어진다. 다시 아리스토텔레스에 따르면, 독자는 〈기대 밖의 어쩔 수 없는〉 결론에 근접한다는 희망으로 계속 읽는다.

플롯은 문체와 관련이 있는데, 이것은 극적인 배열이 작가 개인의 리듬과 인생관에 따라 광범위하게 변할 수 있음을 뜻한다.

스테펜 크레인의 〈침몰된 기선 〈코모도르〉에서 빠져나온 네 남자의 경험을 그린 『오픈 보우트』〉는 이들이 바다에서 살아남기 위해 어떻게 투쟁하는가를 묘사한다. 그 작품은 액션으로 가득 차 있으며 우리는 사람들의 마음 상태와 곤경을 처음부터 안다.

그들 중 아무도 하늘빛을 모른다. 그들의 눈은 수평선을 언뜻 보다가 이내 그들에게 덮치는 파도 위로 고정된다. 이 파도는 하얀 거품을 이루는 그 꼭대기 부분을 제외하곤 암회색이다. 그들 모두는 바다의 색을 안다. 수평선은 좁아졌다 넓어지고 파묻혔다 떠오른다. 그 가장자리는 바위처럼 뾰족한 끝으로 찌르려는 듯한 파도로 인해 들쭉날쭉하다.

「여러 사람이 목욕하는 욕조도 바다 위에 있는 이 보우트 보다는 커야 할 걸.」

  우리는 작중인물에게 소개된다. 보우트에 들어온 물을 퍼내려고 허리를 굽힐 적마다 단추를 채우지 않아 옷자락이 펄럭이는 조끼를 입고, 소매는 팔뚝까지 둘둘 말아올린 요리사, 한 개의 노로 방향을 잡고 있는 유류상, 자신이 왜 거기에 있는지 의아해하며 다른 하나의 노로 물을 저어가며 파도를 지켜보는 통신원, 상처를 입고 뱃머리 쪽에 누워있는 선장.

  저자는 우리에게 이렇게 말한다. 〈사실상 바다가 불리한 유일한 점은, 물에 잠긴 배에서 효과적으로 일하는 게 중요하고 또 그 일하기를 열망하는 듯이 파도 한 굽이를 성공적으로 넘어서면 그 뒤를 이어 다른 파도가 밀려오는 것을 발견하는 것이다.〉

  물을 퍼내고 노를 젓고 낙담하는 일이 있은 후, 선장은 〈흔들리는 수평선의 저 끝에서 조그맣게 보이는 것〉을 가리켰다. 〈그것은 정확히 핀 끝 같군. 저렇게 작은 등대를 발견하려면 열망적인 시선이 있어야 하지.〉

  사람들은 「여기 바다 위에서 싹튼 미묘한 형제애」를 느끼면서 선장의 지시를 따라 새로운 희망을 품고 함께 일한다. 점차 육지가 떠오른다. 나무와 모래 그리고 등대가 보인다.

  한동안 그들은 육지에서 아무도 보지 못한다. 바다의 힘은 그들을 다시 뒤로 물러가게 한다. 〈이 멍청한 운명이라는 노파가 이보다 더 좋은 일을 할 수 없다면 차라리 운명 관리직을 내놓아야만 해.〉 화자가 한마디 한다. 〈그녀가 나를 익사케 하려고 마음먹었다면, 어째서 진작 그렇게 하질 않고 이런 장애물에서 날 구해 주었지?〉

  조류는 바뀌고 사람들은 이제 기진맥진했다. 노를 젓는데 〈갑자기 또다른 푸른 빛이 길게 번쩍이더니 바닷물이 다시 철썩였다. 이번에는 보우트 주변에서 그런 현상이 일어나 거의 노에 와 닿으려 했다. 통신원은 길게 번쩍이는 자취를 남기면서, 하얀 물거품이 소용돌이치는 바다를 가로질러 그림자같이 빠르게 지나가는 수많은 고기떼를 보았다.〉 상어는 새벽이 되기까지 떠나지 않았다.

<해안 근처의 기괴한 물굽이가 보우트를 높이 들어 올려 다시 백지 같은 바닷물이 비스듬한 해안 위로 휙 덮치는 것을 볼 수 있었을 때>에도 그들은 여전히 해안을 향하고 있다. <자, 이제 뛰어 내릴 때 배에서 멀리 떨어지는 것을 명심하라구.> 선장은 말했다.

물 속에서 헤엄치고 첨벙거리고 허위적거리면서 그들 중 세 명은 해안에 착륙했다. 그러나 결국 「유류상은 얕은 바다에서 얼굴을 박은 채 엎어져 있었다.」 그는 더이상 살아있지 않았다.

이 소설의 모든 플롯을 진척시키며 서스펜스와 기대를 지속시킨다. 사람들이 구조될 것인가 라는 질문은 대답된다. 사람들은 살아남았다. 체홉의 단편 『귀여운 여인』은 다른 종류의 플롯을 지녔다. 그것은 모순이 아니라 순응에 그 흥미를 두고 있는 단순한 것이다. 사실상 놀라움을 안겨주는 것은 이야기 줄거리에서 끈기있게 순응하는 바로 이 요소이다. 우리는 어떤 전환이나 선회를 기대한다. 하지만 궁극적인 아이러니, 이 플롯의 힘은 우리가 그 끝을 예견했어야 한다는 데 있다. 하지만 우리는 이 작가의 기술 탓으로 그것을 예측하지 못하였다.

주인공인 젊은 아내는 결혼하여 남편의 사랑스런 존재가 된다. 그가 죽자 그녀는 재혼하여 두번째 남편에게도 찬미받는 아내가 된다. 그녀는 너무도 쉽게 순응하며 인생을 산다. 그녀의 운명은 변하지만 그녀 자신은 독자가 기대하는 어떤 변화가 없다. 그녀는 단순히 그녀와 결혼하는 남자의 색조와 바램을 지닌다. 마침내 세 남자의 귀여운 여인이 된 그녀는 자신의 역할이 몸에 배어 학교에 다니는 아들 하나밖에 남아있지 않았을 때에도 그에게 「귀여운 여인」이 된다.

기대치 않은 전환과 함께 짜임새 있게 구성된 이야기는 노만 메일러의 『세상에서 제일 위대한 것』이다. 그 작품을 썼을 때 그는 18세에 불과했고 문학적 장래도 확실치 않았던 하바드 재학생으로서, 우리의 컬리지 상을 수상하였다. 그것은 그의 소설 중 최초로 발생된 것인데, 그 당시에도 벌써 앞서 말한 바 있는 무대 감각을 시사한 작품이었다.

　그의 작중인물 알 그루트 역시 18세이며 집을 떠나 빈털털이가 되었다. 그는 세 명의 억센 사나이들과 같이 차를 타고 시카고로 들어갔다. 그리고 무모하게도 그 중 한 사람에게 돈내기 풀게임을 하자고 도전한다. 그는 그 게임을 단 세 번 해 보았을 뿐이다. 그러나 다행히 그의 상대 피클즈 역시 썩 잘하지 못하여 알은 피클즈가 가진 대부분의 돈을 딴다. 그는 이제 그 돈을 계속 갖고 싶어한다.
　〈피클즈는 이를 드러내고 씩 웃으면서 자신의 큐를 어루만졌다. 「넌 운이 너무 좋았어, 귀엽게 생긴 녀석. 하지만 이번엔 내 차지야. 나는 20달러가 남아있어. 그걸 모두 걸테다.」
　「싫어」 알이 말했다. 「난 하고 싶지 않아.」
　「이봐, 나는 돈을 잃고 있었어. 게임은 아직 끝나지 않았어.」
　그들은 모두 알을 협박하듯이 바라보았다.
　알은 도망할 구멍이 없다는 것과 자신이 이기지 못하리라는 것을 알았다. 그는 큐를 내려 놓았다.
　「어딜 가지?」 피클즈가 물었다.
　「변소에. 따라올래?」 그는 억지 웃음을 터뜨렸다.
　화장실에서 그는 단 한 개의 출구와 벽 위에 높이 있는 창문을 쳐다보았다. 그는 몸을 부추겨 올라가 창문을 밀어 열었지만 거기엔 쇠창살이 박혀 있었다. 그는 거기서 도망칠 수 없었다. 그래서 돈을 바지의 사타구니 부분에 감추고 문을 열어두었다. 사나이들은 그를 기다리다 못해 강제로 그를 끌어내 차에 밀어 넣었다.
　「아무도 못듣는 길에서 그를 끌어내자——」
　알은 조용히 앉아 있었다. 그러나 차가 커브 길에서 속도를 늦추자 그는 팔꿈치로 차문을 치밀고 확 잡아당겨 손이 자유롭게 한 뒤 빙 회전하여 뛰어내렸다. 그가 뛰어내린 후 차문은 흔들리며 다시 닫혔다.
　그는 도망쳤다. 배불리 먹고 담배를 실컷 피운 그는 밤을 보내기 위해 방을 하나 잡았다. 거기에 누워 자기가 한 일을 모두 생각하다가 그는 갑자기 멈추었다. 황홀감이 너무 커 더 이상 생각할 수 없었던 것이다. 그는 베개를 베고 누워 그것에 말을 걸었다.
「맹세코」알 그루트는 이전에 말해 본 적이 없는 것을 이제 말하는 듯이 이야기했다. 「맹세코 이것은 내 생애 중 가장 행복한 순간이야.」〉

여기에는 번쩍이는 이미지와 강력한 문체를 찬란하게 암시하는 부분이 없다. 우리는 노만의 소설, 실로 성숙한 경지에 있는 그의 모든 작품과 교류해 나눈다. 그러나 그것은 작중인물의 관찰, 역설적 인생, 플롯에 필요한 사항에 이미 잘 적응된 정신적 재능의 충분한 증거가 된다.

보다 위대한 성공을 향해 계속 전진하는, 우리가 발행했던 작품의 수많은 젊은 저자들은 처음에 청소년층의 섬세하며 민감하긴 하지만 플롯이 없지는 않은 이야기를 썼다. 그들은 자아로부터 전환하여 경험과 감정을 객관화시켰고 심지어는 사회현상을 관찰하면서 독자를 즐겁게까지 하였다.

많은 젊은 작가들은 예민한 마음 상태만 있으면 소설을 쓰는데 충분하다고 믿는 경우가 많다. 마음 상태만 보면 충분하다 싶을 지 몰라도 그것이 전부는 아니다. 모든 소설은 이야기할 흥미가 있어야 하므로 플롯을 적게 사용하는 것은 흠이 될 수 있다. 편집자들은 모두 처음에는 잘 씌어졌고 호감을 갖게까지 하는 소설은 희망을 가지고 읽는다. 그러나 결국 남는 것은 아무것도 없다. 그때 우리는 그 소설을 되돌려 보내며, 때로는 거절 쪽지에 「너무 경미함」이라고 써 놓는다. 그런데 저자는 우리의 의미를 결코 모르는 것 같다!

물론 플롯을 과용하는 것도 역시 곤란하다. 이런 경우 작가는 작중인물의 행동과 스토리 진전의 실마리를 지나치게 규제하였다. 그리하여 끝에 가서 무슨 일이 발생하려 하는지 여러분도 예측할 수 없다면, 그것은 여러분이 자신의 공식을 모르기 때문이다. 소년이 소녀와 만난다는 전형적인 소설은 작가의 과도한 플롯 사용에 지배되므로(그리고 감수성이나 세련된 감각은 덜 사용되며)독자는 그들이 테니스 게임을 끝낸 후 사랑에 빠지고 결혼하리라는 것을 안다. 왜냐하면 이것은 한 사건에서 다른 사건으로 이전되는 전통적인 진전 방법이기 때문이다. 그 방법을 따라 정교하게 고안된 분규도 개중에는 있을 것이다. 그러나 플롯이라는 공은 탁구 게임에서 정력적인 선수들이 하는 것처럼 이리저리로 튄다.

물론 그런 작품들이 사향길로 접어든 것은 아니다. 우리는 성공이 확실히 촉망되는 가운데 에릭 시갈의『러브 스토리』와 재클린 수잔의 작품들을 볼 것이다. 그런 책들은 감상벽 때문에 작가 지망자에게 가치가 있다. 그런 감상벽은 어떤 값을 치르고라도 점차 탈피하게 될 것이다.

플롯은 우리를 흥미있게 만든 어떤 것, 즉 등장인물, 상황, 혹은 착상에서 발전할 수 있다. 그 속에는 항상 어떤 서스펜스적 요소가 있다. 참된 이야기꾼들은 청취를 계속 몰두하게 하는 기술과 책략을 알고 있다. 따라서 그들은 플롯에서 흥미가 고조되면 그것을 오래도록 끈다. 그러나 장전된 총이 발사될 정확한 순간을 그들은 알고 있다. 서스펜스는, 일단 탁자 위에 놓여 있으면 사용될 것을 기대하게 되는 체홉의 총만을 의미하지는 않는다. 절반만 밝혀져 나머지를 알고 싶어하게 만드는 것 역시 독자에게 있어 미묘한 공법이 될 수 있다.

플롯에서는 작가만이 명령을 내리며, 자기 마음대로 분규를 이루고 해명할 수 있다. 그는 독자가 그 유형과 전개되는 것을 안다고 생각하도록 격려하며, 불시에 독자를 습격하기도 할 것이다. 그러나 소설이 어디로 인도될는지는 독자에게 앞서 작가만이 알고 있어야 한다. 플롯 없이 우리는 간단한 설명으로 독자에게 그 내용을 단번에 알릴 수 있다. 그러나 설명이란 문학이 아니다. 우리는 모든 소설에서 분명하게 설명되지 않은 것들이, 간접적인 수단이나 시사 혹은 암시 등 실제로 말해서는 안되고 지시만 해줄 뿐인 것에 의해 암암리에 밝혀진다는 것보다 더 큰 진리의 근사치를 원하는 것이다. 그러므로 작가는 독자가 작가를 앞서지는 않지만 작가 자신과 함께 작업하는 데 참여한다는 기분으로 플롯을 고안할 것이다.

플롯 문제로 골치아프다고 말하는 작가들은 종종 사람들이나 그들의 언행 방법과 그 이유를 잘 모르겠다고 하는 자들이다. 헨리 제임즈는 투르게네프의 플롯이 항상 등장인물에서 나온다고 지적한다. 투르게네프는 사람을 연구하는데 물려본 적이 전혀 없었고, 그의 플롯의 근원은 거의 언제나 그가 「올바른 관계」를 발견하기까지 그를 조르면서 달라붙은 사람(들)의 포상이었다. 〈창작이란 의미에서 가장 유익하고 적절한 상황과 작중인물들이 분명 일으키고 느낄 수 있음직한 분규를 상상하고 창안하고 선택하여 한데 엮을 수 있을 때〉 투르게네프는 비로소 성공했다고 느꼈다.

지능적으로만 고안해낸 플롯은 아무 목적이 없는 반면——심지어 쉬운 길을 선택하려는 서투른 작가들을 위해 나온 「플롯 카아드」도 있다——그것을 용납하지 않을 수 없는 방향으로 스토리가 진행된다고 작자가 스스로 확신한 플롯은 가장 설득력있다. 작가가 저술 게임에서 사기칠 수 없는 곳은 다름아닌 바로 이 분야이다.

「어디서 플롯을 발견하는가?」 최상의 플롯, 사실상 가장 타당하다 할 플롯은 등장인물의 성격상의 발전이나 그 관계에서 나온다. 소설이나 단편에서 흔히 보여지는 실수는 작가가 피상적인 이해를 했거나 깊이 있는 공감이 결여되어 있을 때 저질러진다. 위대한 플롯 구상자들——도스트에프스키, 셰익스피어, 초오서, 및 기타 문학의 거장들——은 작가가 추구하는 미궁과 같은 전환, 운명이나 인생 자체의, 대단히 중요한 위치에 있지는 않으나 훌륭한 작가인 꼴레 Colette는, 작중인물(매우 흔한 경우로서 그녀 자신인) 및 단순히 세심한 연구를 함으로써 이 인물들을 구성된 스토리 속으로 전진케 하는 것 사이의 자연스럽고도 복잡한 관계를 멋지게 전시하였다.

플롯은 작자가 작업을 시작했을 때 항상 분명하게 결정되어 있는 것은 아니며, 작가가 충분히 관찰하지 않았고 자신의 내적 형태감각을 확신하지 않은 상태라면 플롯을 구상할 필요가 없다.

고딕 소설의 성공적 작가 필리스 휘트니는 말하기를, 그녀는 종
종「어떤 것을 제분기의 아가리에 집어」넣기만 한다고 했다. 그
러면 그것이 저절로 정신으로 하여금 플롯을 추구하게 한다는 것
이다. 이야기의「촛점이 잡히면」그녀는 세부점을 그려본다. 자신
이 받는 자극이란 종종「어떤 것을 원하는」작중인물에게 관심을
갖는 것 뿐이라고 그녀는 말한다.

　때때로 작가는 일상사의 한 사건을 잡아내어 상상력을 통해 그
것으로 이야기를 만들 수 있다. 그가 그 사건으로 감동받고 호기
심이 유발되고 분노하고 마음이 착잡했다면, 그리고 그 문제를
충분히 알고 있다면 성공할 가능성이 있다. 그러나 여기에는 위
험한 것이 있다. 그 소설이 성공했다 해도, 대중이 이미 그것에
싫증나 있을 때 인쇄될 수 있다. 혹은 여러분 자신의 감정과 경
험이, 필수적인 효과――여러분이 희망하는 한 가지――를 망쳐
버릴 편견 때문에 상상력이 자유롭게 발휘되지 못한 채 그 줄거리
에만 의존할 수 있다.

　당대의 사건에 바탕을 두고 열정과 감정으로 씌어져 끝에 가서
아이러니를 남기는 작품은 미카엘 텔웰의『조직자』였다. 이 작품
은 1969년《스토리》지의 컬리지 콘테스트에서 1등상을 획득하였
다. 남부 지방에서 일어난 민권 운동의 비극적 순간에 대한 기록
으로서 이보다 더 잘 씌어진 것은 없을 것이다. 이 작품은 완전
히 현대적인 전환으로 끝난다. 요점만 말하면, 그것은 미시시퍼
주의 보끄치토 읍을 배경으로 하여 사회에 항거하고 자유주의 운
동에 찬성하며 백인들의 흑인족에 강한 증오심을 경험해 온 북부
의 한 젊은「선동가」에 대한 이야기이다. 중요한 모든 것――교도
소, 약국, 서부 연방국, 호텔, 그레이하운드 버스 정류장, 나무
그늘진 속의 연방 기념관――은 강 동편에 있다. 그러나 강 서편
에는 제지 공장, 쓰레기가 산더미처럼 쌓여있는 고물 수집장, 흑
인 마을이 있다.

　「자유의 집은 한 쪽에는 쓰레기와 공동묘지가 보이고 다른 한쪽
에는 흑인들의 판잣집이 내려다 보이는 언덕 위에 서 있다……」

제목처럼 「조직자」인 피콕은 밤마다 걸려오는 음탕한 전화를 기다리면서 〈큰 가게 창문이 달린 페인트칠이 되어있지 않는 건물 속에 있다.〉 흑인 마을의 근심은 점점 커져간다. 두 명의 간부요 원이 아틀란타에 와 있기 때문이다. 그들은 피콕이 자유의 집에 혼자 있으면 안된다고 느낀다. 전화 배후에 있는 분노가 행동으로 옮겨져 누군가 살해당할 기회는 항상 있다.

트라비스가 막 잠이 들려는데 전화가 걸려온다.

「이봐, 껌둥이 자식, 네가 자지 않는다는 걸 알고 있어. 이젠 더 이상 잠이 오지 않을걸.」

트라비스는 기다린다. 그러나 평상시처럼 별다른 일이 발생하지 않는다. 그는 다시 잠이 든다. 그러다가 「무겁고 둔탁한 다이너마이트 폭발 소리에 잠이 깬다. 잠시 침묵이 흐르다가 마을의 개들이 일제히 합창으로 짖기 시작한다.」

두 친구가 피콕에게 온다. 셋은 흑인가의 폭발 사고 현장으로 달려가 그가 머물고 있는 집이 완파된 것을 발견한다. 그곳에 사는 가족은 〈그에게 자기 자신의 친족처럼 가까운 처지〉이다. 트라비스는 빙 돌아 뒷문으로 달려간다. 화약 냄새가 지독하다. 부엌에는 사람들로 가득하다. 마마 진은 문께로 돌아서 그를 본다.

〈오, 트라비스. 그들이 그를 쏘았어. 제시를 죽였다구!〉 사람들도 흐느끼면서 그에 동의한다. 트라비스에게는 그들이 자신을 비난하듯이, 그들 가운데 죽음을 가져온 낯선 자를 바라보고 있는 듯이 여겨진다.

이야기는 계속되어, 트라비스가 제시의 아내 미스 비키를 위로하려 할 때 트라비스에게 의혹을 품고 있고 흑인의 분노를 두려워하는 보안관과 그 부하들이 집안으로 들어온다.

〈그의 사지는 어떤 비중이 큰 액체 속에서 움직일 때처럼 무겁게 느껴졌다. 그러나 발자국 소리는 컸다. 그는 몸을 굽혀 그녀의 두 손을 잡았다. 축 늘어진 그 손을 꽉 움켜 쥐었다. 그는 온정, 인식의 어떤 표시로 그녀의 눈을 바라보았다. 그러나 그것은 차라리 참회, 용서를 구하는 표현이었다……〉

사랑하는 사람들에게 자기 때문에 초래된 사건으로 인해 그가 느끼는 죄의식은 그를 거의 마비시킬 정도였다. 그는 분명 흑인들의 은근한 적대감 같은 것을 분명히 보았다. 보안관 할로웰은 이를 눈치채고 사람들로부터 트라비스에 대한 반감을 조성하고자 한다. 그러나 그들의 분노는 백인 사회에 대해 더 크게 작용했다. 보안관 일행은 힘주어 권총을 거머잡았다.

바로 그때 트라비스는 흠칫 놀라고 슬픈 표정으로 그들 모두의 앞으로 걸어나가 평화롭게 귀가할 것을 촉구한다.

「셔츠가 조금만 들러붙어도 민감한 잔등이 근질거리는 그는 할로웰의 총알이 닿아 첫 시험을 하도록 기다린다. 그는 두 눈을 감고 무리들의 주의가 자신에게 집중되기를 기다린다.」

마지못해 흑인들은 귀를 기울인다. 그러나 트라비스가 감히 할로웰을 조롱하고 무리를 웃기며 마침내 즐겁게 했을 때에야 비로소 그들의 주의는 그 비극에 대한 분노와 충격에서 돌려진다.

〈그는 계집애처럼 무서워하고 있어!〉피콕은 크게 소리쳐 자신도 웃지 않을 수 없게 만든다. 그가 말한 더 재미난 농담은 그들의 긴장을 풀고 진정으로 웃게 하며, 보안관 일행에게는 응징과 형벌같으나 무리들에게는 충분하고 강한 치유제이다.

트라비스가 마침내 톰 아저씨 같은 전도사 배틀을 불러 희생자들을 위한 기도들을 하게 할 때까지 트라비스와 무리들 간에는 격려적인 변화가 일어난다. 보안관 일행도 부끄러워져 기도하는 중에 모자를 벗고 고개를 숙인다.

의식이 끝나자 모두는 귀가한다. 트라비스도 자유의 집으로 돌아온다. 그는 북쪽에 전화하여 이 비극이 코즈의 유익을 위해 사용될 수 있게 조직에 보고한다. 트라비스는 생각한다. 〈그래서 우리는 공포의 형성자, 비애의 화가가 된다. 우리는 감정, 똑같은 형식과 형태에 명료성을 부여한다. 너무 자주 그렇게 한 나머지 감정에 남아있는 것은 형식밖에 없다!〉

그는 상황을 보고하고, 사람들에게 참상의 장면을 알리기 위해 언론, 국립TV방송 등 모든 정보매체를 이용하려는 상관의 계획

을 듣는다. 참다못한 그는 크게 소리지른다. 〈지금 서커스 공연
을 원하시는군요. 나는 그 가족이 그 따위 일에 굴복하게 할 수
없읍니다.〉

그러나 제시의 가족과 그가 이제까지 그 이익을 위해 투쟁해 온
코즈에게 틀림없이 돈이 모금될 것이다. 마침내 그도 동의하고
「자유」라고 말한 후 수화기를 놓는다.

그는 방을 가로 질러 문앞으로 가 문을 열고 잠자는 마을을 내
려보고 섰다. 날이 밝으면 카메라 대원, 기자, 사진사, 고관들이
떼지어 모여들 것이다. 마을 저편에서 죄를 범하고 놀란 자들은
하원 의원들에게 편지하고 있을 것이다. 어떤 사람은 수표책을
얻으려고 애쓸 것이다……

피콕은 앉아 고개를 설레설레 흔들었다. 그는 두 손으로 얼굴
을 문지르고 눈을 비볐다. 그는 다시 고개를 흔들었다. 이들은
그가 사랑한 가족이었다. 그는 재차 생각하기 시작했다. 「아침이
오면 그는 그 가족과 함께 하기 위해 돌아가야 할 것이다. 포스
터와 TV에 그 얼굴이 크게 나타날 것이다……」

매우 박학하고 슬픈 내용의 이 소설을 쓴 사람은 그 당시 하버
드에 재학중인 학생이었다. 이것은 당대 사건을 극적으로 이용하
여 우수하게 씌어졌다.

플롯은 헨리 제임즈가 대단히 노련하게 보여주었듯이 무드에서
나온다. 그의 『노트북』에서 그가 사용한 기법을 검토해 보자.

그는 이렇게 제안한다.

〈악에 대한 감정을 창출하려면 우선 악에 대한 독자의 견해를
강화시키는 것이 필요하다……그러면 독자 자신의 경험과 상상과
공감과 급격한 변화는 저자의 무드가 불러일으켜야 할 반응을
일으킨다.〉

〈독자가 악한 것을 생각하게 하라.〉고 제임스는 썼다. 〈그것을
혼자 힘으로 생각하게 하라.〉 그리하여 『스크루의 회전』에서 독
자는 악한 통치 및 운전수의 공범이 되어 소설이 끝나기까지 그
상태로 머물러 있다.

플롯은 강렬한 서스펜스를 느끼게 해야 한다. 일단 약속을 했다면 마땅히 지켜야 한다. 우리는 다음에 발생할 것을 분명히 알고 싶어질 것이다.

아직 언급되지 않은 플롯이 한 가지 있다. 그것은 P. G. 워드하우스의 주장대로 작가가 대중 소설을 쓸 때에는 문학적이 되지 말아야 하고, 문학적 소설을 쓸 때에는 대중적 색채를 떠지 말아야 한다는 것이다.

그러나 쓰기에 재미있고 구성할 때 지적 즐거움을 맛보게 하며, 다행히도 우선 즐기고자 읽는 독자를 확보함으로써 성공케 하는 것이 있다. 그것은 아이디어 플롯 idea plot으로서, 거기에는 엄청난 선회와 전환이 무표정하게 전개될 수 있고 작중인물은 피상적이나 위트가 있으며 독자를 깜짝 놀라고 펄쩍 뛰게 하는 것을 그 궁극적 목표로 삼는다.

휘트 버넷이 번역한 마르셀 아이메 원작 『편재하는 아내』는 이런 장르의 훌륭한 예이다. 그것은 이렇게 시작된다.

〈압뢰브와르 가의 몽마르뜨에 사비나라는 젊은 여인이 살고 있었다. 그녀는 편재할 수 있는 능력을 가지고 있다. 그래서 마음내키면 여러 개의 몸과 정신을 지닌 수많은 존재가 되어 동시에 여러 곳에 공존할 수 있다.〉

사비나는 이 재능을 비밀에 붙여두었다. 딱 한번 남편은 그녀가 거울 앞에서 여러 몸으로 분신하는 것을 우연히 목격하고는 자신에게 이상이 있다고 생각하여 의사의 진단을 받는다. 의사 역시 그에게 착시 현상이 있다고 동의한다.

사비나는 화가인 애인 테오렘을 만날 때 둘로 분신한다. 남편은 방안에 자기와 함께 나란히 앉아 있는 아내가 이따금 행복한 표정을 짓는 것을 보고 기뻐한다. 그러나 그녀는 그 순간 다른 남자와 사랑하고 있고 남편은 이것을 눈치채지 못한다.

한동안 이 생활은 사비나를 만족시킨다. 그리고 테오렘이 그녀가 판 보석으로 얻은 돈보다 더 많은 액수를 요구하자 사비나는 재분신하여 백작의 부인이 된다. 그렇게 해서 테오렘에게 돈을 보내면 그는 그 돈으로 다른 여자와 놀아나고 술마시는 데 탕진한다. 사비나 I세가 이것을 알았을 때——그녀는 아직도 만족해하는 남편과 산다——그녀는 테오렘에게 더 이상 아무것도 해주지 않고 후회스러워한다. 테오렘은 후회하며 파산하지만 바로 그때 화가로서 성공한다. 그러나 선량한 남편 안토니 레무티에를 속이면서 살아온 생활의 속죄로서 기가 죽은 사비나는 마지막으로 분신한다. 여러 이유로 어떻게 하다보니 그녀는 56,000개의 분신으로 나뉘어졌었다.

사비나는 나무 판자와 아스팔트 종이로 엮은 오두막집에서 루이스 메그닌이라는 이름으로 참회 생활을 시작한다. 「오물과 쥐들이 잔뜩 있는」 방에서 그녀는 어느날 오두막을 강제로 밀고 들어온, 어깨가 꼭 고릴라같이 넓고 기괴스러워보이는 남자에게 강간당한다. 그는 고기 파이, 훈제된 연어, 붉은 포도주 I2병, 럼주 I병 및 기타 각종 맛있는 음식이 든 봉지를 들고 2, 3일 걸러 찾아와 한 번 오면 이틀 후 5시쯤에나 떠난다. 〈마주 앉은 그 이틀 동안 저질러진 끔찍한 사건에 대하여는 아무 말 하지 않는 것이 차라리 낫다.〉고 마르셀 아이메는 일축해 버렸다.

한편 그녀의 모든 분신들은 동일한 타락을 맛보며, 일부는 개선되고 일부 분신들은 더욱 나빠진다.

마침내 사비나와 테오렘은 서로를 다시 발견한다. 그러나 그들은 고릴라 사나이에게 잡힌다. 그는 이들 둘을 죽인 후 마대에 넣어 강물에 던지고 스스로 목을 끊는다.

바로 같은 시각에 루이스 메그닌(사비나)은 교살당하고 그녀의 〈6만여 분신들도 또한 행복한 미소를 지으며 스스로 목을 졸라 숨을 거둔다.〉

이것은 어처구니 없는 이야기이다. 그리고 그 쟝르를 정당화하는 허구성과 심지어는 얼토당토 않은 논리로 가득 차 있다. 독특하고 지적인 플롯을 사용하여 현대의 작가들에게도 영향을 미치는 세련된 작가 조르쥬 루이 보르제의 작품에 대하여 로버트 고르함 데이비스는 이렇게 정의하였다. 〈보르제는 포우처럼, 매우 재빨리 효과를 내고 감정은 물론 지성도 수용하여 전력을 다해 씌어진 천재적 단편을 찬미한다.〉『수 갈래 길의 정원』(*The garden of Forking paths*)은 그레엄 그린이나 이안 플레밍의 스파이 소설처럼 시작하여 그 계통의 전형적인 형태로 끝나는 플롯을 취한다.

일인칭으로 씌어진 이 소설에서 칭타운의 독일 고등학교 전직 영어교사였던 유춘박사는 한 역사적 사건을 별다른 의혹없이 조사한다. 사실상 이중 간첩인 그는 자신의 정체를 밝혀낸 리델 하르트 선장을 한동안 피해 다닌다.

「그만이 아는 비밀」——앵크르에 새로 들어설 영국의 새로운 포창(砲倉) 부지의 이름——을 가지고 도망하던 그는 시골로 가는 기차를 탄다. 리델 하르트 선장이 차를 타려 하기 직전에 기차는 떠난다.

〈기차는 양 물푸레나무 사이로 미끄러지듯이 달렸다. 이윽고 속도가 느려지고 들판의 거의 한 가운데서 기차가 멈췄다. 아무도 정류장 이름을 외치지 않았다. 「애쉬그로브?」 나는 플랫포옴에 있는 아이들에게 물었다. 「애백그로브」라고 그들이 대답했다. 나는 기차에서 내렸다.〉

유춘은 명상에 잠긴다. 〈내가 취 펜의 위대한 손자인 것은 다 까닭이 있다. 그는 유난을 통치하였고, 『항 로우 멩 *Hung Lou Meng*』에서 보다 더 많은 작중인물이 나오는 소설을 쓰고 모든 사람이 찾지 못할 미로를 만들기 위해 한때 권력마저 포기하였다.〉 유춘은 정자에서 나오는 중국 음악 소리를 들으려고 마침내 「녹이 슨 높다란 대문」에 당도한다. 한 남자가 북처럼 생긴 달걀은 빛의 등불을 들고 나와 중국어로 말하면서 대문을 열었다.

「당신은 분명 정원 구경을 하고 싶지요?」

「정원이라니요?」

내 기억 속에서 무엇인가가 꿈틀거렸다. 나는 이해할 수 있는 확신감을 가지고 말했다.

「내 선조 취 펜의 정원이지요.」

「당신의 선조라구요? 당신의 이름난 선조? 들어 오시지요.」

안으로 들어간 그는 중국학자 스테펜 앨버어트와 인사한다. 그는 만면에 미소를 띠고 나를 자세히 바라보았다. 그의 얼굴에는 주름살이 깊이 패였고 눈과 턱수염은 회색빛이었다. 그에게선 어떤 성직자나 선원 같은 인상이 풍겼다. 그는 후에 말하기를 중국학자가 되고자 열망하기 전에 자신이 톨징의 선교사로 일했다고 했다.

유춘은 자신을 뒤쫓는 하르트 선장이 한 시간 전에는 도착하지 않으리라는 계산을 하고 긴장을 푼다. 두 사람은 그의 조상에 대해 이야기한다. 〈그분은 압제, 재판, 푹신한 침대, 심지어는 학식에 대한 기쁨도 다 포기한 채, 명일관에서 13년 간이나 들어앉아 계셨지요.〉라고 스테펜 앨버트는 말한다. 그는 그때 락카칠이 된 높은 서고를 보여준다. 〈이것이 미로입니다. 상징적인 미궁이지요.〉 그것은 손으로 쓴 책이었다. 그는 그것부터 읽는다.

이 후에 그들은 『수 갈래 길의 정원』의 의미를 논한다. 스테펜 앨버트는 그에 대해 설명하고 저자가 〈무한한 시간의 연속과, 수렴하고 발산하고 병행하는 시간망이 현기증나게 증대하여 퍼져나가는 것을 믿었던 방법〉을 제시한다. 〈이 시간망은——그 갈래는 수 세기를 통해 서로 접근하고 갈라지며 교차하고 서로를 무시한다——「모든」 가능성을 포용합니다. 우리는 대부분의 갈래에는 있지 않지요. 당신이 있는 곳에 나는 없고, 다른 것들 위에 내가 있는데 당신은 없고, 또 다른 갈래들 속에 우리 둘이 있기도 합니다. 이 하나의 갈래에서 가능성이 내게 호의를 베풀었기 때문에 당신은 내 대문 앞에 왔던 게지요. 정원을 가로지르는 다른 갈래의 길에서 당신은 내가 죽어 있는 것을 발견했었읍니다. 또 다른 길에서 나는 지금 이 말을 하고 있지요. 그러나 나는 허깨비, 환영입니다.〉 그때 그는 계속해서 말한다. 〈그리고 그중 한 갈래에서 나는 당신의 적입니다.〉

이때 리델 하르트가 정원의 길로 다가오는 것이 보인다. 앨버트는 등을 돌리고, 「연발 권총을 발사할 태세를 한」 화자인 유춘은 〈세심한 겨냥을 하여〉 발사한다.

유춘이 왜 그렇게 심사숙고한 후 이런 행위를 했는가? 세계의 영자 신문들로 그가 마지막에 외친 「앨버어트!」를 게재케 하여, 영국에게 「공격당할 도시의 비밀 이름」을 독일인들에게 폭로하기 위해서였다.

이것은 근본적으로 단순한 플롯이나 유쾌한 변환과 문체로 씌어졌다.

신중한 작가라면 대부분의 플롯을 짤 때, 타자기 앞에서 아무런 전환도 하지 않을 만큼 그 종말을 머리 속에서 고정시켜 놓지 않는다. 등장인물이 나오는 사건들이 계획한 바대로 정확히 터지면, 작업 중에 상상력이 자유로이 발휘되지 못하기 때문이다. 최종적인 결론을 말하자면, 성공적인 플롯은 발견한 주제, 발동하는 상상력, 지적으로 자유분망하지만 통제 하에 있는 정신 등의 조합이다. 결국 독자를 마지막 페이지까지 읽게 할 때, 독자가 작가였다 해도 그 방법만이 유일했다는 기분이 들도록 만들라. 그때 여러분의 정신과 상상력은 그 기능을 중지해도 좋다.

최후의 할 말은 이것이다 : 플롯 구성시 상관없는 것은 모두 거부하라. 그리고 당혹해할 여지를 허용치 말라.

2. 등장인물과 대화문

미시시피주에서 온 어느 젊은이가 윌리엄 포크너를 방문하여 자신이 쓴 소설을 읽어달라고 부탁했다.

「내가 꼭 읽어야 합니까?」 포크너가 물었다.

「저, 그렇지는 않습니다만 선생님께서 저술에 대한 충고를 해주실 수 있을 것 같아서요.」 당황한 청년은 말했다.

포크너씨는 잠시 생각에 잠겼다.

「좋아요!」 그는 말했다. 「작품을 쓰려거든 〈인간의 본성〉에 대해 써봐요. 그것만이 세월이 가도 변함없는 주제니까요.」

그 후 얼마 지나지 않아 노벨 문학상을 수상한 포크너는 말하기를, 자신의 목적은 〈인간의 정신을 제재로 하여 과거에는 존재하지 않은 그 무엇을 창조하는 것〉이라고 했다. 작가가 창조해낸 등장인물에서 구현된 인간의 본능과 정신, 이 양자 사이에서 좋은 소설이 나올 가망이 있을 것이다.

노벨 화학상 수상자 어빙 랭뮈르가, 오늘날의 과학과 예술과의 차이점을 설명하는데 기여될 매우 상이한 것을 말했다는 사실은 의미심장하다.

인터뷰에서 그는 이렇게 말했다. 「〈사람들〉에 대해 생각하느라고 시간을 낭비하지 마십시오. 행복하게 사는 유일한 방법이란 〈사물〉에 대해 더욱 많은 주의를 기울이는 것입니다.」

젊은 시절에 윌리엄 포크너가 다른 방향으로 머리를 돌렸다면 과학자가 되었을지도 모른다는 점이 제시되지 않은 이상 증거는 명확하다. 즉, 랭뮈르 박사는 결코 작가가 될 수 없었다는 점이다. 작가의 주된 관심사는 우리 주변에 있는 등장인물인 사람들 「이기」 때문이다. 그리고 수년 동안 계속 지켜보아도 인간 종족의 세부점, 강약점, 실수, 고상한 부면 등을 우리는 결코 충분히 알 수 없다. 작가에게는 이같은 인생 연구가 삶의 방식이고 사랑하는 방법이며 이해의 수단이자 직업의 근본이다.

소설을 위해 인물을 어떻게 선택하느냐 하는 것은 중요하지 않다. 그것은 서술될 수도 없다. 작중인물은 작가가 거의 의식하지 않았을 때 종종 나타난다. 낯선 자의 어떤 점이 우리의 주의를 이끌어 기억 속에 남아 있다가 다른 사람에게서 그와 비슷한 점을 우연히 발견했을 때 그것은 다시 뚜렷이 생각날 수 있다. 사실상 단 하나의 모델에서 이끌어낸 등장인물은 거의 없다. 우리는 다른 실례——어린 시절부터 알아온 사람, 최근의 청년기에 만난 동년배, 성인이 되어 사귄 친구——를 이해하지 않고는 누군가에 대해 거의 모든 것을 충분히 알 정도로 감식적이거나 직관적이 아니다. 우리는 하나의 등장인물이 우리에게 상기시키는 다른 개개인들, 혹은 다른 환경과 정신 상태에서 관찰한 두 세명을 떠올린다. 그리고 우리가 보다 일찍 이것을 예견했다면, 노트에 친구나 낯선 자의 특이한 버릇을 기입하고 사용해 왔을 것이다.

E. M. 포스터는 다름 아닌 〈내가 좋아한 사람, 나라고 생각한 인물, 나를 자극한 사람들〉을 모든 책에 등장시켰다고 말했다. 체홉은 이렇게 썼다. 〈사람들은 내게 묻기를 어떻게 그렇게 사람들에 대해 아느냐고 할 때 보통 단순한 답변을 듣는다. 사람들에 대해 내가 아는 모든 것은 나 자신에게 터득한 것이라고.〉

앨더스 헉슬리는 쓰기를, 자신은 어떤 환경에서 어떤 사람들이 어떻게 행동하는가 상상하려고 애쓴다고 했다. 〈소설을 쓰기 위해서는, 실제 환경에 있는 사람들에 대한 전반적이고도 연속적인 영감과 또한 이런 영감에 기초한 상당량의 힘든 작업이 요구된다.〉

80세 된 노령의 작가 프랑크 스위너톤은 한 때 쓰기를, 그는 종종 가상적인 등장인물 집단에 대해 생각하고 그들과 〈즐겁게 지내므로〉 스토리를 구상하기에 이른다고 했다. 그러면 〈나는 이제 살아있는 그들의 목소리를 듣는다. 때때로 나는 등장인물이 지옥을 향해 전진하는 것을 본다.〉 그를 멈추게 하려하나 소용이없다. 〈「그가」 선택했으므로 그는 되돌아올 수 없다.〉

작가가 처음 해야 할 과제가 극적 사건을 선택하는 것이라면 두번째 것은 등장인물의 특성을 선택하는 것이다. 실제로는 존재치 않는 구체화된 작중인물을 창조해내는 것이 작가가 할 일이다. 이것은 무의식적 과정일 수 있고, 때로는 어떤 인물의 성장 과정이거나 막연한 이해 감정에 불과할 수도 있다. 때때로 그것은 단순히 한 인간이나 그 이상의 인간이 지닌 특성을 조합하고 무엇이 나오는가 보는 과정이다.

그러나 그 결과로 나온 작중인물은 독자가 쉽게 식별할 수 있는 독창적인 특성을 지녀야 한다. 우리는 그를 기억하기 위해 피상적으로 이 사람은 코에 사마귀가 있다는 식의 말을 들을 필요가 없다. 또는 그가 잠자기 전 호주머니 속에 있는 것을 다 꺼내고 아침이 되면 다시 몽땅 집어넣는다는 것을 직접적으로 말하지

않아도 된다. 그러나 작가는 이런 것들을 기억하여 필요한 때에
는 사람의 신원을 알리는 약점이나 습관 등이 행동과 연결되어 등
장인물에게 더욱 생생한 현실감을 부여하고 살아있는 듯이 느끼
게 하는데 기여하도록 해야 한다. 올리버 라파르지는 우리가 등
장인물을 〈구상〉함으로써 출발해야 하지만 등장인물은 창조되기
시작했을 때에야 비로소 실재적이 된다고 말했다. 그리고 스위너
톤의 경우처럼 그들은 창조자로부터 독립하여 최종 단계를 취할
때 사실적이 된다.

허구적 인물을 창조하는 매우 사적인 실례로서『카우보이와 아
이』라는 내 작품을 들 수 있다. 거기에는 세 명의 실제 인물이 축
적된 기억으로부터 한 여인이 출현한다.

실제로 살아있는 한 여인은 검은 피부에 긴장해 있으며 자식이
없어 작은 강아지를 자식삼아 기른다. 그녀는 보모처럼 엄중한 주
의를 기울여 먹이를 마련하고 강아지가 병이라도 나면 마치 커다
란 재난이라도 발생한 듯이 여긴다. 거의 감동시킬 수 없으리만
큼 둔감하고 얌전한 남자와 결혼한 그녀는 계속 쇠약해져 갈 것
처럼 보이나 그런 일은 전혀 일어나지 않았다.

두번째 여인도 신경과민증 환자로서 화난듯이 보이는 검은 눈
에 억센 팔과 체구를 가졌다. 그리고 동물이라면 모두 싫어하고
개는 혐오한다. 그녀는 두 아이를 키우는데 애정이 없이 그저 잘
조작된 로보트처럼 자녀를 양육한다. 그러다가 남편은 다른 여인
을 찾아 그녀를 떠나고 애들은 그 직후 달아나버렸다.

세 번째 여인 역시 비슷한 피부색과 신체적 특성을 지녔으나 그
중 가장 컸다. 그녀는 집에서 나이만 먹어간다는 올가미에 빠져
있어 엄마에게 불평을 터트렸다. 그러다가 엄마가 죽자 완전한 신
경쇠약증 환자가 되었다.

어쨌든 수 년후 이 세 여인들은 어느 단편에서 하나의 작중 인
물이 되어 나타났다. 그 작품은 마르시아 깁슨이란 이름의 여인
에 대한 이야기로서 그녀는 이혼을 하려고 여섯살난 딸을 데리고
레노의 한 목장에 당도한다. 제목에 나오는 카우보이 행크(실제

카우보이와 뉴욕의 한 발행인의 특성으로 조합된)는 목장 지배인인데 페바 스마트의 애인이자 마술 교관이다. 늦은 밤에 행크는 그녀와 아이를 만나 그들을 목장으로 태우고 간다.

〈어린 소녀는 엄마의 무릎에 똑바로 앉아있다. 카우보이는 아이의 머리카락이 더럽다는 것과 차가 회전할 때나 밖에서 무슨 소리가 날 적마다 아이가 엄마를 꼭 붙잡는 것을 볼 수 있었다. 그것은 마치 작은 새가 이 곳 저 곳의 은신처를 찾아 움직이는 듯이 짧은 순간에 일어난 것이었지만 놀라운 일이있다. 카우보이는 아이에 대한 엄마의 무관심과 밤에 대한 그녀의 확신감이 결여되어 있음에 자신도 모르게 분개하는 것을 느낀다……행크는 이런 류의 여자를 알고 있었다. 그는 그녀들을 부득이 레노로 동반해 간 적이 종종 있었다. 그러나 이런 모녀 같은 경우는 전혀 없었다.〉

그 엄마는 아이가 목장 근처로 그를 따라다니기 시작하자 행크에게 적대감을 품는다. 그녀는 어린 조안이 악몽에 시달리는 것을 그의 탓으로 돌린다. 그 직후 아버지가 아이를 보러 레노에 온다. 그는 행크에게 말을 건넨다.

「마을에서 당신에 대해 좀 알아보았소…… 집슨 부인이 말한 견지로 보아 내가 생각하기에 더 나은 것은——」

「음-——」그 여자에 대한 생각을 하자 행크는 가슴 속에서 끓어오르는 분노를 느낀다. 하지만 그런 내색은 하지 않는다.

「사람들은 당신이 꽤 억세다 하던데.」

「한 두명 죽였지요.」

그는 갑자기 행크를 보고 씩 웃는다. 「나도 그러리라 짐작했지!」더 많은 제스처를 쓰려는 것처럼 보이는 그는 이해한다는 듯이 행크의 팔에 손을 얹는다. 그러나 손을 떼면서 「여자를 죽인 적도 있소?」라고 물었을 때, 그의 목소리는 갑자기 덤덤해진다.

「여자들을 대하는 방법은 그렇지 않지요.」

남편이 떠난 후 그의 명령을 따라 여자는 행크와 아이가 말타는 것을 허락한다. 그런데 〈어느날 아침 마르시아 집슨은 어두운 눈을 하고 아침 식탁에 또 나타나 조안이 어젯밤 말 때문에 소리쳐 울었다고 날카롭게 말하며 그들을 비난한다. 그녀는 그들을 몰아세우더니 행크가 다시 한번 방해하면 조안을 의사에게 데려가겠다고 한다.〉

이때부터 여자는 점점 이성을 잃기 시작한다. 어느 비바람이 휘몰아치던 날 그녀는 아이가 행크를 만나려고 갔던 축사 쪽으로 질주한다. 〈죠안은 수줍어하는 갈색 망아지를 토닥거려주면서 행복한 듯이 콧노래를 부르고 있었다.〉

여자는 신경질적으로 외친다. 「당신 거기에서 그애에게 무슨 짓을 하고 있었죠? 조안, 아가, 그가 너에게 어떤 짓을 〈했니〉?」

행크는 아이가 도망하도록 그녀의 팔을 잡고 있다. 그녀는 반항한다. 그러다가 〈갑자기 그의 발치에 주저앉아 흐느껴 울고 미친듯이 몸부림치면서 그를 바라본다. 그때 그녀의 얼굴에는 그에 대한 악감과 놀람——그러나 메스껍도록 친숙한 표정이 떠오른다.〉

행크는 달려서 치 안으로 들어간다. 그때 그는 뒷자리에서 〈부드럽지만 놀란듯한 조그만 소리〉를 듣는다. 아이는 거기에 있다. 행크는 〈과거에 몇 번 부닥친 바와 같이 해야 할 일에 선택할 여지가 없음을 깨달았다.〉 그는 아이에게 묻는다. 「내가 널 데려다주었으면 하니, 조안? 행크와 이곳을 떠날래?」 아이는 고개를 끄덕인다. 그래서 그는 레바 스마트에게 보수를 받으려고 목장으로 돌아간다.

그가 막 돌아서려는데 광에서 고용인이 소리쳐 부른다. 아이의 엄마가 목매달아 죽었던 것이다.

결국 아버지는 아이를 데려가고 행크는 레바와 함께 남는다. 그러나 아이의 엄마는 허구적 인물이다. 그것은 우연히 지나다가 만난 신경 분열 환자인 두 세 여인으로부터 나온 인물로 그 소설의 주류를 이루고 독자의 정신에 동정을 불러일으킨다.

이 소설에 나오는 다른 인물도 그 근원을 찾아 기억을 더듬어 올라갈 수 있다. 카우보이의 여주인 레바 스마트는 내 작품에 한 가지 이상의 형태로 많이 나타났다. 감각적이고 풍부한 경험에 실질적이면서도 매우 동정적인 인물 레바는 어린 시절에 내가 알았던 매혹적인 흑발의 아주머니였다. 그녀의 도덕감은 의문시 되고 많은 화제거리가 되었으나, 낭만적인 사춘기에 접어든 소녀에게 그녀는 분명 호소력 있었다.

그리고 그 아이는? 아마 저자 자신이 어른의 격정에 놀라고 낯선 자의 친절에 반응한 적이 있었을 것이다.

소설가는 인간의 정신과 감정 상태를 설명하고 기록하는데 작품의 가치를 둔다면 스스로를 등장인물에 투영해 보아야 한다. 거짓말을 한 14세 소년에 대해 어떤 방법으로 감정이입을 사용해야 하는가? 어린 시절에 우리 자신이 동일한 처벌의 위협에 직면했을 당시를 돌이켜 보는 것이 어떤가?

여류작가는 어떻게 80살 된 할머니에 대해 쓸 수 있을까? 한때는 청춘과 아름다움만을 반사했던 화장대 거울에 수십년이 지난 자신의 모습이 어떻게 보여질까를 상상하지 않으면 곤란할 것이다. 톨스토이 자신이 영원히 도주하려는 충동을 느껴본 적이 없다면 안나 까레리나의 도망하려는 유혹을 이해할 수 있었을까?

개중에는 자기 자신의 주관적 감정, 자기 자신의 특성과 고통스러운 경험, 모든 사람과 사물에서 받는 영향 등에 대해서만 쓰는 작가들이 있다. 이런 작가들은 물론 위대한 작가들에 속할 수 있다. 그들은 다른 사람들의 문제와 마음을 산란케 하는 여러 가지 책임을 전혀 모르기 때문에 자유로이 자신의 정서적 반응과 가장 친숙한 사고 및 견해를 검토하고 평가하고 기록하는 일을 계속할 수 있다.

오네일, 프루스트, 쥐네, 헨리 밀러 등의 작가들은 긴장되고 복잡한 자아로부터 완전한 세계를 창조하였다. 그러나 그만 못한 작가들은 동일한 일을 시도하여 자신에 대한 과대평가로 우리를 지겹게 하였다.

위대한 자들이 나머지 인류에 대해 아무것도 느끼지 못하는 것은 아닐 것이다. 그런 것이라기 보다 그들 내부의 충동이 너무 많은 분규와 갈등과 드라마를 내포하고 있어 한평생 이 모든 것을 정돈하고, 파고들수록 자꾸 발전하는 새로운 실마리를 추구하며 그들 내부의 우주적 비밀을 찾으려 하기에는 시간이 부족하여 그러할 것이다.

쉐루드 앤더슨은 썼다. 〈여러분이 자신의 인생 경험에 대해 쓰기 시작했다면, 그것이 진행됨에 따라 여러분은 더욱 더 자신을 발견케 될 것이다. 여러분이 처했었던 이런 저런 상황에 대하여는 그만 생각하라.〉 그러나 그는 덧붙였다. 〈그러면 여러분은 고달프고 어려운 인생사에서 여러분을 포함한 다른 사람들에 대해 더욱 더 많이 생각하게 될 것이며, 이것은 내내 여러분 자신에게서 벗어나 다른 사람들을 지향하도록 여러분을 인도할 것이다.〉

일단 우리가 작중인물을 선택했다면, 혹은 그들이 우리를 선택했다면, 우리의 과제란 가능한한 별나지 않고 자연스럽게 이 남녀들, 이 개개인들을 독자에게 보여주는 것이다. 우리는 그들이 느낀 것을 보이고, 그들이 생각한 것을 알며, 그들이 하는 것을 보고, 그들이 말하는 것을 듣고, 이야기를 이끌어나갈 실제 사람처럼 그들의 이름이나 특성으로 그 신원을 밝힐 수 있어야만 한다. 우리는 또한 그들의 배경을 알아야 하며, 어떤 결정적인 삶의 순간에 처한 그들을 상상해 볼 수 있어야 한다.

작중인물이 작가의 마음에 뚜렷이 존재하지 않으면 독자에게 이해될 수 없다. 우리는 한동안 우리의 작중인물과 함께 살고 그들과 가상적인 대화를 나누고 그들을 모욕하고 사랑하고 그들의 벗과 원수들 사이에서 움직여야 한다. 포스터는 말하기를, 책 속의 등장인물은 작가가 그에 대한 모든 것을 알고 있을 때에만 실제적이 된다고 했으며, 트롤로프는 〈매달 마지막 날에 작중인물은 그만큼 더 나이를 먹어야 한다〉고 주장했다. 엠마 보봐리는 그 인생 이야기로 플로베르의 주의를 사로잡은 살아있는 등장인물이었다.

모든 작중인물은 일찍 소생해야 한다. 차라리 우리는 그가 장면에 나타나는 순간마다 그의 중요성을 설정해야 한다. 체홉의

원칙은 이러했다. 즉, 주변 인물들은 순간적으로 그 신원을 밝혀
주고 묘사하지만 주인공은 독자가 그의 중요성을 「인식」하고 있
구나 라는 확신이 설 때까지 보다 천천히 그리고 오랫동안 진전되
어야 한다는 것이었다. 우리가 보기에 「하찮은」것 같은 몸짓이나
특징은 하나도 없다.

우리는 또한 다른 사람의 눈을 통해 한 작중인물의 특성을 재
강조할 수 있고, 다른 사람들에게 보여지는 바에 따라 그의 중요
성을 깨닫게 할 수 있다. 그러나 명료하게 할 것을 잊지 말라.
작중인물을 예감하게 하는 모든 단어는 신중히 고려되어 누가
관찰자이고 누가 주인공인지에 혼동이 없어야 한다.

예를 들어, 세 명의 남자가 제각기 다른 때에 알았던 한 소녀
를 기다리고 있다. 한 남자는 소녀를 소상히 알고 있지만 다른
두 명은 피상적으로 알고 있다.

한 사람이 묻는다. 「팜은 항상 이렇게 늦나 보지? 19 살인 그
녀가 시간 때문에 우리를 성가시게 할 수는 없을텐데 말야. 그녀
를 처음 보았을 때를 생각해 보면, ——6 개월 전 해변가에서였지
——그녀는 믿을 수 없어 보였어. 금발 머리를 파마했기 때문인
지도 몰라.」

「그녀가 정말 믿을 수 없는 여자는 아닐 거야. 나는 그렇게 생
각해. 그녀가 하는 모든 것과 그녀가 있는 곳이 어디인지를 보면
알 거야. 그녀가 너와 함께 있으면 네게 온통 주의를 쏟을 걸. 지
난 가을 그녀와 축구 경기를 보러 갔을 때를 생각해 보면 그렇다
고 할 수 있어.」

그녀의 애인인 세 번째 남자는 현명하게 말한다. 「오, 나는 그
녀가 스스로 어떻게 보이는지 알고 있다고 봐. 하지만 우리가 그
런 생각하는 것을 그녀는 틀림없이 싫어할 거야.」

이같이 짤막한 세 단락에서 우리가 그녀에 대해 알게 된 것은
무엇인가? 그녀의 이름은 팜이다. 그녀는 19 세이며 파마한 금
발을 했는데 그때문에 변덕스럽게, 기만적으로 보인다. 그녀는
비록 한 달간의 교제로써 기대할 수 있는 만큼 순진하지는 않으

나 사람들을 진정으로 좋아하는 소녀이다. 그리고 그녀는 아직 장면에 나오지 않았다.

그녀는 또한 축구 경기를 잘 볼 수 있을 정도이며 게임을 구경하러 갔다. 그리고 그녀는 적어도 두 명의 남자를 계속 추측하게 할 정도로 영리하다. 세 번째 남자는 질투심이 있거나 아니면 마몽에서 깨어난 상태에 있다. 우리는 소녀가 그에 대하여 어떻게 느끼는지 아직 모른다.

우리는 여기서부터 비행기로 오고 있는 중인 팜에게로 가볼 수 있다. 우리는 저자의 권한으로 그녀가 이 남자들에 대해 각각 어떻게 생각하는지, 그리고 이들을 제자리로 돌려보내거나 아니면 계속 그녀에게 열중하게 하기 위해 무엇을 하는지 드러낼 수 있다. 아마도 그녀는 얼마 사귀지 않은 마지막 남자에게서 자유로운 상태에 있다는 것을 생각하고 다른 사람들을 이용하여 자신이 그와 상관 없다는 것을 제시하게 할 수 있다. 그녀는 이 사람과 사랑하고 있을 수도 있다. 이것은 우리에게 그녀의 인격에 대해 또 다른 견해를 갖게 할 것이다. 그녀는 이제 머리를 곧게 폈을 것이며 더이상 파마 머리가 아닌 것으로 묘사될 수 있다. 결국 「그녀 자신」이 「각 남자」에 대해 우리를 더욱 분명하게 이해시킬 것이다.

등장인물은 성, 이름, 얼굴, 말을 지녀야 한다. 이것은 어느 작가도 완벽하게 창안할 수 없다. 작가는 고모 할머니 마틸다의 얼굴과 전화 번호부에서 발췌한 이름을 결부시킬 수 있다. 그러나 새로운 것은 이 특성이 아니라 그러한 연결이다.

「성」은 이야기를 시작하는 순간에 결정된다. 성생활, 성적 습관, 성적 욕구 등은 별개의 것이며 등장인물과 함께 문맥 속에서 다루어져야 한다. 여기서 말하는 것은 성별로서 우리가 쓰려는 것이 남자인지 여자인지를 결정하는 것을 뜻한다. 그것은 처음 시작할 때 중요한 요소가 된다.

「이름」은 주의깊게 선택해야 하며, 때로는 작가가 전개시켜 나가는 작중인물과 어울리지 않아 쓰는 도중에 변경할 수 있다. 메어리 오하라는 그녀의 예외적인 저서 『소설 작법』에서 말하기를 이름을 짓지 않으면 사람들에 대해 생각하기 힘들고 그들에 대해 이야기할 수 없다고 하였다. 「나는 자나 깨나 운전할 때, 쉴 때, 먹을 때, 방문할 때 등 언제나 그 이름을 연구한다. 수일 혹은 수주일 간 나는 등장인물 한 사람에게 적절한 이름을 붙여주려고 몸부림친다. 그래서 실제로 미친 사람의 발작처럼 그의 목을 쥐어 흔들며 말한다. ——말해 봐요! 말좀 해봐! 당신 이름이 뭐지? 당신의 진짜 이름 말야!」

그녀는 계속 말한다. 〈내게는 적어도 이름짓는 일——올바른 이름——이 작중인물을 구성하는 한 부분이다. 잘못된 이름을 붙이면 작중인물이 잘못 보이고 잘못 말하고 잘못 행동하는 것 같다.〉

이름은 개개인들에 있어 절대 중요한 부분이며 잘못된 이름은 작중인물을 묘사하는 창작 과정에 방해가 될 수 있다는 점을 직감적으로 깊이 생각하라. 그리고 진짜같이 들리지만 사실은 존재하지 않는 이름을 선택하라.

솔 벨로우는 「오기이 마아치」라는, 소설의 제목과 같은 그 적절한 이름을 어떻게 얻었느냐는 질문에 이렇게 대답했다. 〈그 책이 준 가장 큰 즐거움은 매우 쉽게 썼다는 것이지요. 내가 한 것은 그것을 긷기 위해 바께츠를 가지고 거기에 서 있었던 것밖에 없읍니다.〉

잠재적으로 이름과 관련짓도록 신경을 쓰라. 어떤 때는 자신이 실제 인물과 매우 가까운 이름을 골랐다는 점을 발견한다. 예를 들어 마빈 스미트 같은 이름을 보라. 이것은 과거에 어느 지성있는 작가도 사용한 적이 없는 이름이다. 그런데 어쨌든 우리 책에서 그 이름을 바탕으로 역시 사용된 적이 없는 듯한 마빈 타이트라는 이름을 우리는 사용하였었다. 그때까지는 그것이 어떤 영감에서 나온듯이 느껴졌다. 그런데 불행히도 책이 일단 나왔을 때 우리가 바란 것은 실제 그 이름을 가진 자가 명예 훼손죄로 우리를 고소하지 않았으면 하는 것 뿐이었다.

호레이쇼 앨거 2 세는 말하기를, 자신은 〈필요할 때면 친구나 친지들에 대한 묘사를 상세히 하지 않고 그들의 이름을 직접 작중인물에 붙였다〉고 했다.

그리고 1890 년에 《여성들의 가정 잡지》에서는 이렇게 썼다. 〈플롯에 적합한 작중인물을 발견할 수 있었을 때, 나는 진짜 소년들의 이름을 작품에 도입하는 것을 언제나 더 좋아했다.〉

「이름」은 실제 사람들의 감동을 불러일으켜야 한다. 존 버넷은 그의 첫 소설에서 주인공의 이름을 재슨이라고 불렀다. 그 주인공은 이상적이고 호남처럼 보이며 자신이 원하는 것을 위해 쟁투할 태세가 되어 있다. 그 작중인물은 저자에게 매우 실제적이었으므로 그는 현 세대의 젊은이들에게 가장 훌륭하다고 여겨지는 대부분의 자질들을 구체화시켰다. 그래서 후에 이들이 태어나자 그는 그 이름을 붙여주었다.

여기에는 아주 간단한 법칙이 있다. 동일한 철자나 발음이 나는 두 개의 이름을 쓰지 말라는 것이 바로 그것이다. 그렇게 하면 등장인물 간에 생기는 혼동을 피할 수 있다. 서두부터 독자가 그 신원을 파악하는데 곤란한 비슷한 이름을 사용하는 일이 없게 하라. 예를 들어「해리」와「헨리」는 독자의 정신이 쉽사리 혼동되게 한다.

사실상 싸구려 작가들의 대기품인 전화번호부는 이름, 특히 그 근원이 이국적인 이름을 짓는데 좋은 자료가 된다.

여러분이 만일 소녀의 이름을 트래시 혹은 클라우드라고 붙이면 그와 동시에 성별을 밝혀주어야 한다. 하나의 개성이 오직 한 명의 등장인물을 식별케 할 수 있다면, 이 부분에서 첫 눈에 남녀의 구별이 이루어지게 해야 한다.

「얼굴」은 오래된 작가들에게 항상 특별하게 묘사되었다. 그런데 요즘은 그것이 별로 중요하지 않은 듯이 세심한 주의가 기울여지지 않는 경우가 많다. 우리는 작중인물이 금발인지, 피부가 검은지, 키가 큰지 작은지에 대해 말한다. 실제로 완벽하고 상세한 인간상을 떠올리는 풍부한 묘사적 언어는 너무 자주 무시되고 있다.

『죄와 벌』에서 도스토예프스키는 카테리나 이바노프나에 대해 이렇게 썼다. 〈그녀는 끔찍하리만큼 수척하였고 키가 커 우아해 보였다. 그녀의 머리칼은 연한 갈색으로 아직도 아름다왔다. 두 뺨은 불타오르는 듯 하였고 홍조를 띠고 있었다. 그녀는 좁은 자기 방에서 왔다 갔다 했다. 두 손으로 가슴을 꼭 누르고 있는 그녀의 입술은 바짝 말랐다. 그녀의 숨소리는 고르지 않았다. 그녀의 두 눈은 열광적으로 빛났으나 시선은 날카롭고 침착하였다. 촛농이 흘러내리면서 타고 있는 촛불이 폐병에 걸려 홍분된 이 얼굴 위에서 흔들려질 때에는 병든 기색이 엿보였다. 라스꼴리니코프에게는 그녀가 30 세쯤 된 듯이 보였으며 사실상 그녀는 마르메라도프의 짝이 아니었다. 〉

이와는 대조적으로 메리 히트의 『빵집남자』(《버어지니아 리뷰계간지》에 실렸고 아메리카 최우수 단편집에도 포함된)는 마음속으로 그려볼 수 있는 작중인물로부터 시작된다.

〈……에일린은 작년 이 달에 혼수복으로 장만했던 화장복 중 한 벌을 입고 부엌으로 내려 왔다. 그것은 목과 손목 둘레에 거미줄 같은 하얀 레이스가 달린 멋진 옷이었지만 그 운명은 좋지 못했다. 그 결혼이 신혼 여행까지 지속되지 못했기 때문이다.〉

「애야, 내가 아직 커피를 못끓였구나.」스프루트 부인이 말했다. 「내가 알다시피 그것을 잘 샀지. 반값에 샀지만 빨면 새 것 같잖니. 너는 정말 싸게 사는 데는 안목이 있어.」그녀가 말한 것은 화장복이었다.

에일린은 넓은 그 자락을 쥐고 안팎을 뒤집어 본다. 두 모녀는 아름답고 매혹적이지만 좀먹은 그 옷을 살핀다.

「이 옷에서 그만한 돈가치를 얻어내지 못해 부끄럽군요.」그들은 유쾌하게 웃었다. 하지만 관찰해 보라. 에일린이 그 작품에서 주인공——새색시인 딸——인데도 불구하고 그녀에 대한 묘사는 이것이 전부이다. 현대의 인내심으로는 그걸로 충분할지 모른다. 그러나——플로베르는 모파상에게 말했다. 〈당신이 통로에 앉아 있는 식품상인이나 파이프 담배를 태우고 있는 수위나 주차장을 지나친다면, 그 식품상이나 수위가 어떻게 앉아 있는지 혹은 서 있는지, 그들의 전체적인 외모가 어떠한지에 대해 내게 보여주고, 당신의 온갖 묘사술로 그들의 도덕적 성격도 구체적으로 알려주기 바랍니다. 그래서 내가 그들을 다른 식품상인이나 수위와 혼동하지 않게 하십시오. 그리고 한 개의 단어로써 한 차가 그 앞뒤에 있는 50 대의 차와 유사하지 「않다」는 것을 알게 해 주십시오.〉

다시 메리 오하라의 말을 인용하자면 이러하다. 그녀는 「얼굴」에 대해 궁금해하여 왔다.

〈……소설에서 그 점을 상세하고 생생하게 그려야 할 필요성이 참으로 있는가? 작가마다 의견이 다르다. 일부는 그에 긍정하고 다른 일부는 그렇지 않다. 하지만 작가가 그 점을 그리지 않았을 때 독자, 즉 나는 작가를 대신하여 명확한 그림을 꼭 그려야 한다. 그러다가 15 페이지를 읽는데 그녀의 머리가 검다고 적혀있는 것을 발견한다. 나는 그녀의 머리를 금발로 생각했는데……그러면 나는 이 페이지를 읽어오면서 그녀에게 얼굴이 없다는 것을 허용했어야 하는가?〉

휘트의 강한 소신은 이러하다. 우리가 떠올려 작품 속에 도입한 얼굴들은 〈한번 혹은 몇 번 철저히 그리고 애정마저 가지고 바라보아야 한다. 그런 애정 자체가 바로 집중된 형태의 주의력이다. 그래서 혐오감은 이같이 통제된 주의력으로 주목되는 것이다.〉 그는 「두번째 보았을 때 그 얼굴을 기억하지 못했다면, 그것은 우리가 무관심하게 보았거나 아무런 인상도 남기지 않았기 때문이다. 그렇다면 그것은 우리의 등장인물의 부분이 될 수 없다.

쉐루드 앤더슨은 일기에 이렇게 썼다. 〈내가 친구들과 함께 앉아있는 이런 집들이 죽 늘어선 거리가 있다. 레스토랑 안의 저쪽 식탁에 있는 여자…… 저 여자의 표정을 스치고 지나가는 놀란듯한 표정의 의미는 무엇일까? 길을 따라 걸으면서 혼자 지껄이고 몸짓하는 남자가 있다. 그에게 문제되는 것은 무얼까? 거리에는 사람들의 작은 모임들이 있다……〉 〈사람들의 작은 모임〉에 속한

자들의 얼굴은 앤더슨의 작품이 지극히 통렬한 귀절이 갖는 특징
이다. 그리고 그것은 무엇보다도 그의 세대에 속한 작가, 특히
헤밍웨이와 앤더슨의 소설을 통해 방관한 얼굴을 정말로 보도록
가르침받은 모든 다른 작가들에게 더욱 많은 영향을 끼쳤다.

「말과 대화」 인격을 가진 모든 개개인들은 고유한 화법——리
듬, 억양, 악센트, 강조, 음조, 문장 형태——을 지니고 있다. 어
떤 사람은 빨리 그리고 제대로 갖추어지지 않은 문장으로 말한다.
그러나 어떤 사람은 천천히 그리고 정확히 말한다. 우리는 화자의
음성을 통해 교육 정도 뿐 아니라 기질과 감정과 개성까지 보여
주어야 한다. 초오서 같은 많은 작가들은 근본적으로 귀를 위해
썼다. 그는 작품을 쓸 때 등장인물이 말하는 행을 모두「들었다」
고 평해진다.

우리는 누군가 말했듯이〈제대로 갖추어지지 않은 우연한 한 마
디의 말이 마치 법정에서 어떤 사람이 살인 행위를 저질렀다는 것
의 증거처럼 명확히 작중인물을 밝힐 수 있다〉는 점을 인식하고
말의 형태를 파악해야 한다. 모든 대화는 누군가에게 중대한 의
미를 부여해야 한다.

존 오하라는 주장하기를, 설득력 있는 대화를 잘 듣는 귀는 흉
내를 잘 내는 어머니로부터 유전되었다고 했는데, 여기서 다시 무
대기술과 신문저술이 관련된다. 대화를 이루는 말은 입으로 말하
듯이 읽어져야 한다. 작가가 이런 친밀감을 조성하는 가장 안전
한 방법은 자신의 말로 크게 이야기하는 것이다. 초고를 쓸 때나
특히 수정을 할 때 대화는 우리가 쓰려는 인격의 본질처럼 들려
야 한다. 그것을 강조해야 할까? 음조를 낮출까? 더 부연하거
나 삭제하거나 재배열하거나「몽땅 빼」버릴 수 있을까? 여러분이
쓴 것을 여러 가지 억양으로 말해보라. 로버트 프로스트의 충고
대로.「오」라는 표현까지 연습해 보라.

수줍음타는 어린 소년이 학교 연극에서 한 부분을 맡았다. 그
가 해야 할 것은 적절한 순간에「오」라고 말하는 것이었다. 그 주
변의 어른들은 이것이 재미있는 일이라고 생각했다. 하지만 그가

밤중에 혼자 남아 아무도 듣고 있지 않다고 여기고 자기의 대사인 「오」를 여러 가지 억양의 「오?」「오!」「오」로 연습하는 것을 들었을 때는 더 이상 그렇게 받아들일 수 없었다.

말의 형태를 살펴라. 그리고 어떤 대화가 액션을 진전케 하는지 기억해 두라. 표현된 모든 말은 누군가의 어떤 점을 밝혀주어야만 한다. 작중인물이 날이 덥다는 말을 했다면, 그것은 (ㄱ)우리가 아는 사실을 은폐하기 위해 평범한 것을 말한다. (ㄴ)날이 더워서 이 소설에서 계획된 어떤 것이 발생될 수 없다는 것, 혹은 날이 더워 그 사건에 영향을 미친다. (ㄷ)그는 불평을 잘한다거나 날씨 때문에 누군가를 여하튼 비난한다는 등의 사실을 뜻해야 한다.

대화는 분위기를 보여주고 그 변화를 나타낼 수 있다. 분위기는 대화할 때보다 무언 중에 더욱 감정을 드러내준다. 우리는 대화를 수사적으로 표현하지 말아야 한다.

말은 화자의 교육과 교양의 범주 안에서 나와야 한다. 우리는 버스 운전사가 지적으로 납득하지 못할 것을 쓰지 않는다. 또는 빌리 그레함의 교훈에 불경한 것을 섞지 않는다.

갤즈월티가 말했듯이, 그리고 콜드웰과 테네시 윌리엄즈와 기타 작가들이 작품 속에서 전시했듯이 유우머를 기술적으로 사용하는 것은 중요하다. 갤즈월티는 〈성격 창조의 한 부면이 성공했다면, 그것은 진지하고 익살스러운 유우머일 것〉이라고 했다. 그리고 여하튼 사교적 담화는 모두 일상 생활에서 우리가 사용하는 위트나 경쾌함, 혹은 대조를 대부분의 대화에 삽입함으로써 유쾌하게 된다.

「의상, 거주지, 국적」이 모든 것들도 역시 독자가 주의를 기울이고 기억할 개개인들을 창조할 때 한 몫을 차지한다. 따분한 작중인물이 이국적인 배경에서 더욱 흥미있어지고, 복잡하고 이국적인 개성들이 단조로움을 가장 잘 배격한다고 제시되어 왔다. 하지만 소설에서 작중인물의 인생이 아무런 사건도 없이 오랫동안 진전되게 하지 말라. 실제 인생은 그렇다 하더라도 독자가 기억하고자 하는 것은 그런 것이 아니다.

결국 우리가 일단 작중인물들이 감정, 액션, 사건, 재난 등을 겪게 했다면 그런 경험이 작중인물의 기질상 어쩔 수 없는 것이었음을 확증하는 데 실패하지 않은 셈이다. 논리성은 합리적인 반응을 얻게 하므로 독자를 끝까지 붙잡는다.

끝으로 등장인물의 언행이 진부한지, 잘못되었거나 무표정한지 모순이 있지 않은지 검토해 보라. 작중인물이 이해되도록 확신을 기하기 위해 노골적인 감정을 싣지 말라. 그리고 어떤 등장인물에 대해 작가 나름의 감정이나 편견이나 동정이나 혐오감을 표현함으로써 작품을 멜로드라마로 만드는 일이 없게 하라.

등장인물에 대한 우리의 최종적 희망이라면, 우리가 밝히고 의미있게 한 것에 독자가 몰두하고 확신한 나머지 그의 결론이 우리의 것과 동일화되는 것이다. 조이스 캐리는 말하기를 우리는 〈궁지에 몰린 등장인물과 공감한다〉고 했다. 〈우리 모두도 피할 수 없는 특수하고도 치유 불가능한 곤경에 처해 있기 때문이다. 그것은 우리의 모든 생활을 통해 계속되며 실존의 전 부면에 영향을 미친다. 〉그래서 우리는 자신의 인생과 협력하듯이 등장인물과 협력하여 해결책을 찾고 긴장에서 벗어날 방책을 강구하며, 그들이(그리고 우리 자신들이) 그 곤경에서 탈피하게 함으로써 결국 그 모두가 무엇인가를 의미한다는 사실을 믿게 된다.

휘트는 결론짓기를, 우리의 등장인물과 독자들이 계시, 즉 새로운 통찰력의 지점에 도달하고 동시에 문제를 해결하며, 등장인물의 행동을 확신하고 단일화된 목적을 향한 설득력 있는 사건에 의해 추진된다면, 우리는 소설에서 성공한 것이라고 말했다. 그때 비로소 〈우리는 다른 동료의 입장에 서 있기〉 때문이다.

3. 문체 : 이야기하는 양식

저술이 효과적이 되려면 작가의 생각을 밀접히 따라야 한다. 그러나 반드시 그 생각이 떠오른 순서대로 써야하는 것은 아니다.

──E. B. 화이트, 『문체의 요소』에서

〈혜톤 여사는 먼저 생각을 하고 그 생각을 종이 위에 옮기는 연습을 많이 하면 문체가 개발된다고 믿었다.〉제씨 튜어트는 그린업 고등학교(켄터키 주)에서 자신을 가르친 선생에 대해 이같이 썼다.

그녀는 쓰고자 하는 그의 욕구를 최초로 자극한 사람이었다.〈오랫동안 멈추어 과거를 돌이켜보면 그녀는 지금까지 살았던 가장 위대한 영어교사 중 한 분이었던 것 같다.〉그리고 결론적으로 그녀가 각별히 경고했던 말을 덧붙였다.〈문체를 위한 문체는 시도하지 말아야 한다.〉

제씨는 말하기를 〈단편, 수필, 시, 소설을 결코 써보지 않았고 대중 앞에서 연설해 보지도 않았으며, 한평생 학교에서 가르치는 일만 하고 남편과 아들을 위해 가정을 지켰던, 잿빛 머리의 혜톤 여사가 이 모든 것을 알고 있었던〉이유를 도무지 알 수 없다고 했다. 그러나 제씨의 모든 업적과 더불어, 사무엘 버틀러가 오직 〈평범하고 단순한 솔직성〉을 옹호했을 때 묘사했던 그의 문체는 고유하고 순수하고 독특하였다.

많은 작가들이 이 문체에 대해 논해 왔는데 그 진술들은 대개 가치있는 것들이다. 최상의 문제는 〈제시된 제재를 가장 적게 방해하는 방법〉으로서 가장 자연스러운 것이라는 점은 사실이다. 헤밍웨이의 간단하고도 직접적인 문체가 현재 살아있는 미국 작가들에게 미친 강력한 영향은 아무도 부인하지 않는다.

그 반면, 미시시피 주의 제퍼슨 시의 사르토리스와 콤프슨 가(家)로 문학세계에서 역시 잘 알려져 있는 포크너는 보다 복잡하고 무엇인가 연상케 하는 산문을 더 좋아하는 것처럼 보였다. 포크너는 남부 출신이고 헤밍웨이는 중서 북부 출신이다.

포크너는 헤밍웨이의 알아보기 쉬운 현대식 단순한 건물 곁에 앤더슨과 플로베르양식으로 고딕 성당을 세우면서 조이스의 전통을 따라 썼다. 그들은 각각 전쟁을 경험하였다. 그것은 어느 정도 같은 전쟁이었으나 그들은 그 경험에 대하여 서로 다르게 썼다. 이들 둘은 모두 동세대의 미국인들이다. 그들은 각각 소설적 권위와 인식면에서 수위를 차지하였다. 그리고 각기 전 세계적으로 인식되었고 똑같이 미국 문화의 대표자로 간주된다. 그런데 그들의 문체를 고려해 보라.

월리엄 포크너의 『에밀리에게 바치는 장미 한 송이』를 보라. 그것은 레이 B. 웨스트가 묘사한 바와 같이 〈전반적으로 신비하고 불길하며 부패한 분위기〉를 띠고 있다.

한 흑인 하인과 단 둘이 살면서 외부 사람들이 자기 집에 들어오지 못하게 하는 에밀리 그리어슨 양은 수년간 마을의 관심을 끄는 인물이 되어 왔는데 죽는다. 이 일은 그녀가 살았을 때 생기지 않았다(이것은 플래시백 형태의 담화로 표현된다).

부친이 죽자 그녀는 그가 죽지 않았다면서 3일간이나 장사하지 못하게 한다.

〈사람들은 그때부터 그녀에게 진정으로 미안한 감을 갖기 시작했다. 그녀의 왕고모 위야트 노부인이 드디어 완전히 미친 것을 기억하는 사람들은 그리어슨 가의 사람들이 그럴 만한 입장도 아닌데 꽤 거만하다고 믿었다. 청년들 중 아무도 에밀리와 그 일가와는 족히 어울리지 못했다. 우리는 그녀들을 오랫동안 활인화 (活人畵)라고 생각해 왔다. 배경에는 희고 날씬한 에밀리 양이 있고 전경에는 그녀와 등을 맞대고 채찍을 움켜쥔 그녀 부친의 실루엣이 있으며 이 둘은 앞뒤로 열리는 문이라고 상상된 것이다. 그래서 그녀가 30세에 달하여 아직 미혼이었지만 정확히 말해 우리는 기쁜 것이 아니라 유감스러웠다. 집안에 광적인 기미가 있는 데도 기회가 주어졌다면 그녀는 그것을 모두 거절하려 하지 않았을 것이다.〉

그러나 한동안 앓고난 후 그녀는 자기와 함께 살 한 남자를 구했다. 그는 호머 바론으로 〈크고 검은 피부를 가졌고 시중을 잘

들며 큰 목소리에 얼굴보다 더 밝은 눈빛을 한〉양키였다.

마침내 그는 사라졌다. 사람들은 그가 그녀를 떠났다고 생각했다. 그러나 그녀가 죽었을 때 마을 사람들이 절대 열릴 것 같지 않았던 문을 부수고 들어가자, 침대 위에서 〈언젠가 분명 포옹한 흔적이 있는 듯이 눕혀진〉호머 바론의 몸이 발견된다.

어니스트 헤밍웨이는 자신의『프랜시스 매콤버의 짧지만 행복했던 인생』이 『이것이 나의 최우수작이다』라는 책에 재인쇄되도록 휘트에게 인가하면서 이렇게 썼다. 〈헤밍웨이씨는 그 작품이 다른 소설 못지않게 재인쇄될 수 있을 거라고 생각했읍니다.〉판에 박은 듯한 인가에조차 헤밍웨이의 문체가 담겨있다.

이 작품은 매우 유명하므로 그 내용이 백인 사냥꾼이자 길잡이인 윌슨과 함께 사냥차 온 프랜시스 매콤버의 부인 마아가렛에 대한 것이라는 점만 독자에게 상기시킬 것이다. 이야기가 시작될 때 매콤버는 사자를 처음 사냥한 기쁨과 승리감에 차 텐트로 온다. 그러나 그것은 아내의 비웃는 태도로부터 이내 발전되어 매콤버는 스스로 당황해 한다. 사냥할 때 그는 사실 도망쳤으며, 사자를 쏜 것이 윌슨이라는 것은 원주민도 알고 있었다.

매콤버가 비겁하다는 말을 듣지 않는 길은 한 가지밖에 없는 듯하다. 그것은 혼자 동물을 사냥하는 것이다. 그는 아내가 어쨌든 자기를 떠날 수 있다는 것을 안다. 그가 비겁한 짓을 한 날 밤에 그녀는 윌슨의 침대로 갔다. 하지만 그는 물소 사냥을 하리라고 결심한다.

그들은 사냥을 떠난다. 그런데 갑자기 세 마리의 늙은 숫놈 물소가 가로질러간다. 〈세 마리의 거대하고 까만 동물은 길고 무서운 원통처럼 보였다. 그것은 크고 까만 탱크같기도 한데 탁 트인 초원의 저쪽 끝으로 전 속력을 다해 달렸다. 그것들은 목과 몸을 뻣뻣이 세우고 달렸다. 머리를 내밀고 달렸기 때문에 그것들의 머리에 달린 넓적하고 까만 뿔이 위로 솟구쳐 있는 것을 볼 수 있었다. 머리는 움직이지 않았다.」

두 사람은 총을 쏘았다. 매콤버는 첫째 놈을 쏘았고 윌슨은 두

번째 놈을 쏘았다. 세째 놈은 덤불 속으로 사라졌다. 그러나 매콤버는 대단히 의기양양한 기분을 맛본다. 〈기분이 아주 다른데〉그는 말한다.

그들이 세 번째 물소를 따라 덤불로 들어갈 때 그들은 갑자기 게처럼 느릿느릿 덤불의 샛길에서 나오는 놈을 보았다. 그것의 코는 없어졌고 입은 굳게 다물어져 있으며 피를 흘리고 있었다. 무거운 머리는 앞으로 똑바로 뻗어있다. 그것은 둔하게 걸어오고 있었다. 그놈이 그들을 바라보았을 때 작은 돼지의 눈같은 그것의 눈에서 피가 떨어졌다.

윌슨은 코를 쏘았던 것이다. 〈매번 아주 높게 쏘아 무거운 뿔을 맞추어 슬래트 지붕을 맞추듯이 그것들을 조각나게 하는〉솜씨를 발휘한 것이다. 그때 매콤버 부인이 차 안에서 6.5 맨리히 총으로 물소를 향해 쏘았다. 〈그것은 매콤버를 관통하려는 듯이 보였다. 그리하여 총알은 남편을 맞혀 두개골의 기부에서 좀 떨어져 있고 위로 2인치 올라간 부위에 관통하였다.〉

끝에 나오는 대화는 헤밍웨이의 특징적 문체로 씌어졌다.

「그것은 엉뚱한 짓이었다구.」그(윌슨)는 덤덤히 말했다.「그도 당신을 떠나려 했을 거야.」

「그만 둬요.」그녀가 밀했다.

「물론 그것은 사고였지.」그는 말했다.「나는 그것을 알아.」

「그만둬요.」그녀가 말했다.

「걱정마.」그는 말했다.「앞으로 유쾌하지 않은 일이 틀림없이 많이 일어날 거야. 그러나 난 검시할 때 매우 도움이 될 사진을 보여줄테니까. 탄약 나르는 자들과 운전수의 증언도 있지. 당신에게는 혐의가 전혀 없어.」

「그만 둬요.」그녀는 말했다.

「해야 할 지겨운 일들이 많이 있어.」그는 말했다.「나는 호숫가로 트럭을 보내 우리 셋을 나이로비로 태우고 갈 비행기를 무선으로 불러야해. 당신은 왜 그를 독살하지 않았지? 영국에선 그 방법을 사용할텐데.」

「그만 둬요. 그만 둬요. 그만 두라구요.」 그녀는 소리친다.

윌슨은 무표정한 푸른 눈으로 그녀를 바라보았다.

「이제 끝났어.」 그는 말했다. 「나는 좀 화가 났지. 당신 남편을 막 좋아하려는 참이었는데 말야.」

「오, 제발 그만 둬요.」 그녀는 말했다. 「제발, 제발 그만해 둬요.」 「그게 더 좋구만.」 윌슨은 말했다. 「제발이라는 표현이 훨씬 낫다구. 그럼 이제 그만 둘까.」

소설에서 발생하는 것보다 누구에게 왜 라는 부면에 더 강조가 주어지면 보다 미묘한 감이 들 수 있다. 사무엘 버틀러는 솔직한 친구였다. 마르셀 프루스트는 그렇지 않았다. 영 폰티펙스는 버틀러의 시간과 설명적 문체가 허용하는대로 솔직한 노선을 걷는다. 헤밍웨이와 포크너는 사실들, 작중인물, 세밀한 부분 등을 그들 세대의 특수한 문체를 사용하여 그리려고 했다.

쉐루드 앤더슨의 문체는 왈도 프랭크가 묘사한 적이 있다. 〈이따금 피상적이고도 부주의한 말〉을 사용함에도 불구하고 〈그의 산문은 경제적인 어휘 선택과 멜로디적 흐름 면에서 완벽하다. 세부점도 잘 선택되어 뚜렷하고 확실하게 묘사되었다. 이야기 진전도 갈팡질팡하는 일없이 이미 언명된 주제를 음악적으로 표현하였다. 『와인즈버거』의 저자는 슈베르트나 구약성서에 나오는 이야기를 하는 사람처럼 심리적 처리로 끝을 맺는다. 그는 타고난 교양과 재능을 지닌 사람이다.〉

『이유를 알고 싶어』에서 앤더슨은 사라토가 경마에 참가한 한 소년에 대해 쓴다. 그는 말을 사랑하고 조련사인 제리 틸포드를 이상적으로 생각하는 소년이다.

〈그날 오후 나는 내 친아버지보다 훨씬 더 그가 좋았다. 나는 그에 대한 생각 때문에 말에 대한 것은 거의 잊을 뻔하였다. 그것은 경주가 시작되기 전 잔디밭의 선스트리크 곁에 서 있었을 때 그의 눈에서 내가 본 것 때문이었다……〉

경주는 승리로 끝났다. 소년은 〈나쁜 여자들이 머물러 있는〉 농가에서 경주를 축하하는 다른 사람들과 함께 제리를 따라간다.

그는 창문으로 제리를 지켜본다. 그는 제리가 허풍떠는 것을 듣는다. 〈바보같아. 저렇게 어리석게 말하는 걸 들어본 적이 없는데.〉 그때 그는 제리가 한 여자에게 키스하는 것을 본다. 〈그 여자는 깡마르고 입이 거칠며 거세한 미들스트라이드와 좀 비슷하지만 그 말처럼 깨끗하지 않다. 제리의 눈은 그날 오후 경주로 옆 잔디밭의 선스트리크 앞에서 나를 바라보았을 때처럼 반짝이기 시작했다.〉

소년은 집으로 달려 들어와 그가 본 것을 아무에게도 말하지 않는다. 그러나 〈나는 그 이후로 그 점을 곰곰히 생각해 왔다. 나는 그것을 이해할 수 없다. 봄은 다시와 나는 이제 16세가 가까와 온다. 그리고 보통 때처럼 아침마다 경마장에 간다. 그리고 선스트리크와 미들스트라이드를 본다. 내가 앞으로 내기를 걸 새 망아지 스트라이엔트는 그들을 모두 이겨버릴 것이다. 그러나 나와 두 세명의 흑인 말고는 아무도 그런 생각을 하지 않는다. 하지만 사정이 이젠 다르다…… 그는 왜 그랬을까? 나는 이유를 알고 싶다.〉

현대의 최우수 작가 중 한 사람으로 산문 뿐 아니라 주제 면에서도 매력을 발하는 명문가 필립 로트는 그의 벗 솔 벨로우의 문체에 대해 감식력있게 썼다. 그것은 〈문학적 복잡성을 간단한 대화와 조합시킨다. 그것은 학구적인 말과 거리의 말(모든 거리가 아닌 어떤 거리)을 한데 섞은 언어이다. 그의 문체는 특수하고 사적이고 생동감 넘친다. 그리고 가끔 주체스럽고 제멋대로인 때도 있지만 대체로 이야기에 적합하고 그것을 빛나게 해주는 문체라고 나는 믿는다.〉

『헤어초그』에서 발췌한 부분을 보라. 헤어초그는 그를 남기고 떠난 두번째 부인을 회상한다. 어느날 성당에서였다.

〈그녀는 흔들거리는 문을 어깨로 밀었다. 마치 전 생애에서 그렇게 해왔던 듯이 그녀는 성수반에 손을 담갔다가 가슴에 십자가를 긋는다. 그녀는 이것을 영화에서 배웠을 것이다. 그러나 몹시 열망하는 듯하고 혼란스럽고 애타하는 듯한 표정이 얼굴에 떠오른다——그 표정은 어디서 나온 것일까? 다람쥐 가죽으로 된 칼라가 붙은 회색 옷을 입고 있는 마들레느는 하이힐을 신은 채 서둘러 앞으로 갔다. 소금과 후추가 뒤범벅이 된 가벼운 외투를 입은 그는 모자를 벗고 천천히 그 뒤를 따랐다. 마들레느의 몸은 어깨와 가슴이 위로 몰려든 듯하다. 그녀의 얼굴은 홍분으로 상기되어 있다. 그녀의 머리는 모자 밑에서 뒤로 수수하게 빗겨져 있지만 옆으로 몇 갈래가 삐져나와 있다. 교회는 새로 지은 건물이었다. 그것은 작고 춥고 어두웠으며 참나무 의자에 칠해진 니스가 반짝였다. 강단 근처의 많은 촛불은 흔들리지 않고 타오르고 있었다. 마들레느는 낭하에서 무릎을 꿇었다. 하지만 그것은 무릎을 꿇은 이상으로 차라리 가라앉아 엎드렸다고 해야 할 것이다. 그녀는 납작하게 엎드려 가슴이 바닥에 닿게 하려 하였다. 그는 이것을 보았다. 그의 얼굴은 눈가리개를 한 말처럼 어두워졌다. 그는 의자에 앉았다. 그런데 그는 여기서 무엇을 하고 있는가? 그는 남편이고 아버지이다. 그는 결혼하였다. 그는 왜 교회에 앉아 있는 것일까?〉

런던 《타임즈》는 한때 말하기를, 헤밍웨이의 문체는 미국의 일상어를 기술적으로 사용했기 때문에 성공했다고 하였다. 그들은 그 문체가 우리 저술에 있어 가장 독특하다고 믿었다. 로버트 프로스트는 실제로 두 가지 언어가 있다고 썼다. 〈말하고 쓰는 언어——우리가 일상어라고 부르는 매일 사용하는 말이 하나 있고, 보다 문학적이고 세련되었으며 인위적이고 고상한 언어로 책에 속한 것이 다른 하나이다. 나 자신은 학구적인 말 없이도 이 둘을 사용하여 썩 잘 해나갈 수 있었다.〉

〈저술이 효과적이 되려면 작가의 생각을 밀접히 따라야 한다. 그러나 이 생각을 반드시 순서대로 써야 하는 것은 아니다.〉라고 E·B·화이트는 『문체의 요소』에서 썼다. 다시 말해서 생각의 배열이 작가의 일상어가 되는 것이다.

휘트 버넷의 메모는 이러하다. 〈내 마음 속에서 문체는 항상 작가의 자아, 그 자아를 창조적으로 표현하는 것이었다.〉 그러나 작가가 너무 모호해지면, 독자는 그 문체를 즐기고 어쨌든 이럭저럭 그 의미를 파악했다 하더라도, 나 자신은 보통 지적으로는 텅 빈 채로 남는다. 스토리를 위해 문체를 죽인다면 여러분은 그 반면 작가의 「자아」를 죽이는 셈이다. 우리가 읽는 것은 저자인가, 이야기인가, 이 둘은 하나가 되도록 서로를 향상시켜야 한다. 성공적이 되려면 작가의 의도는 명료하고도 함축적이 되어야 한다.

보다 미묘하여 효과적인 문체들이 있다. 오도라 웰티는 윌라 캐터에 대해 쓰기를, 그녀 문체의 독특성은 우리에게 〈풍경이 아니라 풍경을 보는 그녀의 견지〉를 제시하는 기술에 있다고 했다. 〈우리는 예술적 작품을 찾고 있다.〉 그것은 한 작가의 문체를 다른 작가의 것과 구별시키는 견지, 작가의 독점적 고유성에 해당하는 견지이다.

발전 중에 있어 고유한 문체를 어떻게 개발할지 아직 잘 모르는 작가에게 그런 설명은 그다지 도움이 되지 못할 것이다. 그러나 작가들 모두가 그냥 지나칠 수 없는 출발점이 있다. 그것은 언어와 그 적합성을 이용하는 것이다. 언어의 대가라는 것은 통달한 요리사임을 뜻한다. 미식가의 요리를 마련할 때 그 원 재료가 맛있는 것은 아니다. 조미료와 양념은 많은 근원에서 나온다. 그러나 요리사가 독특한 요리를 만들 수 있다면 그것은 재능과 상상력에 의존한 것이다. 상어 알젓과 소금에 절인 소고기를 푸딩을 만들 때 집어넣어서는 절대 안된다.

어스킨 콜드웰 같은 작가는 『담배길』을 쓴 프루스트의 고상한 언어를 사용하지 않았다. 프루스트는 발자크의 『익살담』처럼 상스러운 방식으로 쓰려 하지 않았을 것이다. J.D. 샐린저가 토마스 만의 『마술사 마리오』같은 문체로 『프래니와 주이』를 쓰는 것은 상상하기 곤란하다. 문체는 작가의 고양의 산물이며, 그 기질의 흔적이고, 주제의 필요물에 대한 그의 느낌이다.

우리는 여기서 또한 현대 작가들에게 영향을 주는 문체의 한 예를 포함시켰다. 도날드 바텔름은 『도시 생활』 표지에서 〈진실을 밝히는데 사용하는 언어의 대가〉로 묘사되었다. 수년 후 조이스나 카프카나 게르트루드 슈타인보다 훨씬 늦게 파리의 발행지 외제느 졸라의 『변천』에 실린 부분을 읽어보자.

〈웃는 귀족들이 도시의 통로를 오르내렸다.〉

〈엘자, 쟈크, 라모나, 샬르는 경마장과 화랑이 겸비되어 있는 곳으로 돌진해 갔다. 라모나는 하이네켄 마필을 하나 가지고 있고 그밖의 모두도 하나씩 가지고 있다. 탁자마다 웃는 귀족들로 들끓었다. 웃는 귀족들이 더 많이 쌍두마차를 타고 도착했다. 일부는 플러싱과 사웅파울로에서 와 배회하였다. 장기 부채의 관리가 논의되고 여왕의 행동이 거론되었다. 말들은 모두 썩 잘 달렸다. 그림도 잘 되어간다. 웃는 귀족들은 금장식 된 지팡이의 금으로 된 그 윗부분에 입을 대고 조금 더 마셨다.〉

우리는 상상적이며 눈에 보이는 듯한 효과를 일으킬 때 사용되는 은유와 직유를 살펴볼 수 있다. 그러나 이것은 무의식적으로 사용되어야 한다. 그것은 우리의 사고와 상상을 직감적으로 강화시키는 구실을 해야 하며 그 자체가 목적이 되면 안된다. 유능한 작가 엘리자베드 보웰은 전반적인 행을 장식한 은유를 가끔 창조했다. 그녀가 삽입해야 하겠다고 느낀 다른 부분에서도 그녀는 그것을 장식물로 만들었다.

버어지니아 울프에게 은유는 등장인물의 〈배후에 있는 굴을 파기 위한〉 수단이었다.

응당 있어야 할 때, 숨쉬는 데 도움이 될 때, 리듬과 문체와 감정 표현에 강조를 줄 때 구둣점을 사용하라.

단락은 직감적으로 구분하라. 사상을 소개할 때, 그 사상을 발전시킬 때, 그것의 의미를 결론지을 때 단락을 구분하라.

액션에는 보다 짧은 문장을 사용하라. 회상하거나 감각적인 낮은 어조로 감정을 전개할 때는 보다 긴 문장을 사용하라. 분노는 보통 스타카토식으로 표현하라.

무의미하고 단조롭고 분명치 않은 말은 피하라. 무리가 없을 때는 능동형 동사를 사용하라.

Ⅲ. 작가의 제재

1. 이용이 가능한 과거

소설가인 프랭크 노리스는 한때 쓰기를, 훌륭한 교사에게 감수성이 강한 8세의 아이를 맡기면 그 아이는 성인이 되어 문학 창작에 필요한 제반 능력을 갖출 수 있을 거라고 했다. 이것은 저술이 배울 수 있는 직업이며, 밝힐 수 있는 요령이고 지도할 수 있는 도제의 기능에 불과하다는 점을 전제로 한 견해였다. 그것은 우연한 성장과 사적인 발견물, 생활하고 사랑하는 데서 오는 좌절이나 보상, 결국은 홀로 직면해야 할 세상의 도전 등을 허용치 않는 말이었다. 그것은 그 아이 자신의 본성과, 작가는 지속적으로 이용 가능한 과거를 수집하고 있다는 점을 고려하지 않은 생각이었다. 일반적이고 되는대로 살아가는 인생에서 우리는 쓰는 기술을 어느 정도 가다듬지 못할 수도 있다. 그러나 예술 작품에 윤택과 흥미를 부여하는 아이러니, 극적 자질, 패러독스를 발견하는 것은 우연히 삶에서 거둬들이는 소산이다. 그리고 그런 자질을 대표하는 인간적 등장인물을 발견하는 것도 외부 세계와의 접촉에서 비롯되는 것이다.

생트뵈브는 몰리에르에 관해 이렇게 썼다. 〈그와 그의 일단은 고대 사회의 구석구석을 엿보고 조사하여, 귀족들의 자만과 불평등한 결혼권과 종교적 위선의 가면을 마음껏 조소하면서 명시하였다.〉 몰리에르의 제재는 〈교회 담벽 만큼 멀리 뻗어있는 영역〉을 망라하였다.

보호 속에서 양육되는 자신을 관찰하도록 아이를 훈련시키는 것은, 그 아이가 때가 되어 자신의 생애를 소설화 하고자 결심하고(모든 경우에도 어느 만큼은 그렇겠지만) 제 2의 『장 크리스토프』나 『젊은 예술가의 초상』을 썼을 때 가치있다고 볼 수 있다. 하지만 그 작품을 쓴 후 그는 어디로 가야 하는가?

출판 역사를 보면 한 편의 단편이나 소설을 쓴 작가들이 어수선히 널려있다. 그들은 재능있는 수법으로 자신의 인생의 세부점에 몰두함으로써 한 번쯤은 작품을 낼 수 있었다. 그러나 그 이후 발행할 만한 것을 다시 쓰지는 못하였다. 로망 롤랑이나 제임스 조이스가 아닌 이상 그들의 제재는 우리의 흥미를 더 이상 끌지 못했던 것이다.

서머세트 모옴은 말하기를, 자신이 만일 의학 공부와 사랑과 오락을 모두 접어두고 오직 문학에만 전념했다면 더 나은 작가가 되지 않았을까 하고 자문해 본다고 했다. 분명히 말해 그 대답은 「아니다」이다. 좋은 작가란 그저 많이만 쓰는 것이 아니기 때문이다. 그는 또한 〈인간에게 적절한 다른 모든 활동을 배제하지 않은 채 자신의 인생 패턴〉을 정립하고 싶어했다.

쉐루드 앤더슨은 이야기하는 기술에 대해 논하면서 《스토리》지에 이렇게 쓴 적이 있다. 〈저술이란 보다 활력적인 것으로서 인생에 대한 인간의 견해와 관련있다. 그것은 모두 외부적인 이것에 둘러싸여 있다……여러분이 원한다면 훌륭한 인생을 위해 이 외부적인 것과 관계를 맺고 분투 노력하는 것이 필요하다.〉앤더슨은 계속 말한다. 〈작가의 저술에는 눈앞에 탁 펼쳐지는 새로운 세계 같은 것이 꼭 있어야 한다고 나는 생각한다.〉

우리는 우리 자신의 것으로 만들 수 있는 모든 경험과 감정과 기억에 주의를 쏟는 능력을 철저히 연마하면서, 알고 기억하고 보고 듣고 느끼는 것 및 주변에서 진행되는 모든 것을 소재로 하여 쓴다. 누군가 말하기를, 두뇌에 감각으로서 보내어진 것을 실제로 파악하고 또한 그것에 영향을 미치는 것은 바로 두뇌 자체라고 했다. 그리고 지성이란 인생을 소설로 각색하는 도구이다. 우리는 그 전자로써 예술가의 수용성을 개발하며, 후자로는 우리가 흡수한 것의 용도를 발견한다.

이 흡수 과정은 어린 시절부터 무의식적으로 이루어진다. 우리는 저장한 것을 모두 분석가의 침대 위로 홑뿌려야 한다는 느낌을 가끔 가진다. 어떤 경우에는 이것이 저술의 대용물이다. 그러나 우리는 저술을 위한 준비를 신중히 인정해야 한다. 부당하게 벌받았거나 수년간 죄의식을 느끼게 한 작은 에피소드를 기억하고 그 이유, 감정, 의미 등을 회상하면 생활의 압력이 경감될 수 있다. 이같은 기억과 분석 과정도 지나친 것이 아니라면 작가에게 가치가 있다. 그는 자신의 경험에서 보다 큰 의미를 찾고자 하는데 이것이 작가가 사용하는 자료가 된다.

대부분의 작가들은 작가 생활을 시작할 무렵이나 그 이후에, 이용할 수 있는 과거를 회상해 본다. 작가 생활이 시작된 그 초기에 창조적인 회상을 하면 반쯤 잊혀진 에피소드에 의미를 부여하게 되므로 젊은 작가는 자극을 받을 수 있다. 그 후에 지난 일을 재발견하면 처음에 가졌던 신선한 창작 욕구를 돌이킬 수 있다. 토마스 만이 웅변적으로 묘사한 바처럼 청춘기의 〈무질서와 초기의 슬픔〉을 기억하면 필요한 때에 우리의 재능을 다시 부요케 할 수 있다. 그리고 훗날에 얻은 지식은 이 모든 것에 깊이와 의미를 부가해 준다.

우리는 과거의 청춘기를 감정적이고 감각적으로 묘사한 작가들의 훌륭한 단편을 《스토리》지에 많이 실었다. 윌리엄 사로얀의 『서부 연방 배달 소년』, J. D. 샐린저의 『고민하던 청년들』, 1960년대에 대학생들에게 가장 많은 사랑을 받았던 노울즈의 소설 『단독 강화』의 전신으로 예비학교 시절을 다룬 『태양과 함께 돌아라』 등의 작품과 다른 작품들은, 젊은 작가들이 자신의 과거를 회상하고 균형잡히게 쓴 초기 작품들이었다.

그 반면, 휘트가 그리 젊지 않은 시절에 쓴 『쉬럴』이 있다. 죄를 회상하는 내용의 이 소설은 고민에 싸인 9세 소년의 심리 상태를 매우 완벽하게 묘사하여 많은 나라 말로 수백번이나 재인쇄되었다.

마틴이 이야기하는 그 소설은 이렇게 시작된다. 「네가 알다시

피 사실은 내게 동생이 있었어. 사람들이 네 집에 너 말고 사내아이가 없느냐고 물으면, 나는 그렇다고 답변했지. 그것은 전적인 거짓말은 아니었어. 나는 장남으로 태어났어.〉

이야기는 마틴이 다섯살 된 동생 쉐럴에 대한 내용으로 계속된다.

〈그 아이는 아름다웠어. 그 애를 내가 죽였어.〉

그들의 가족은 모래 언덕 부근에 살았다. 어느 날 억수같이 비가 내려 그들은 흠뻑 젖는다. 비는 부드러운 모래를 허물어 내리고 굴이 파여 위험하게 침식된 곳의 앞에는 큰 도랑이 패였다. 조금 큰 애들은 쉐럴이 그들 곁으로 내려왔을 때 도랑에서 장난하고 있었다. 마틴의 두 손은 이상하게 껍질이 벗겨지고 있었고 다른 소년들은 그것을 살펴보았다. 쉐럴도 또한 그것을 보고 싶어 했다. 마틴은 화를 내며 그의 면전에서 쉐럴을 꾸짖고 뒤로 밀어 버렸다. 그때는 아무도 손의 껍질이 벗겨지는 것이 성홍열의 가벼운 증세이며 마틴이 쉐럴에게 그 병을 옮겨주고 있다는 것을 몰랐다. 쉐럴이 죽자 마틴은 생각했다. 〈내가 그에게 병을 옮겼어. 나는 그것을 알았지. 그것이 그를 죽인 거야. 그래서 동생이 죽었어.〉

그는 더 큰 죄의식을 느끼면서 쉐럴이 태어났을 때 자신이 말한 것을 상기한다. 〈나는 말했어. 우리 집엔 이미 충분한 사람들이 있어요〉라고.

〈지금 생각하면 그랬어. 나는 비열했기 때문에 동생을 죽인 거야. 그것은 매우 나쁜 짓이야, 지금이라면 그렇게 하지 않았을 거야.〉

마틴은 쉐럴이 살았다면 어땠을까를 상상하기 시작한다. 그는 쉐럴에게 이렇게 말했으리라. 〈너에겐 좋은 자질이 있다고 할 수 있어. 넌 예술가가 될 거야. 나도 그렇고. 우린 두 예술가, 두 형제가 될 거야. 물론 서로 다를 수도 있겠지만 우린 함께 도울 수 있다구……〉

이 작품은 어른인 작가가 어린 시절에 느끼는 전형적인 죄의식을 강렬한 기억력을 발휘하여 쓴 것이다.

페터 드 프리스의 첫 작품 『짧은 밤』은 한 청년의 정사를 예리한 감각으로 묘사한 것이다. 작품에서 토미는 너무 오랫동안 준의 침대 속에 이끌려 있다.

〈매우 늦은 시각에 토미는 갑자기 발자국 소리——소녀 부모의——가 계단 근처에서 나는 것을 들었다. 이윽고 침실 문이 열리고 두려운 불빛이 켜졌다가 얼른 꺼졌다. 그들의 심장은 목구멍으로 왈칵 넘어오고 뱃속에 있는 것들도 뒤집혀 나와 공포의 구렁만 남을 것 같다.〉

그 다음에 소녀의 부모가 함께 있는 장면이 나오고 싸움이 시작된다. 토미는 떠나라는 말을 듣는다. 〈널 만나게 될 거야.〉그는 준이 외치는 소리를 듣는다. 〈알았어.〉그는 말하고 문을 탁 닫는다.

〈추위와 눈이 얼굴을 에이는 듯이 자극하지만 기분은 상쾌했다. 그는 오버코트를 입었다. 그는 손수건을 입에 대었다. 그것은 벌써 피로 흠뻑 젖었다. 날씨가 더욱 추워졌다. 그는 옷깃을 여몄다. 추위는 눈처럼 살을 에이는 듯 했으나 달콤했다. 그는 머리를 들어 눈송이가 얼굴과 눈에 와 닿는 것을 느꼈다. 땅에서 한웅큼의 눈을 퍼올려 그는 터진 입술의 한 쪽을 닦았다. 그는 한웅큼씩 퍼서 두 세 차례 그렇게 하였다. 차가운 눈은 뜨거운 그의 얼굴과 상처난 입술을 욱신거리게 했다. 하지만 기분은 좋았다. 그는 계속 걸었다. 눈송이는 그의 얼굴로 더욱 심하게 휘몰아쳤다. 바람과 추위가 느껴졌다. 그는 가다가 한동안 눈을 퍼 입을 문지르곤 하였다. 입에서는 아직도 피가 뚝뚝 떨어졌다.〉소설은 여기서 끝난다. 이것은 달콤 쓸쓸한 풋사랑을 재현한 작품이다.

〈추위는 눈처럼 살을 에이는 듯했으나 달콤했다.〉

『신동』이 《스토리》지에 실렸을 때 카슨 맥클러스는 18세였다. 그녀는 그 작품에 대하여 이렇게 말한다. 〈『신동』은 나의 최초로 발행된 단편이었다. 그때 나는 17, 8세였다. 《스토리》지에 작

품이 실리자 나는 대단히 흥분하였다. 그때 지불된 25달러로는
초콜렛 케익을 잔뜩 샀다.〉

『신동』은 15세 된 천재아가 더 이상 피아노에 대한 느낌이나
이제까지 사랑해왔던 음악적 재능을 가지고 있지 않음을 비극적
으로 발견한다는 이야기이다.

빌더바하 씨에게 렛슨을 받는 중인 그녀는 벌써 세 시간이나 피
아노 앞에 앉아 있었기 때문에 매우 피곤해졌다. 〈그의 굵직하고
낮은 목소리는 허공에서 맴돌 뿐 그녀에겐 전혀 들리지 않는다.
그녀는 손을 뻗어 악보를 가리키는 그의 통통한 손가락을 만지고
싶다. 빛나는 금반지와 털이 보숭보숭한 손등을 만져보고 싶다.〉

렛슨은 실패였다. 빌더바하 씨가 난처해 하면서 그와 함께 연습
했던 첫 곡을 쳐보라고 말하지만 역시 실패였다. 〈「화목한 대장
장이」를 네가 잘 친다는 것을 나는 알아요. 마치 네가 내 친딸
인 것처럼 말이지. 네가 많은 곡을 아름답게 치는 것을 들어본
적이 있어요. 너는 언제나……〉

그리고 렛슨은 끝난다. 그녀는 〈책가방을 질질 끌면서 돌계단
을 내려와 엉뚱한 방향으로 몸을 돌려 황급히 거리로 내려갔다.
거리는 소음과 자전거 소리와 아이들이 노는 소리로 왁자지껄하
였다.〉 그리고 이 작품은 끝난다.

카슨 자신도 여섯 살때부터 음악 공부를 시작했다. 그러나 그
녀가 15세 되었을 때 병을 앓아 훈련은 중단되었다. 그때부터
그녀는 단편을 쓰기 시작했다. 콜롬비아의 휘트의 학급에서 씌어
진 이 소설은 분명 자서전적이었다.

「우리는 어디에서 제재를 찾는가?」 휘트는 믿기를, 작가는 인
생의 어떤 시기에 스스로를 자신의 세계 속에 삼투시킬 시간을
가져야 한다고 했다. 저술을 자극할 촉매로서 우리는 사상과 사
건과 비극을 내부에 저장하는 것이 필요하다. 주장과 기쁨과 방
종과 우리 인생 및 사회의 패러독스가 충만해지면, 쓸 시간이 닥
쳤을 때 정신에 이미 모아진 사건과 등장인물의 선택에 신속하고
도 자연스럽게 촛점이 맞추어진다.

〈관찰자가 깜짝 놀라는 게임을 할 때처럼 가슴을 두근거리면서 움직일 때 있을 법한 이야기나 소개할 만한 인물들이 울창한 밀림에서 떠오른다. 그는 실제로 그것을 알기도 전에 끈질긴 날개가 돌진하는 것에 대비해 경계 태세를 이미 잘 갖추고 있었다.〉 이것이 휘트 자신의 글인지 인용문인지 나는 잘 모른다. 하지만 이것은 그가 믿고 있던 바로서 그 자신의 결론이 표현된 귀절이었다.

장소는 기억 속에서 특색과 분위기와 의미를 지닌다. 그것은 위협하거나 약속한다. 『에탄 프롬』에 나오는 뉴잉글랜드 농장과 춥고 외로운 풍경은 비극적인 플롯을 시사하는데 안성마춤이었다. 로렌스 듀럴은 그리이스를 흥분적인 세계로 만들어 아일랜드 작가나 여러 나라의 영향력 있는 작가들이 그것을 설명케 하였다. D. H. 로렌스는 자신의 감각적이고 철학적이며 인생과 남녀의 성적 견지를 설정키 위한 새로운 환경과 장소를 물색하는 일에 결코 중단하지 않았다. 1920년대의 파리는, 정상에 올라섰거나 그렇지 못할 수 있는 작가와 화가의 이상향으로서 사람들로 쉴 새 없이 붐볐다. 조이스와 갤즈월티와 포크너와 호오도온은 각기 자신의 「장소」를 설정해 두었고, 따라서 그들의 등장인물이 그 장소에 일찍 오느냐 늦게 오느냐는 문제시되지 않았다. 문자적이건 상상적이건 간에 세상의 어떤 곳에 있는 집은 다른 땅에 세워질 수 있으며, 네델란드의 풍차 위에서 일몰을 경험했다면, 그 풍차를 메인 농장으로 실어 나를 수도 있다.

키플링과 E. M. 포스터에게 그러했듯이 작가의 세계는 새로운 상표 인디아가 더 이상 아니고, 피츠제럴드의 파리와 헤밍웨이의 팜프로나가 아닐 수 없다. 따라서 작가들 각자는 자신의 소유물처럼 고유한 자신의 세계를 가질 수 있고 거기서 장면과 그 곳에 사는 사람들을 이끌어낼 수 있다. 자신이 보기에 독특한 세계와 관계를 맺느냐 맺지 않느냐는 작가인 여러분 스스로가 결정할 문제이다.

물론 여러분의 제재는 원래 이미 경험했거나 지금 보고 있는 사람 뿐 아니라 과거에 존재할 가능성이 있는 사람으로서 여러분이 알아 온 등장인물이다. 여러분의 관심을 끈 한 여자에 대해 자문해 보라. 어린 시절의 그녀는 어떠했을까? 그녀는 남자와 경쟁적인가 아니면 너무 순종적이고 남자를 기쁘게 하고자 열망하며 부드러운가? 그녀는 허영심이 강한가? 그녀는 건강이 좋으며 무엇을 알고 있는가? 혹은 어떤 음식을 좋아하는가? 그녀는 성장하며 이해하고 상냥할 수 있는가? 아니면 모든 관계를 손상하고 패배되도록 완고하고 냉담한가? 그녀가 원하고 소유하고 있는 것은 무엇인가? 그녀가 이미 좌절하였다면 특히 어떤 점에서, 혹은 인생의 어느 순간에서 그렇게 되었는가? 이 등장인물과 다른 인물을 어떤 환경이나 장소에 두라. 그리고 그가 다른 사람들과 어떻게 반응하는지 지켜보라.

한번은 교실에서 학생들에게 단편이나 소설을 쓰게 하는 제재나 자극을 위한 좋은 제안을 써보라고 하였다.

〈새로운 사람과 만난다. 그러면 내 상상력은 작동하기 시작한다. 그는 어떤 점을 말할 것이고 나는 그에 대해 이리 저리 생각한다. 그것은 아마 나를 걱정하게 할 것이며 나는 이것과 그 사람에 대해 계속 생각할 것이다. 그것을 마음 속에서 떨쳐버리려면 그것에 대해 써야 한다. 그리고 쓰고 나면 그것을 잊어버린다.〉

〈관찰한 인물이나 에피소드는 나를 빨리 그리고 설득력있게 흥분시킨다. 그러나 그것은 이야기의 핵심이 된다. 때때로 그것은 절반의 형태를 갖춘 공상에 지나지 않을 수 있다. 그러나 바라건대 그것은 자랄 것이다.〉

〈나는 모든 연장을 가지고 자리에 앉는다. 그리고 흥미있는 사람들의 인상을 모아보려고 애쓴다. 나는 잠재의식적 창고에 나 자신의 인생을 더하고 있는 중이다.〉

〈나는 독창적인 착상을 갖는데 어려움을 느낀다. 하지만 우리 모두는 잠재적 정신 가운데 사용되지 않은 제재를 많이 지니고 있는 것 같다. 우연한 것들이 누구와 대화하다가 암시된다. 혹은 지나가는 얼굴, 심지어는 신문의 한 귀절이나 해외 경험에 대한 추억 등도 그런 구실을 할 수 있다. 기억할 수 있으면 나는 기억하는 일에 「착수」한다. 그러면 사건들이 발생한다.〉

〈나는 타자기 앞에 앉아 최상의 것을 희망한다.〉

최종적인 의지책으로서 이렇게 말한 사람은 체홉이다.〈여러분이 어떤 것을 충분히 오랫동안 본 다음 그것을 앞에 있는 벽에게 말하기만 하라. ——그러면 그것이 바로 그 벽에서 나올 것이다.〉

셰익스피어는 말했다.〈상상력이 미지의 것의 형태를 표상할 때, 시인의 펜은 그것의 모양을 그리고 허공같던 곳에 습관의 일면과 이름을 부여한다.〉

거의 분해되지 않은 어떤 감정은 쓰려는 충동을 강화시키고 이 감정을 구현할 등장인물이나 주제로 우리를 인도할 수 있다. 그런 감정에는 「분노」, 「질투」, 「사랑」이 있다. 우리는 항상 지녀 온 그런 감정들이 마침내는 작품에 나타난다는 것을 알고 있다. 그것은 마땅히 그래야 한다. 단, 우리는 그런 자극을 현명하게 잘 사용해야 한다. 조셉 블로트너는 쓰기를, 포크너의 소설은〈그의 총체적인 인생경험〉에서 발전했다고 했다. 작가의 저술이 참된 확실감을 전달하게 되기 이전에 많이 느끼는 것은 필수적인 것이다.

「분노」는 작가에게 특별하게 가해지는 풍요케 하는 힘이 될 수 있다. 열정과 확신을 가지고 쓰고자 할 경우 그것은 가장 보편적인 충동이 될 것이다. 도스토예프스키는 자신의 전 인생에 대해 분노하였다. 테오도르 드레이저와 싱클레어 루이스와 포크너와 스타인벡은 자신의 작품 속에서 자주 격노하며, 가장 뛰어난 작품에서 그들을 몹시 괴롭힌 사람들에 의해 타락되고 악용되고 오용된 인생사를 지적하였다. 불의, 전쟁, 좌절된 힘, 고위직의 사기, 죽음 등은 사람이 사람에게 초래하는 것들로서, 우리가 이런 인생의 비극을 염려하지 않는다면 저술에 대한 생각을 결코 할 수 없을 것이다. 『나는 고발한다』는 에밀 졸라가 썼으며 프랑스를 흥분의 도가니로 몰아넣는데 기여했다.

『주소 불명』이 1938년《스토리》지에 처음 실렸을 때 문학적 센세이션이 일어났다. 크레스만 테일러는 〈파괴적 원칙을 신봉하는 자에게 발생하는 것을 조사하기 위해〉 독일의 나찌 시대에 자행된 잔인성과 탈선을 다룬 이 강력한 작품을 썼다고 말했다. 〈악한 의도를 그럴듯하게 둘러대는 방법을 따르면 인간의 정신은 냉혹해지고 다른 사람에게 손상을 입힌다.〉고 그녀는 말한다.

일부를 회상해 보면 이렇다. 그것은 샌프란시스코에서 화랑을 공동으로 소유하고 있는 유대인 맥스와 그의 이전 미—독 상대업자 마틴이 주고 받는 일련의 편지이다. 마틴은 이방인인데 히틀러 치하의 베를린으로 되돌아 갔다. 서로 편지 연락을 하는 과정에서 마틴은 히틀러를 점점 찬양한다는 것과 자신이 어떤 일을 하는지 밝힌다. 이것은 맥스에게 근심의 원인이 된다. 맥스는 아직도 일어나고 있는 일을 믿을 수 없다. 그런데 맥스의 동생인 여배우 그리젤이 베를린 무대에서 유태인이라는 이유로 조소당하고 마틴에게 가 도움을 청했을 때 거절당하자 그때에야 비로소 그는 마틴이 얼마나 깊숙이 타락했는가를 이해한다. 유태인을 도왔을 때 가족에게 닥칠 후환이 두려워 마틴은 그녀의 도움 요청을 거절한다. 그가 그녀를 외면했을 때 그녀는 나치 폭력단에게 살해된다. 맥스가 복수할 운동을 펴기 시작한 것은 바로 그때부터였다.

그는 아직도 그들이 가까운 친구 사이이며 또한 공모자인 듯이 보이게 하려고 독일 은행에서 마틴에게 전신을 보낸다. 그 뒤에 그는 무슨 이상한 사업——한 책략으로 보이는 전시회에 걸 그림을 준비하는——을 꾸미고 있는 듯한 편지를 잇따라 보낸다. 맥스는 이 편지가 나찌 당국에게 읽혀져 어떤 암호처럼 보일 것임을 알고 있다. 마틴은 공포에 질려 맥스에게 편지를 중단하라고 부탁한다.

맥스는 그러나 계속 편지를 보낸다. 독자는 되돌아 온 편지에 의해 마틴이 직장을 잃고 나찌 정부에 반역죄를 진 혐의를 받고 있음을 알게 된다. 마침내 맥스의 마지막 편지가 되돌아온다. 그 편지에는 〈주소 불명〉이라는 도장이 찍혀져 있다.

「질투」는 게르트루드 슈타인이 소설에서 가장 소홀히 다루어진 다고 불평한 감정이다. 그러나 그녀가 이런 말을 했을 때, 꼴레는 아직 살아서 드라마와 지혜를 제공했던 충분한 힘인 질투심으로 여러 가지 사랑의 부면을 다룬 찬란하고 통찰력있는 책들을 쓰고 있었다.

삽각 관계를 다룬 『듀오』에서 아내는 남편의 비서가 또한 그의 정부인 것을 알게 된다. 질투심에 대한 그녀의 투쟁은 그녀가 그 상황을 받아들이게 하고 꼴레 세계와 위트에 대한 완벽한 철학을 형성한다. 마음을 갈갈이 찢는 질투의 효과를 이보다 더 극적이고 확신감있게 탐구한 작가는 거의 없을 것이다.

「사랑」은 소설에서 찾아보기 힘들다. 그래서 러브 스토리가 잡지에 실리면 우리 모두는 즐거워했다. 섹스는 훨씬 쉽게 극화되며, 비극으로 끝나는 실망한 사랑은 드라마를 이룬다. 그러나 남녀간의 정상적인 감정과 상호 의존과 성장과 부드러움을 다룬 사랑 이야기는 대부분의 작가들이 맞붙어 싸우기에 너무 진부한 주제이다. 그 결과 이런 주제는 에릭 시갈 같은 작가의 손에 의해 더욱 진부하게 된다. 그것은 오늘날 가장 소홀히 여겨지는 주제임이 분명하다. 초보 작가들이 주의해야 할 점은 이러하다. 독창적이고 확신감있게 그리고 설득력있게 「사랑」에 대해 써보라. 그러면 편집자들은 여러분의 작품을 열심히 읽을 것이다.

결론적으로 우리는——누군가 말했듯이——악에 대한 인간의 해결불가능한 문제, 그리고 그 이상으로 인간과 신의 관계에 관심을 가질 수 있을 것이다. 우리 중 일부는 이런 관심사와 맞붙어 싸우지만 그 문제를 해결한 자는 소수이다. 세상 오파오랭은 말했다. 〈예술가가 지닌 사상의 뼈대란 그가 보편성을 영원히 추구하고 있다는 것 뿐이다. 그리고 그것은 애국자가 지닌 사상의 뼈대보다 훨씬 폭넓은 것이라야 한다.〉

파스테르나크는 쓰기를, 작가의 위대성은 주제와 아무런 관련이 없으며, 오히려 주제가 작가에게 어떤 영향을 주는가와 훨씬 더 많은 관련이 있다고 하였다.

2. 독 서

위대한 고전의 상당수가 우리에게 직접 말하는 듯이 여겨지
는 것은, 작가들이 의식적으로 우리와 접촉하려 하기 때문에,
혹은 적어도 우리와 놀라우리만큼 닮은 사람들이기 때문이다.
　　　　——매슨 W. 그로사, 국립 서적 위원회 1959년 11월

좋은 문체는 여러분이 매년 일류 작가들 반 다스에 몰두하
지 않으면 「형성」되지 않는다.
　　　　——F. 스코트 피츠제럴드, 딸에게 보내는 편지에서

독서를 위한 제안은 보통 부록이나 혹은 저자가 가지고 있거나
남길 수 있는 추후 기록에 들어 있다. 누구나 독서한다. 모든 작
가들은 생애를 통해 수천부의 작품을 분명히 읽었을 것이며, 지
금쯤 자신의 작품을 누군가 읽을 것이라고 희망하면서 문장과 단
락과 비유적 표현을 가다듬고자 애를 쓰는지도 모른다. 저술이
책에 대한 사랑, 작가에 관련된 강박관념, 우리가 태어나기 전이
나 적어도 우리가 쓰기 시작하기 전에 이미 씌어진 작품에 대한
친밀감 등에서 기인한다는 것을 당연히 받아들이자. 그러나 언어
를 더욱 정화하고, 보통사람들이 사용하는 일상적인 단어와 어귀
에 색조와 의미의 설득력을 더하며, 인생에 대한 견해와 이해를
넓힐 단어들의 새로운 조합을 이루고, 새로운 차원을 부여하는
것은, 오늘과 과거와 미래에 있을 저술의 최종적 결과 중 한 부
면이다.
어떤 소설을 우리는 읽는가? TV와 신문 등 항상 개방되어
있는 쉬운 통로 때문에 독자들이 매주 베스트셀러 리스트에 나
타나는 훌륭하고 새로운 책들 중 얼마만한 수가 읽혀지는가? 심
지어 도서관의 목록의 경우는 어떠한가? TV와 신문 등 항상
개방되어 있는 통로 때문에 독자들이 빠져나간다는 것을 여기서

논하려는 것은 아니다. 오히려 작가가 과거에 충분히 읽지 않았다면 지금이라도 그렇게 해야 할 때임을 주장하려는 것이다. 여러분이 많은 소설을, 혹은 명작이라도 읽은 적이 결코 없다면, 그렇게 했을 때까지 쓰려고 하지 말라. 자질과 깊이있는 단편을 읽은 적이 없다면, 단편이 어떤가에 대해 안다고 생각지 말라.

《스토리》지를 경영해 나가면서 우리는 쓰디쓴 사실에 직면한 적이 있었다. 예약표는 점점 짧아지고 판매대 사정도 유감스러워지는데 매일 들어오는 원고 수는 증가하고 그 질은 점점 나빠졌다. 어느 주일에 우리는 작가 지망자들이 쓴 지루한 소설의 수가 잡지 예약자의 총수보다 더 큰 것을 발견했다.

그래서 우리는 받아들인 것이든 되돌려 보낸 것이든 모든 원고 우송자들에게 원고와 함께 공식 서한을 동봉하였다. 〈친애하는 저자에게〉 우리는 이렇게 시작하여 미안한 이야기를 낱낱이 썼다. 우리가 그들의 원고를 기쁘게 받았지만 누군가는 잡지를 계속 운영해 나가야 하며 예약자들의 재정적 근원은 아주 적다는 것, 그리고 「독서」를 고려해 보라는 것, 그들이 「우리」에게 자신의 작품을 「읽도록 부탁하기」 전에 우리의 잡지를 예약해 보는 것이 어떻겠는가 하는 것 등이 그 내용이었다. 그들은 이 잡지를 분명히 읽지 않았다. 잡지를 발행하던 중 형편없는 작품이 유난히도 많이 들어왔기 때문이었다.

이들 중 일부는 독서를 먼저 했고 타자기 앞에 앉을 때라고 느껴 소설을 썼다고 할 수도 있겠다. 이것은 지당한 말이다. 독서를 많이 할 때가 있고 쓰기를 많이 할 때가 있는 법이다. 그런데 젊은 시기가 지나면 독서할 시기는 대개 끝나고 마는 것 같다. 헨리 밀러는 말하기를, 자신이 저술을 시작하기 전에 독서는 〈가장 관능적이고 가장 유쾌한 오락〉이었다고 했다.

일단 진지하게 쓰기 시작하면 다른 작가가 표현하는 방법을 살펴볼 시간과 인내가 점점 줄어든다고 말하는 것 역시 타당하다. 우리의 주제에 매달려 있으면 그들의 소설을 읽기가 어렵다. 그러므로 작가가 자신의 시간을 유지해 나가야 할 시간은 따로 있다.

어느 책이든 책과 사랑에 빠진 일이 없는 작가는 자신의 것과 지성적인 사랑에 빠질 수 있다고 상상하기 어렵다. 정신과 감정을 등장인물의 사건에 깊이 집중시킨 적이 없는 작가는 자신의 등장인물을 독자에게 확신시킬 수 없다.

젊었을 때 우리는 여러 이유로 독서한다. 우리 자신보다 크지만 상상을 초월하지는 않은 등장인물의 이야기와 모험을 즐기기 위해, 광대한 외부 세계의 그 무엇을 직면하기 전에 먼저 배우기 위하여, 인간의 본성과 우리 자신의 본성에 대해 배우기 위하여 사랑과 섹스와 모든 미묘한 것과 사랑 및 성적 관계의 연관성을 배우기 위하여, 우리 자신을 작가라고 상상하고 때가 되면 스스로 저술하도록 만들 충동을 일깨우기 위하여 등등.

독서하도록 우리를 인도하는 것은 도서관 직원, 부모, 교사, 스스로 느낀 것 등 많은 것과 사람들에 의해 결정된다. 버나드 마라무드의 단편 『여름철의 독서』를 고려해 보자.

조오지 스토요노비치는 16세의 소년인데 충동적으로 고등학교를 그만두었다. 가족은 이제 지쳤다. 그는 일자리를 구하러 갔을 때마다 부끄러움을 느낀다. 사람들이 그에게 학교를 마쳤냐고 물으면 아니라고 답변해야 하기 때문이다. 그는 대부분의 시간을 방에 틀어박혀 있기 시작했다. 이웃사람들이 혼자서 뭐하느냐고 물으면 많이 읽는다고 그는 대답했다. 그는 또 산보도 많이 했다.

한번은 산보하다가 지하철 정류장에서 환전소를 하는 카탄자라 씨를 만났다. 그가 조오지에게 이 여름에 뭐하고 지내냐고 묻자 그는 〈내 교육에 필요한 것을 읽고 있어요.〉라고 대답했다.

카탄자라씨는 흥미를 느끼고 무엇을 읽는가고 물었다. 조오지는 말하기를, 도서관에서 도서 목록을 가져왔는데 약 백 권쯤 되는 것을 여름에 다 읽고 있다고 했다.

이 일이 있은 후 이웃사람들이 자기를 보고 미소 지을 때 그는 카탄자라 씨가 자신의 독서에 대해 사람들에게 이야기했음을 알았다. 아버지와 그의 누나도 그를 자랑스러워했다. 한동안은 잘 지나갔다. 그러나 드디어 카탄자라 씨는 그와 마주쳐 물었다.
「책 한 권만 제목을 대봐. 내가 그 책에 대해 질문해 볼 수 있을 게다.」 조오지는 들켰다는 것을 알았다.

그 직후 누나가 물었다. 「네가 읽는 책이 어디에 있니? 네 방에는 싸구려 시시한 책 몇 권밖에 없는데.」

이제 조오지는 수치스럽다. 그래서 사람들을 피하고 일주일 동안 방 안에만 있다. 그런데 그가 어떤 사기꾼인지 아직 모르는 것 같다.

그 작품은 이렇게 끝난다. 어느 가을 저녁 조오지는 집을 뛰어나가 도서관에 간다. 그는 수년간 그곳에 있어 본 적이 없다. 도서관엔 어디를 보든 온통 책이다. 〈그는 떨리는 것을 억지로 참으면서 백 권의 책을 쉽게 세었다. 그리고 읽으려고 탁자 앞에 앉았다.〉

그리고 나중에는 아마 썼을 것이다.

흡수하여 소화된 모든 독서는 작가에게 무엇인가 가르쳐 줄 수 있다. 독자가 경계태세와 불신감을 버리고 자신의 인식 감각을 투영할 수 있는 책은, 언젠가 그가 작가로서 알 필요가 있는 책일 것이다. 설리 앤 그라우는 이렇게 썼다. 〈요컨대 나는 절반의 시간을 다른 작가들의 비결을 배우는데 사용한다── 그 비결을 내 생각을 표현할 때 적용키 위해.〉

사건과 등장인물과 장소를 단편, 희곡, 혹은 책을 만드는 상상적이고 경제적인 특수 형태로 틀잡으면서 소설 정신에 촛점을 맞추는 법을 처음 배우는 것은 독서를 통해 이루어진다. 사진사는 가장 적합한 각도를 발견할 때까지 카메라를 여러 각도로 움직이면서 보이고 싶지 않은 것을 차단하는 고유한 방법을 알고 있다. 하지만 이것은 그가 매개체의 한계를 터득한 후에야 할 수 있는 일이다. 소설작가의 눈도 그와 아주 다른 것은 아니다. 우리는 무관한 세부점을 제거하며 얼굴의 이 면 저 면, 조소하는 입술의 숨길 수 없는 곡선에 초점을 맞춘다. 혹은 방의 어떤 구석을 강조하고 다른 것은 삭제할 수 있다. 결국 우리가 직접 설계할 수 있다 해도, 우리는 경험을 바탕으로 한 형태가 소설의 뼈대가 됨을 독서에 의해 터득한다.

우리는 또한 수법이나 대화의 사용 혹은 장소의 묘사 방법을 배운다. 체홉과 헤밍웨이 같은 작가들은 항상 우리에게 대화에 대해 가르쳐 준다. 다른 작가들은 무엇이 발생했는지 모르지만 어쨌든 작품이 진전된다고 독자가 느끼게 할 만큼 템포, 분위기, 사상을 한 문장에서 기술적으로 바꾸는 방법을 보여주었다. 이 모든 것을 종합한다면 우리는 두 가지 이유, 즉 교훈받고 즐기기 위해 독서한다.

누군가 말했듯이 문학이란 세 차원을 갖고 있다. 그것은 폭과 깊이와 높이이다. 폭은 우리의 경험에서 나온다. 그것은 또한 다른 작가와 공유한 간접 경험을 인식하는 데서도 나온다. 이해에 해당할 깊이는 자세히 살피는 정신과 그 힘에 의해서만 제한된다. 인간의 본성을 이해하는 데 독서보다 더 좋은 것이 무엇이겠는가? 높이는 우리가 주제와 함께 여행하는 거리, 즉 그 의미 그 상징, 과거에 이루어진 모든 것—— 도스토예프스키의 『카라마조프의 형제들』 D. H. 로렌스의 『사랑하는 여인들』 토마스 만의 『마법의 산』 등에서 씌어진——을 관찰하는 보다 크고 넓은 견해이다.

『작가 연감』에서 H. B.가 쓴 한 항목을 인용하면.

〈예술 작품이 독특한 특성 때문에 주변의 세계와 분리되어야 한다면, 작가가 배워야 할 최초의 것은, 그가 단편(혹은 소설)에 착수하지 않았다면 연습하고 있었을 생각이나 저술에서 자신의 생각과 저술을 분리시켜야 한다는 점이다. 다시 말해서 사물을 소설적 가능성이 있는 것으로 보기 위해 소설적 정신 상태가 되어야 한다는 뜻이다. 이를 위한 한 가지 도움은 소설을 읽는 것이다. 그것은 상상력, 결국 여러분이 읽은 것은 소설을 쓸 때 갑자기 그리고 사용이 가능한 제재가 되도록 경험에서 어떤 것을 불러낼 수 있다. 소설은 사랑과 마찬가지로 그것이 먹는 것에 의해 자란다. 소설적 정신이란 기록하는 정신 이상의 것이다. 그것은 상상력, 육감, 풍취, 관점, 인간의 조건을 인식할 수 있는 인격으로 촛점을 맞춘 모든 것 등을 통해 쓰는 정신이다. 청소년들은 취할 정도로 읽어야 한다. 소설이 현실보다 더 실감나게 보이는 때는 실로 그 시기뿐이다. 그것은 작가에게 중요한 정신상태이다. 그러므로 〈혈류가 소설의 알콜에 의해 실려져 마침내 여러분의 머리를 채운 비젼을 느끼고 보고 믿게 될 때까지 읽고 또 읽으라.〉

다음은 사적으로 작성한 리스트이며 다른 작가들에 의해 분명히 보충되어야 할 것이다(독자에 의해 그렇게 될 수도 있다).

어린이 시절에 우리는 다음 작가들의 작품을 읽었을 것이다.
소설 : 에드가 알렌 포우　　　이솝
　　　그림형제　　　　　　찰즈 디킨즈

또한 다음의 작품들도 있다.
　　스위스의 로빈스 일가　　　나의 벗 플리카
　　아아더왕과 기사들　　　　이상한 나라의 앨리스
　　로빈슨 크루소　　　　　　버드나무에 부는 바람
　　오즈의 마법사　　　　　　허클베리핀
　　키플링의 정글북　　　　　톰 소오여

성인으로서 우리는 다음 작가들의 소설 일부를 분명히 읽었을 것이다.
　　구스타프 플로베르　　　　윌리엄 포크너
　　오노르 드 발자크　　　　로오렌스 슈터른
　　마르셀 프루스트　　　　　조셉 콘라드
　　도스토예프스키　　　　　아놀드 베넷
　　레오 톨스토이　　　　　　트루게네프
　　D. H. 로렌스　　　　　　맥심 고르키
　　헨리 제임스　　　　　　　앨더스 헉슬리

F. 스코트 피츠제럴드　　　　싱클레어 루이스
버어지니아 울프　　　　　지그프리드 운트셋
제인 오스틴　　　　　　스탕달
E. M. 포스터　　　　　에밀 졸라
W. H. 허드슨　　　　　헤르만 멜빌
제임스 조이스　　　　　토마스 울프
서머세트 모옴　　　　　존 갤즈월리
솔제니친　　　　　　　토마스 하디
프란츠 카프카　　　　　알베르 까뮈
어니스트 헤밍웨이　　　윌리엄 스티론
토마스 만　　　　　　아이비 콤프톤 버어넷
이삭 디네슨　　　　　노만 메일러
싱클레어 루이스　　　필립 로트
솔 벨로우　　　　　　조오지 오웰
쏘오톤 윌더　　　　　블래디미르 나보코프

다음 작가들이 쓴 단편 소설 :
　안톤 체홉　　　　　　H. E. 베이트
D. H. 로렌스　　　　　윌리엄 사로얀
오드라 웰티　　　　　복카치오
플래너리 오코너　　　프랭크 오코너
버나드 마라무드　　　메어리 래빈
J. D. 샐린저　　　　　트루먼 카포트
쉐루드 앤더슨　　　　에드가 알렌 포우
캐더린 앤 포터　　　나다니엘 호오도온
캐더린 맨스필드　　　휘트 버넷
어스킨 콜드웰

다음 작가들이 쓴 노벨라 :
　헨리 제임스　　　　　꼴레

알베르토 모라비아   스테판 크레인
에디트 훠어톤   캐더린 앤 포터
D. H. 로렌스   캐이 보일

다음 작가들이 쓴 기타 작품들.
셰익스피어   조오지 산타야나
지그문트 포로이트   윌리엄 제임즈
C. G. 융   헨리 데이비드 도로우
아리스토텔레스   이그나치오 실론
위젠느 오네일   초오서
입센   헨리 밀러
뤼기 피란델로   메어리 맥카티

또한 휘트 버넷의 『이것이 나의 최우수작이다』(1942—1970년)
기억하라, 모파상은 플로베르를, 모옴은 모파상을, 캐더린 맨
스필드는 체홉을, 체홉과 제임즈는 트루게네프를, 헤밍웨이는 쉐
루드 앤더슨과 게르트루드 슈타인을, 토마스 울프는 이 모두를
읽었다.
엘리자베드 노웰이 울프에 대해 쓴 우수한 저서 『시간과 강』의
일부를 인용하면 이러하다. 〈밤에 거대한 도서관의 서가를 기웃
거리는 것, 천 개의 선반에서 책을 뽑는 것…… 이같이 광대한
서가를 생각하면 그는 미칠 것 같았다…… 읽은 책들의 수가 많
으면 많을수록 그가 결코 읽지 못할 책의 수는 점점 많아져 가
는 듯했다. 10년 내에 그는 최소한 20,000권을 읽었다. 그는 페
이지를 펴서 그만한 횟수로 여러번 훑은 것이다…… 닭에서 내장
을 빼듯 그는 책에서 내장을 뺀다고 스스로 묘사하였다…… 밤에
책이 잔뜩 꽂힌 도서관의 서가 사이를 걸으면서 그는 읽고 살피
고 승리감에 차서 혹은 화가 나서 혼잣말을 했다. 한 페이지 읽
는데 50초라니, 빌어먹을! …… 그리고 그는 다음 페이지를 20초
동안에 독파하곤 했다.〉

헨리 제임즈가 말했듯이 어떤 책에는 〈우뚝 솟은 산봉우리처럼 꼭대기 부분이 비어있을 뿐 온통 줄만 있는 어떤 어떤 페이지가 있다. 그러나 그것이 현재의 여러분이 있게 한 것이다.〉

3. 노트북과 일기장

작가가 노트북과 일기를 계속 쓰는 것 간에는 별 차이가 없다. 물론 일기는 종종 고백적이고 사적이며 노트북은 사상, 아포리즘, 보다 덜 주관적으로 관찰된 여행 기록을 담고 있다. 충동은 감정, 견해, 다른 개개인들이 우리 생활이나 주변 세계에 미친 영향을 결국 기록하게 만든다. 예를 들어, 버지니아 울프는 『작가의 일기』에서 『노트북』을 쓴 헨리 제임스보다 사적인 생활과 사회의 요구에 대해 더 많이 썼다. 제임스는 보다 문학적인 『노트북』에서 단편과 소설에 대한 자기 견해를 점차 발전시킨 한편, 저녁 파티에 온 손님들 이름과 당대의 세계를 기록하였다.

버지니아 울프는 1933년 5월 주앙 레 펭에서 이렇게 썼다. 〈그렇다, 그 얼굴, 우리가 비엔나에서 점심을 먹던 식당의 탁자에서 얇고 반짝거리는 초록빛 비단을 수놓던 여인의 얼굴을 적어두어야 하겠다고 생각했다. 그녀는 자기 보존이라는 모든 예술의 완전한 여신——운명과 같았다. 윤이 나는 머리에는 웨이브가 있었고 두 눈은 태연하여 아무것도 그녀를 놀라게 할 수 없었다. 그녀는 사람들이 내내 오고 가는 틈바구니 속에서 초록빛 비단을 수놓으며 앉아 있었다. 그녀는 아무것도 보거나 알거나 두려워하지 않았다. 그녀는 또한 아무것도 기대하지 않았다. 완벽히 갖추어진 프랑스 중류 계급의 여인이었다.〉버어지니아 울프는 헨리 제임스가 『노트북』에서 했던 만큼 작품을 위한 준비를 하고 있었던 것이다.

1895년 1월 어느 토요일에 제임스는 이렇게 썼다. 〈캔터베리 주교가 이야기해 준 아딩톤의 유령이야기를 여기 적는다. 이것은 사교술이라든가 깨끗이 정돈하는 기술이 전혀 없는

한 숙녀에 대한 모호하고 어렴풋한 스케치이다…… 이것은 시골
농가의 하인들에게 맡겨진 어린 아이들(그 수와 나이는 모른다)
에 관한 이야기이다. 그들의 부모는 아마 그때 죽었던 것 같다.
사악하고 타락한 하인들은 악하고 타락하게 만든다. 아이들은 극
심할 정도로 악에 가득 차 있다. 하인들이 죽고(어떻게 죽었는
지는 모호하다)그들의 유령과 모습이 그 집과 어린이들에게 붙어
다닌다. 그들은 아이들에게 손짓하거나 울타리 옆의 깊은 도랑처
럼 위험한 곳으로 오도록 유혹한다. 그래서 아이들은 자살하거나
길을 잃어버린다……그것은 매우 모호하고 불완전한 그림이다.
그러나 거기에는 이상하고 섬뜩한 효과를 시사하는 것이 있다.
그것은 외부의 관찰자가 말한——견딜 수 있을 정도로 분명한——
이야기이다.〉

그로부터 3년이 지난 1898년에 제임스는 비로소 『스크루의 회
전』을 썼다. 이것은 그 해에 《클리어의 주간지》에 실렸다. 제임즈
의 악한 감정을 창조하는 방법에 관한 통찰력있는 공식을 기억하
라. 〈그 (독자)에게 악한 것을 생각하게 하라. 그것을 스스로 생
각하게 하라. 그러면 여러분은 미약한 설명에서 벗어날 것이다.〉

기록하는 형태가 바람직하긴 하나 노트북이나 일기를 매일 쓸
필요는 없다.

어떤 사람은 집을 떠나 있거나 여행할 때에만 노트북을 쓴다.
그런 때에는 평상시와 달리 기억할 만한 새로운 인상을 발견하기
때문이다. 또 어떤 사람은 일하지 않을 때만 쓴다. 조오지 샌드는
사랑하지 않을 때 일기를 썼다. 〈정상적〉일 때——즉 맹렬히 사
랑할 때——그녀는 소설을 썼다.

어떤 사람은 정사가 끝날 때까지——워즈워드의 말처럼 〈감정
이 평온하게 기억날 때까지〉 기다린다.

인생의 어떤 시기에 우리는 그 누구도 하지 못할 문학적 사고
와 결론을 가지며 내관적인 상태에 있는 자신을 발견한다. 그러
지 않은 다른 때에 우리는 전체적인 그림으로 나타날 기억을 신뢰
하면서(그러나 기억이 항상 우리를 기쁘게 하지 않는다) 단순히

사건을 기록한다.

노트북은 사적인 것이므로 도덕을 이끌어내거나 법에 순종하거나 방탕을 비난하거나 하지 않아도 된다. 우리는 다만 자신을 위해 쓸 뿐이다. 따라서 우리가 쓴 것은 누구에게 보일 필요가 없다. 세월이 지나 가끔 노트북은 다른 작가들의 유익을 위해 발행될 수도 있다. 그러나 우리 아주머니 마아가렛처럼 그 일기가 한평생 날씨, 그날의 사건, 가족적 사건 등을 기록했다가 나중에는 아무의 주의도 이끌지 않고 불 속에 던져지는 것도 있다.

작가는 첫 인상을 파악할 수 있다. 그 인상을 일기에 적으면 영구히 기록으로 남을 수 있다. 우리는 어떤 인물에 대해 재빨리 몇 줄 적고는 그것을 다시 보지 않는다. 그러나 몇 년이 지나 그녀에 대해 쓰고 묘사한 것을 발견하고 상상력을 통해 그녀를 생각해 볼 수 있다. ——이때 우리는 기억으로써 오래 전에 적어 놓은 묘사를 간단히 이용한 것이다.

반 위크 브룩스는 〈작가는 그가 점유한 영역에 의해서만 중요한 존재가 된다〉고 말했다. 작가에게 점유란 단순히 인상과 관찰한 사실을 자신의 말로 적는 것을 뜻한다.

자아비평 : 버어지니아 울프는 일기에 이렇게 썼다. 〈40세에 나는 내 두뇌의 원리——두뇌로부터 가장 큰 기쁨을 얻는 방법——를 배우기 시작하고 있다. 그 비결은 언제나 일이 즐겁다는 생각을 계속하는 것이다.〉

생활의 관찰 : 코울리지는 노트북에서 어린이들의 행동을 관찰하고 자신의 꿈을 적는다. 그리고 철학적이고 심리적인 명상은 물론이고 자연 현상에 대해서도 의문을 가진다. 그는 〈비프 스튜 조리법과 질병의 세부점〉까지 기록했다.

그 반면 체홉은 아포리즘을 썼다.

〈남자 세계에서 제하여진 여자는 창백하다. 여자 세계에서 제하여진 남자는 어리석어진다.〉

〈여자는 예술이 아니라 예술과 무관한 자들이 떠드는 소리에 매혹된다.〉

〈N은 훌륭한 희곡을 썼다. 그러나 아무도 그를 칭찬하거나 기뻐하지 않았다. 사람들은 말한다. 「다음은 뭘 쓰나 봐야지.」〉

〈자기 아내도 함께 연기하고 있는 연극 공연 중에 한 여배우와 결혼한 남자가 빛나는 얼굴로 상자에 앉아 이따금 일어나 관객에게 몸을 굽혀 절하였다.〉

안톤 체홉이 소설과 희곡을 쓸 때 이 기록을 얼마나 이용했는가 하는 점은 아놀드 베넷의 경우처럼 쉽게 판단할 수 없다. 베넷은 일기장에다 플롯을 적어 두었을 뿐 아니라 시간을 낭비했다고 스스로를 꾸짖기도 했다. 그러나 그것은 중요하지 않다. 우리는 이렇게 쓴 노트북을 단편이나 소설을 쓸 때 사용할 것이며, 또 어떻게 사용할 것인지에 대해 모를 수 있다. 하지만 기록을 표현력, 관찰한 것의 용도, 축적한 제재의 모든 가치에 또 다른 연장을 더하는 셈이 된다.

마크 트웨인, 캐더린 맨스필드, 스탕달(헨리 베일), 앙드레 지드, 앤쏘니 트롤로프 및 많은 작가들은 노트북, 일기, 편지 등 작품을 쓸 때의 작가의 정신을 가장 친밀하게 보여주는 모든 기록에서 가장 통렬한 말을 남겼다.

물론 우리가 쓰고자 한다면 직접 자신이 관찰한 것을 쓰는 것이 더 좋다. 그러나 우리의 사고와 창조적 활력을 자극하기 위해, 다른 작가들의 기록을 읽고 버지니아 울프와 비슷한 느낌을 갖는 것은 도움이 된다. 그녀는 이렇게 썼다. 〈1945년 12월 28일. 이처럼 깨끗한 필체로 이 날짜를 쓰는 것이 퍽 좋다. 그것으로써 이 새로운 책은 시작되기 때문이다.〉

독특한 작품인 도스토예프스키의 『작가의 일기』를 푸쉬킨은 이렇게 묘사했다.
〈냉정한 정신의 관찰록
그리고 서글픈 심장의 기록〉

도스토예프스키의 발행된 일기에는 정치적 상황, 다른 작가들

의 인정과 비평, 회상 등 갖가지가 적혀 있었다. 다음과 같은 관
찰 기록을 마음에 새겨 두라.

〈러시아 주정뱅이를 하나 들어 그를 독일 주정뱅이와 비교해
보라. 러시아인은 독일인보다 훨씬 지겹다. 하지만 독일 주정뱅
이는 분명 러시아인보다 어리석고 우스꽝스러울 것이다. 독일인은
몹시 우쭐대는 민족이다. 그들은 긍지를 갖고 있다. 술취한 주정
뱅이의 경우 이 근본적인 민족성은 소비한 맥주의 양에 따라 심
하게 나타난다. 그는 깽깽이 연주자처럼 취하여 귀가하지만 여전
히 긍지에 차 있다. 러시아 우량품은 슬퍼서 술마시고 울기를 즐
긴다. 그는 잘난 척할 때조차 승리감에 차 있다기보다 광포한
것에 지나지 않는다. 그는 변함없이 어떤 범죄를 상기할 것이며,
옆에 범죄자가 있든 없든 그를 비난하기 시작할 것이다. 그는 거
드럭거리면서 자기가 장군 다음 자리에 있다고 쟁론할 것이다.
그는 가차없이 맹세를 하며 설혹 사람들이 그를 믿지 않으면 경종
을 울리면서 소리쳐 도움을 요청한다. 그가 그처럼 추하게 굴고
도움을 요청하는 이유는, 술취한 그 영혼의 가장 깊숙한 내부에
서 자신이 전혀 장군이 아니고 단순한 악질 주정뱅이이며 또한
스스로 짐승보다 더 추잡해졌다는 것을 자신도 의심의 여지없이
확신했기 때문이다.〉

〈그러나 나는 소설가이다. 그것은 내가 창작한 「이야기」인 것
같다. 왜 나는 그것이 이야기인 것 「같다」로 말했는가, 실제로
그것을 창조한 것이 나 임을 확실히 알기 때문이다. 그러나 나는
어딘가에서 언젠가, 정확히 크리스마스 이브에, 지독히 추운 날
의 「어떤」 거대한 시에서 이것이 발생했다고 상상하고 있다.〉

〈일요일마다 저녁 무렵에는(평일에 그들 모두는 전혀 안보인
다) 절대적으로 건전한 이 많은 사람들이 주중에 내내 하던 일을
쉬고 거리로 나온다. 그들은 분명 산보하러 나온 것이다. 나는
그들이 네프스키에는 전혀 안 간다는 것을 알았다. 그들은 대개
집 근처를 어슬렁거리거나 어떤 사람(그들 중 대다수는 페터스부
르크에 사는 결혼한 노동자들이다)을 방문하고 가족과 함께 거리

를 따라 집으로 돌아오는 중이다. 그들은 산보하는 사람답지 않게 굉장히 진지한 얼굴을 하고 조용히 걷는다. 대화도 별로 없다. 특히 남편과 아내는 그렇다. 그들은 거의 침묵을 지킨다. 그러나 그들의 복장은 변함없이 휴일의 차림새이다.

그들의 옷은 낡고 형편없다——여자들의 옷은 다채롭다. 그러나 휴일을 위해, 아마도 이 시간을 위해 그들은 일부러 이것을 깨끗이 손질했으리라……

가장 괴로운 것은 이런 식으로 거닐면서도 그들은 진짜 오락다운 휴일의 오락을 마련했다고 참되게 그리고 진지하게 상상하는 것처럼 보인다는 점이다.〉

F·스코트 피츠제럴드의 노트북에는 이런 귀절이 있다.

〈그때 거기에 에밀리가 있다. 그녀에게 어떤 일이 발생했는지 너는 안다. 어느날 밤 그녀의 남편은 집에 와 그녀가 그에게 차갑게 군다고 하며 그것을 고쳐 놓겠다고 그녀에게 말했다. 그는 그녀의 침대 밑에 신발 따위를 모아놓고 불을 붙였다. 가죽 냄새가 지독히 나지 않았던들 그녀는 타죽었을 것이다.〉

〈우리는 주변의 세계가 떨어진 많은 쟁반처럼 박살나게 내버려 둘 수 없다.〉

〈지구의 깊숙한 로커실에서〉

〈활기에 차 있고 번쩍이는 뉴요크의 멋진 광경, 키 큰 사람의 속보.〉

〈갑자기 방이 시계처럼 울렸다.〉

〈그는 기억 속에서 돌연 되살아난 아파트를 지나갔다. 마을 변두리에 있는 그것은 어떤 곳과 그 무엇을 대표하기 위해 세워진 핑크빛의 끔찍한 건물이었다. 너무 값싸고 허술하게 지은 탓에 그 건축가는 그것이 무엇을 본 뜬 것인지 오래도록 잊고 있었음이 분명했다.〉

〈자주 가는 구석 자리가 있는 식당〉

이 작가의 노트북에는 단편을 완성한 후에 관찰한 견해가 적혀 있었다.

〈첫 단락은 반드시 주의를 끌어야 한다. 첫 단락이 명확치 않거나 말이 너무 많으면 독자는 시작하기도 전에 피곤해진다. 더욱 나쁜 것은 중요한 정보를 놓칠 수 있다는 것이다.〉

〈작품을 써 나갈 때 정신을 「제목에 두라」.〉

〈할 수 있는 데까지 그 이야기를 자신에게 먼저 「말하라」 그러나 너무 철저히 하지는 말라. 이미 다 이루어졌다는 기분이 들지 않도록.〉

〈단편 소설 전체를 통해 「강력한 하나의 효과」를 시도하라. 질투 : 모든 것은 그 감정을 지적하거나 거기서 멀어지게 함으로써 결국 행동으로 발전해야 한다. 아이러니 : 인간이라는 동물의 모순——일치한다고 인정할 수 없는 것——전체적인 이야기는 이것을 기초로 구성되어야 한다.〉

〈소설에서 「비합리적」인 것을 저항하지 말라. 그것은 기능을 발휘하고 있는 상상력에서 나오는 것이니까.〉

〈「핵심적 감정」을 찾으라. 이것이 단편을 쓰기 위해 여러분이 알 필요가 있는 전부인지도 모른다.〉

〈단어의 반복을 살피라. 이상하게도 정신은 한 단어에만 매달려 있을 때가 있다.〉

〈신뢰 : 긴장을 풀고 있을 때 소설의 「길이」는 자연히 그 전개에 좌우된다. 말의 길이에 대해 독단적이 될 필요가 없다.〉

〈「페이스」 : 페이스를 유지하라. 주의력이 결코 방황하지 않게 하라. 여러분이 말하려는 것을 쾌히 확신할 수 없다 해도 공개 연사처럼 계속 말하라. 잠재의식이 도와줄 것이다. 그 어느 것도 처음부터 끝까지 혹은 그 중간에서 갑자기 강하하는 온도나 부족한 습기보다는 낫다.〉

〈「긴장」 : 단편 소설 전체에는 긴장감이 유지되어야 한다.〉

〈종결 : 멈추어야 할 올바른 때를 알라. 여기서 직감을 사용하라. 사상의 끝과 그 절정과 그 취지에 이르기까지 감수성을 발전시키라. 이것은 곧 위트를 발전시키라는 말이다. 이야기를 싹둑

잘라내야 할 몇 가지의 길이가 있다. 그러나 단 하나만이 「그」 소설에 적합할 것이다.〉

〈「다시 읽고 읽고 또 읽으라.」 감상주의, 군더더기, 문법적 실수, 지루한 대화, 위트의 부족, 반복, 적절하지 않은 어귀가 있는지 살펴보기 위해 냉정하고도 무자비하게 작품을 다시 읽으라. 또한 감정적으로 감수성 있게 「느낌으로」 무심하게 재차 읽으라. 주의를 기울이기 위하여 독자가 기대하는 것은 바로 그것이기 때문이다.〉

〈여러분의 산문을 「말하라.」〉

1961년 사라 로렌스 컬리지의 학생들이 쓴 노트북에서 다음의 기록을 볼 수 있다. 이것은 《스토리》지에 재인쇄되었다.

〈젊은 시절 유쾌하고 신경이 과민한 젊은이의 편지가 의심스러울 때는, 그가 아름다운 것을 쓰는 자인지 아름답게 쓴 자인지 주의깊게 구별해야 한다.〉

〈적당한 것을 포함하여 과한 것에는 좋을 것이 없다.〉

〈길 한 중간에 딱 서 있는 자보다 더 광신적인 자는 없다.〉

〈내가 그를 좋아하지 않아서가 아니다. 다만 함께 있을 때는 나 자신이 역겨워 그런 것이다.〉

〈내가 아는 여자들은 대개가 타원형이거나 원형이다. 나는 천 가지 모퉁이, 각과 직선으로 된 기하학적 꿈, 절대 무디지 않고 절대 모래로 만들어지지 않은 모퉁이이고 싶다. 나는 줄곧 가고 또 가다가 방향을 바꾸어 상하 좌우 사방으로 움직이는 선이고 싶다. 그래서 어디를 가는지 알지만 때로는 다른 곳으로 가기도 하고, 보다 어둡고 크지만 새로운 모퉁이를 향하며, 원은 아니지만 부드럽게 휘고 이 길 저 길로 종종걸음 치기도 하지만 결국 시작점에서 끝나는 선이고 싶다.〉　　　　　──낸시 웨버

〈나는 다시 방안에 앉아 있다. 주변에는 3년 내내 학교에 있

어온 것들이 있다. 때때로 나 자신을 발견하려고 하는 힘든 시간을 갖기도 하지만 여기에는 자신의 대부분이 실제로 존재한다. 이것을 이해하지 못한 불쌍한 한 소녀가 어느 날 와서 말했다.「네 방은 너를 처음 보았을 때와 똑같은 것 같구나. 그것을 바꾸어 볼 생각은 해보지 않았니?」내가 어떻게 그녀에게 그 안에 있는 나 자신을 아직 발견하지 못했다고 말할 수 있었겠는가? 나는 그녀가 자기 방에서 자신을 발견하지 않았다고 단언한다. 그러기 때문에 그녀는 항상 그것을 바꾼 것일테니까.〉

〈변화는 그것이 좋은 것이든 나쁜 것이든 간에 흥분이다.〉

〈시내 중심까지 다른 긴 지하철을 타고 되돌아가다. 차안의 저 쪽 끝에 앉아있는 여자는 머리에서 발끝까지 무거운 까만색 모직 옷을 입고 있었다. 그녀는 러시아도 통과할 수 있었을 것이다. 특히 눈위까지 잡아 당긴 털모자를 보면 그러했다. 그녀의 가죽 같은 얼굴은 온통 주름투성이었다. 저 쪽 끝에서 머리 위에 나타 난 신호를 보고 킥킥대며 웃고 있는 가벼운 목면 옷에 신선한 화 장을 한 10대 소녀와 함께 현대적 차를 타고 있는 그녀는 너무 어울리지 않았다……〉

〈우리는 그날 밤에 대해 쓸 수 있었다. 그러나 그것은 우리가 그것에 대해 생각할 때와 결코 같지 않았을 것이다.〉

──파멜라 호워드

〈우리는 모두 똑같이 차려입고──까만 치마에 스타킹 등을── 뉴욕으로 행진해 들어갔다…… 퍽 즐겁긴 했으나 우리가 왜 여기에 있는지 나는 모른다. 밖에는 비가 오고 있다. 도도는 결혼 반지 를 끼고 있다──그 이유가 궁금하다. 우리는 모두「황금팔을 가 진 사나이」를 듣고 연애 희극을 읽으며 여기에 앉아 있다……〉

〈그녀는 그의 외모를 너무 의식한 나머지 스스로를 방해하고 있었다……〉

〈어른이 좋은 이유는 주변에 어른이 더 이상 없기 때문이다.〉

──셸리 클레이

〈어떤 욕망도 욕망을 가지려는 욕망만큼 압박감을 주지는 않는
다.〉
　〈웨스트 포인트의 육사 I 년생은 밟히고 짜브라지고 흐릿해진
잿빛에 까만 줄이 있는 넝마같다.〉　　　　　——메레디트 몽크

Ⅳ. 단편소설

1. 예비적 요소

휘트 버넷은 어느 학급에서 저술에 대해 이렇게 말했다. 〈나는 여러분이 단편을 쓰게 하는 규칙이나 공식을 갖고 있지 않다. 각 단편은 그 내용과 활력에 따라 제 나름대로 규칙을 만들기 때문이다. 여러분은 그 내용에 생명을 전달하고 형태를 부여한다. 내가 할 수 있는 것은 주변에 뿌린 진주가 여기 저기서 빛나기를 희망하는 것 뿐이다. 여러분이 아주 형편없는 것을 제출하면 나는 그것을 간파한다. 그러면 우리는 그것을 세세하게 분석해 볼 수 있다. 그런데 좋은 작품은 분석이 더 어렵다. 어떻게 쓰는지 그 방법을 알고 쓴 최상의 작품이 여러분이 모르는 새에 세상에 나오는 것은 약간 기적적이다.〉

링 라드너는 희망적인 발행자로부터 『단편소설 작법』이라는 제목의 책을 하나 써달라는 부탁을 받았다. 결국 그는 썼지만 반응은 좋지 않았다. 링 라드너는 자신을 선생이라고 간주하지 않았지만 단편을 썼다. 사람들이 기억하는 것은 그의 충고가 아니라 그의 단편이다. 그는 여러분의 단편을 사용된 종이 위에 써서는 결코 안되며, 우편엽서에 써도 안되고, 그것을 모르스 부호로 편집자에게 보내서는 안된다고 충고하였다.

그는 결론짓기를, 단편소설 작법에 대한 최상의 지침은 훌륭한 작가들이 쓴 작품을 읽는 것이며, 여러분의 재능을 발견하는 최상의 방법은 머리 속에서 떠도는 것을 이야기하지 말고 써보는 것, 그리고 계속 쓰기를 고수하는 것이라고 했다. 어쨌든 이것이 결국 그 내용을 종합한 것이다. 타자기가 있다고 누구나 발행될 만한 소설을 쓰는 것은 아니지만(불규칙적이었으나 거의 한 세대 이상 단편소설에 대한 잡지를 편집해 온 우리는 그같은 낙관주의의 결과를 이제껏 보아왔다) 우리가 작가인지 아닌지 알아보는 방법은 쓰는 것 밖에 없다. 쓴 이야기는 말한 이야기와 같지 않으므로 작가는 처음부터 그 한계를 받아들이고 특수한 그의 매체가 요구하는 것을 이행해야 한다.

근본적으로 훌륭한 단편을 쓰는 것은 아주 쉬워야 한다. 그 요소는 매우 단순하여 필요조건을 최소한으로 줄이면 3가지 요소만 남는다. 그것은 세계, 작가 및 이 둘의 상호작용이 산출한 이야기이다. 세계와 작가는 서로 영향을 주고 받으므로 그들 간에는 매력과 반발력이 존재한다. 작가로서는 우리는 언제나 환경의 영향을 받는다. 우리는 수용하거나 거부하는 과정에서 헤엄치고 뒤틀고 고통스러워하기까지 하면서 이야기를 창작하기 위해 반응하거나 혹은 훗날의 사용을 위해 경험을 비축해 둔다. 고귀한 우리의 인격을 침식하는 세계는 우리에게 너무 크다. 우리는 또한 외롭고 근심스러워서 그것이 우리의 기꺼운 포옹을 회피할까 두려워하며 그것을 잡으려고 돌진해 나간다. 우리는 세계를 사랑하고 증오하고 두려워하고 다양한 것에서 선택하면서 그것의 영상을 다시 만든다. 작품을 쓰면서 경험에서 나온 것을 개조한다면 우리는 결국 이야기를 갖고 있는 셈이다. 예수의 비유가 있은 이래로 주변의 세계없이 존재한 작가가 없고, 이야기꾼의 재능없이 기록된 이야기가 없다. 세계의 포탄은 작가가 갖는 수용성 때문에 대부분의 사람들보다 작가를 더 많이 관통할 것이다.

캐더린 맨스필드는 사망하기 한 해 전 일기장에 이렇게 썼다. 〈오, 주여! 당신의 빛이 저를 통해 빛날 수 있도록 저를 수정같이 맑게 해주소서.〉

캐더린 맨스필드와 그녀의 브릴 양의 경우, 그들은 파리의 공원에서 악대——「그녀」의 세계——에 귀를 기울이며 앉아 있었으므로 세계의 범주는 그리 크지 않았다. 그러나 남해나 극동을 유럽의 수도처럼 친숙하게 느낀 여행가 W. 서머세트 모옴에게 세계는 보다 넓었다. 헤밍웨이는 아프리카 세계, 스포츠 세계, 갱단의 세계, 전쟁이 지배적인 세계를 사용했다. 영국의 단편작가 H.E.베이츠는 두 시골 영감이 낚시를 하지도 않을 거면서 냇가에 낚시하러갈 계획을 은밀히 세우고 있는 시골 대폿집에서의 자그마한 세계를 창조했다.

종종 유우머러스한 단편이나 철학적 색채가 짙은 작품은 저자의 인격 주위를 너무 많이 회전한 나머지 세계라든가 이야기라기보다 인격화된 매개자라는 느낌을 더 많이 풍긴다. 대부분의 단편은 달걀처럼 빨리 낳아져 소모되고 잊혀진다. 그러나 수명이 오래가고 심지어 불후의 저자명을 남기는 것들도 있다. 이런 것들은 뤼기 피란델로가 〈문학의 수정란〉이라고 불렀는데 그 안에 생명이 있어 부화되고 계속하여 혈통을 이을 것들이다. 그런 것들로는 이탈리아의 복카치오가 쓴 단편과 초오서가 쓴 이야기, 셰익스피어가 천재적 플롯을 이끌어낸 연대기 등이 있다. 그것들은 이야기의 본질이 매우 보편적이기 때문에 이야기되고 또 이야기될 수 있다. 일부 작가들은 앞으로 있을 다른 작가들을 수태케 하면서 힘을 지녀왔다.

그러나 작가마다 장소와 사람이 있는 세계를 가지고 있다. 그들은 자신의 소유물처럼 이 세계를 이끌어 넬 수 있다. 능력이 닿는 데까지 자신의 특수한 잠재성과 단편에서 의도하는 것을 결정할 사람은 여러분 자신이다. 해야 할 과제는 여러분이 가진 재능의 힘이 작동케 하고 저술에 착수하는 것 뿐이다.

《작가의 다이제스트》지에 실린 〈순수한 사적 견지에서 본 단편소설〉에서 나는 이렇게 썼다. 〈단편소설의 필요조건은 그 본질상 변함이 없지만 방식과 기법은 계절마다 그리고 세대마다 변화한다. 20년 내지 50년 전 대부분의 미국 잡지에 실린 단편을 다시 읽어보라. 그리고 그 작품들이 상이한 태도와 상황으로 씌어졌을 뿐 아니라, 지금보면 현란하고 지나치게 노골적이며 기껏해야——초기의 소위 〈전형적인〉「뉴요커」지의 단편처럼——실감나긴 하지만 저

속한 문체로 씌어졌다는 것을 확인해 보라. 한 두 세대 뒤를 돌이켜 보라. 그때 O. 헨리 같은 작가는, 우스팡스러워보이는 것도 불사하고 어떤 사람이 지금도 모방하고 있는 문체로 썼다. 그 전에 나온 레오 톨스토이의 『이반 이리치의 죽음』같은 명작을 고려해 보라. 그것은 단편을 어떻게 쓰느냐 보다 불행하게도 현대의 단편을 어떻게 쓰면 안되는가를 보여준다. 그러나 이 모든 단편 소설은 로버트 고르함 데이비스가 『현대의 10대 명문가』에서 설명한 조건을 지니고 있다. 그 조건이란, 단편소설은 질문——그런 종류의 경험을 한 그런 종류의 사람이 무엇처럼 보이는가?——을 제시하고 그것에 대답해 준다는 점이다.

여러분은 자신이 할 만한 이야기를 가지고 있음을 어떻게 아는가? 여러분은 방황하며 다소 근심스러운 상상력을 어디에 정착시키는가? 여러분은 어떻게 시작하는가?

여러분이 이야기를 갖고 있느냐 그렇지 않으냐에 대한 첫번째 시험 방법은, 심사숙고한 이야기에「폭발」——아마 소리가 없을 것이며 때로는 지체되기도 하나 완전히 박살내는——혹은「폭발」하여 현 상태를 변화시키는 것이 있는가 살펴보는 일이다. 그 이야기에는 처음이나 중간이나 마지막 그 어딘가에 폭발이 있어야 하며 그 폭발은 현존하는 형태의 전 부분을 해체시켜 버려야 한다. 그 결과 등장인물의 생활 리듬은 큰 충격을 받으며 그들의 우주에 혼돈이 야기된다. 창작 재능이 있는 작가는〈그런 종류의 사람들이 겪는 그런 종류의 경험〉인 이 대격변으로부터 모종의 해결책을 재발견하거나 제시해야 한다. 이것이 단편의 참된 형태이다. 작가는 쓰는데 착수하기 전에 이 폭발을 예견하고 이해해야 하며, 오로지 내적 논리성의 지침을 따라 낡은 것에서 새로운 질서를 창조——혹은 제시——해야 한다.

폭발은 여러가지 것이 될 수 있다. 그것은 주제를 이용하는 것이다. 결혼 파탄, 사랑의 시작, 노인의 죽음——이것은 제각기 그나름대로 혼돈을 창조하고 해결책을 제시할 수 있다. 폭발은 세 가지 방법으로 사용될 수 있다. 그 하나는 폭발로 시작하는 것이다.

다시 말해서 총알이 단번에 발사되어 이야기가 시작되는 지점에서 우주가 박살나는 듯이 보이는 것이다. 그때 등장인물을 재소집하고 생활상의 어떤 최종적 승인이나 해결책으로 그들을 인도하는 것은 작가에게 달려있다. 이것은 메리 맥카티의 『잔인하고 야만적인 취급』에서 나타나는데, 그 단편은 결혼이 깨지는 것을 보여주며 그 시점에서 이야기를 풀어나간다.

혹은 이야기가 조용한 현존 질서에서 시작되어 강도가 점차 증가하다가 중간에 폭발이 일어나고 끝에 가서 새로운 질서——물론 이것은 낡은 것과 아주 다르다——로 맺어질 수 있다. 멜 디넬리의 『그 사람』(I 부에서 논의된)은 동일한 출발점으로 되돌아 오지만 희생자의 의식은 전과 같이 있다.

혹은 셜리 잭슨의 『운수』처럼 폭탄을 끝까지 간직할 수 있다. 거기에서는 돌 던지는 일이 시작되고, 앞 페이지의 모든 의미가 독자 위에서 끔찍하게 폭발한다. 독자는 그 조각을 혼자서 주워 모아야 한다.

내가 보기에 모든 이야기는 이 세 형태 중 하나에 속한다. 그리고 작가는 쓰기 전에 머리 속에서 문제에 접근함으로써, 어느 순간에 도화선에 불을 붙여야 가장 큰 효과를 낼 수 있는지, 폭발 시간에 주제에서 얼마만큼 뒤로 물러 서 있어야 하는지, 시초나 중간이나 끝 중 어느 시점에서 폭발시켜야 하는지 알게 될 것이다. 작가가 이것을 선택하면 그에 따라 이야기를 시작할 수 있다.

일단 작품에 착수했다면 그 다음 중요한 것은 그것을 끝맺는 것이다. 저술은 그에 따라 간단하거나 어려워진다. 문법이 엉망이라도 끝까지 쓴 작품은 이야기가 될 수 있는 반면, 미완성 작품은 전혀 이야기가 아니다. 작가로서의 발전 과정에서 시작한 것을 끝맺는 일에 대치될 만한 단계는 없다. 나 자신도 내가 작가가 된 날을 뚜렷이 상기할 수 있다. 그것은, 착상의 발전없이 생각만 하던 것을 중지하고 억지로 확정적인 끝맺음을 한 날이었다. 그 이야기는 결코 발행되지 않았고 오래 전에 분실되었지만 그것은 내 저술에서 중요한 이정표가 된 것이다. 그 일이 있은 후 수

개월 동안 나는 착상이 떠오르는 만큼 빨리 작업하였다. 그랬더니 기적적인 일로서, 내가 더 많이 완성할수록 말하고자 한 이야기는 더욱 풍요해졌다.

쉽지 않다는 느낌이 압도적이라 내가 쓴 모든 것을 다시 읽었을 때, 그 다음 단계는 도래하였다. 나는 이 이야기들을 고쳐 써야 한다는, 심지어는 재차 고쳐 써야 할지도 모른다는 것을 알았다. 이것이 나의 작가가 되는 세번째 단계였으며 이것은 결코 끝난 적이 없다.

아래에서 우리는 단편의 주된 형태를 논하고자 한다.

「전통적인 단편소설」 단편소설은 짧고 설화나 서정시처럼 쉽게 착수할 수 있다. 그것은 보통 젊은 작가들이 저술 재능을 실험하기 시작할 때 시도해보는 첫번째 형태의 소설이다. 첫 소설이 사실에 기인하거나 전통적으로 씌어지듯이 초보 작가가 처음 쓴 단편은 종종 이야기——대개 간단하고 무척 재미있으나 그 구조가 한 사건이나 에피소드처럼 복잡하지 않은——라든가 다소 도덕적인 설화, 교훈, 일화 등을 말하고자 하는 욕망에서 나온다. 그럼 세련되지 않은 근원에 바탕을 둘 수 있는 최초의 단편소설은 종종 작가가 의식하건 하지 않건 간에 그가 읽거나 들었던 것에서 유래한다. 그는 자신의 경험에서 어떤 것과 우연히 마주치거나 그가 들은 어떤 것을 기억한다. 그래서 그것이 어떤 점을 소설 형태에 맞추도록 그를 자극하면 그는 그것을 쓰기로 결심한다.

「주관적 단편소설」 단편소설 작가가 발전하는 그 두 번째 단계는 대개 그 자신이 한 인격체이며 최상의 등장인물일 수 있다는 것, 자신의 내면의 깊이를 혼자서 아주 잘 드러낼 수 있기 때문에 자신의 내면에는 깊이가 있다는 것, 마르셀 프루스트나 J. D. 샐린저처럼 자기 나름대로 주창자가 될 자격이 있다는 것 등의 사실을 발견하는 것이다. 이 두 번째 단계에서 많은 단편 작가들의 작품이 처음으로 발행된다. 그러나 그렇다고 해서 이 중요한 주관적 서술 단계에 앞서, 그가 자신의 특수한 영혼을 발견하기 이전에 쓴 작품(여전히 작가의 트렁크 속에 있는)이 많을 것이라는 논리가 무효화되는 것은 아니다. 1920년대 초기의 경우처럼 아름답게 발전하는 단편소설의 이 주관적 단계에서, 작가는 자신의 인격과 참여가 큰 구실을 할 수 있다는 것과 한동안 단순히 제 I 의 수영 선수가 되어야 하는 자신의 의식의 흐름을 발견한다.

「객관적 단편소설」 세번째 단계는 작가가 자신의 소설과 등장 인물을 좀 더 객관적으로 표현하기 위해 자신의 감정과 견해를억누르려고 의식적으로 노력하는 것이다.

「실험적이고 상징적인 단편소설」 네 번째 단계는 종종 작가가 소설 형태 자체에 열중하는 것이다. 여기서 그는 주제 및 표현 방식에 상이하게 접근하고 취급함으로써 실험하기 시작하고, 자신이 뜻하는 바를 불러일으키기 위해 덜 분명하지만 더 상징적인 방법을 모색하기 시작한다.

「복합적인 단편소설」 다섯 번째 단계에 의해 작가는 다른 사람들이 읽는 것과 같은 소설을 많이 써 왔다. 그는 자신의 영혼으로 통찰력과 드라마를 모색해 왔고, 자신이나 독자가 그의 예술 부면에 대해 좀 물렸다 싶을 정도의 소설을 쓰는데 영혼을 몰두해 왔다. 그는 자신이 발견한 사람들을 있는 그대로 솔직하게 나타낸 〈객관적〉 단편을 써 왔다. 그는 조이스, 로렌스, 프루스트 및 헤밍웨이 식의 문체와 취급법으로 실험을 시도해 왔다. 이제 그는 전반적인 자신의 예술과 이해를 표현하는 많은 수준에서 작품을 쓰는 자신을 발견한다.

「보편적인 단편소설」 이제부터 그는 예술적 소설을 위해 예술적 단편을 완전히 포기하지는 않았다 하더라도 주변을 돌아보고 그가 바라고 믿기에 매우 깊은 감명을 주고 광범위하게 적용될 수 있어 보편적인 어떤 것을 성취할 수 있는 소설을 찾는다. 그에게 행운이 있다면 거의 〈위대하다〉고 할——요컨대 모든 것을 갖고 있는——소설을 한 두편 창작할 수 있다.

「예외」 어떤 작가들의 경력은 황야, 즉 매우 날카로운 주관성

속에서 마구 소리침으로써 시작된다. 어떤 작가들은 눈으로 항상 객관적인 것을 보며 접근하기 때문에 주관적이 거의 혹은 전혀 아니다. 또 어떤 작가들은 단순한 이야기꾼으로서 자신이 발견한 것을 갖고 있다가 처음 들었을 때와 꼭 같은 만큼 되돌려 준다. 그러나 다른 작가들은 저술 경력의 시초부터 깊이, 복합성, 상징주의, 보편성 등을 목표로 삼는다. 그리하여 편집자들은 작품에 나타나는 인간의 본성으로 보아 단편과 단편작가들이 병행적으로 성장한다는 흥미있는 논리가 있다고 믿는다. 그러나 이 논리는 사실상 언제나 완벽하게 들어맞지는 않는다. 보편적으로 단편소설과 그 작가는 위에서 말한 순서를 밀접히 따르는 것처럼 보인다. 다행히도 단편소설은 유동적인 형태이므로 거의 모든 것을 조화시킬 수 있다. 단 거기에는 다소 완전하다는 인상이 있어야 하며, 창작에 딸린 모든 가능성 있는 것들에 유일한 무엇이 달성되어 있어야 한다.

고전적인 처리로 씌어진 단순한 단편은 제 2 차 세계대전 말기에 《스토리》지에 실린 구이도 다고스티노의 『안젤로 짜라의 꿈』이다.

그것은 이렇게 시작된다. 〈불행히도 안젤로 짜라는 그 꿈을 토요일 밤에 꾸었다. 작업도 쉬고 달리 할 일도 없는 일요일에 그가 할 것이라고는 꿈 이야기하는 것밖에 없었다. 그러나 불행히도 그는 아래층에 사는 마테오(큰 입) 그로씨에게 그것을 말해야 했다. 그러나 이 모든 것 중에도 가장 불행한 것은 그의 체질이 그처럼 굉장하고 널리 영향을 미치는 꿈을 감당하지 못했다는 사실이다.〉

〈아침에 블리커 가의 건물 꼭대기층에 있는 가구 딸린 자기 방에서 잠이 깬 안젤로 짜라는 몹시 떨리는 흥분에 사로잡혔다. 그는 자기가 실제로 빌라 톨로니아에 있었으며, 발생한 사건을 조금 아까 분명히 보았고, 말 한마디나 몸짓도 침대 시트 아래 튀어나온 그의 발끝처럼 생생히 기억된다는 것을 깨달았다. 그는 슥시 일어나 밑으로 뛰어 내려가 벽돌공인 친구 마테오 그로씨를 만나려 했다. 그때 그는 그날이 일요일이며, 일요일에 마테오는 늦잠 자기를 무척 좋아한다는 것을 상기했다. 마테오의 꼬마가 한 번은 교회에 가기 전 우연히 딱총을 쏜 적이 있었다. 마테오는 격분하여 침대에서 벌떡 일어나 아이가 창밖에서 죽는 소리를 내게 만들었다. 안젤로 짜라는 그런 종류의 폭력을 승인할 수 없었다. 하지만 친구는 친구이다. 그리고 세상에 흠없는 사람이 어디 있겠는가? 그는 그 즉시 아래층으로 내려가지 않았다. 그는 천천히 옷을 입고 기적 같은 꿈의 모든 부면을 곰곰히 되새기면서 지붕밑 작은 다락방에 앉았다. 그의 손가락은 이따금 단추 위에서 머뭇거렸고 그의 얼굴에는 당황한 빛과 황홀해가는 환한 기색이 뒤섞여 떠올랐다. 그는 자기가 실제로 꾼 꿈을 믿을 수 없었다. 〉

마침내 그는 깨끗한 셔츠와 좋은 바지를 입고 일요일에 신는 까만 구두를 신은 후 9시 15분에 불쑥 말을 꺼냈다. 「마테오, 지난 밤에! 뭇솔리니! 그가 죽었어. 빌라 톨로니아에서 그가 뻗었다구!」

그 말이 꿈에 지나지 않았다는 것을 이해하자 마테오는 더 이상 흥미있어 하지 않는다. 그러나 안젤로는 주장했다. 〈그런 꿈은 내 생전 한 번도 꾸지 못한 거야. 임마, 네 앞에 있는 예수 그리스도, 그런 것처럼 똑똑히 보였다구. 뭇솔리니는 침대 위에 있었어. 그는 죽어가고 있었고 나는 그것을 지켜보았지. 그의 얼굴에는 몹시 놀란 빛이 떠올랐어. 그는 자기가 이렇게 죽는다는 것을 믿지 못하는 듯했어. 위대한 뭇솔리니가 다른 사람하고 똑같이 죽어가고 있었다구. 그는 이해할 수 없었어——〉

그는 그 꿈을 계속 이야기하여 마침내 마테오를 확신시켰다. 마테오는 드디어 모든 것을 심각하게 받아들이는데, 뭇솔리니 총통이 그와 함께 머무르는데 〈한 달에 삼천 리라〉를 제공했다는 말을 듣자 더욱 그러했다.

마테오 그로씨는 몇분간 잠잠했다. 그때 그의 두 눈은 껍질 벗

긴 감자처럼 크게 떠지더니 그는 탁자에서 껑충 뛰어올랐다.
「이건 이그나치오 페론을 위한 꿈이군. 이리 와봐. 우리 이그나치오는 어디 있지? 그에게 말해보자. 그는 꿈을 연구하니까. 이 꿈이 우리 상상을 초월한 것임에는 틀림없지만 말야——」

그들이 이그오나치 페로를 찾았을 때, 〈그는 등잔대를 기대고 웅크리고 앉아 털이 무성한 턱수염 끝을 비비꼬면서 이쑤시개를 잘근잘근 짓씹고 있었다. 안젤로는 황급히 그를 향해 가려고 했다. 하지만 마테오 그로씨는 그를 제지하면서 말했다. 「기다려, 안젤로! 내가 말할게. 자네가 말하면 모든 걸 망친다구. 자네가 어디 이런 종류의 꿈을 꿀 수 있겠나!」

「하지만 이건 내 꿈이야!」마테오는 그 꿈을 몽땅 말한다.

「마테오, 제발」안젤로는 애걸했다. 「이 꿈을 꾼게 자네야?」

「염려마」마테오 그로씨는 말했다. 「이런 꿈은 한 사람 게 아니야. 이것은 공동 소유라구. 여기는 미국이야. 그러니까 모든 것은 만인의 소유라구.」

마테오는 그 꿈만 이야기하는 게 아니라 개량까지 했다.

「방에 백만 마리의 정어리가 썩는 냄새가 났지. 그리고 그의 얼굴이라니! 그건 사람 얼굴이 아니었어. 가장 멋진 아내를 잃은 악마의 얼굴이었다구.」

그들은 아말피오를 깨우기로 결심한다. 「우리 알프레도와 베포에게 가자.」

그들은 거리로 내려가기 시작했다. 안젤로는 그 뒤를 따랐다. 그들은 아말피오 테스토니의 피자 가게로 들어간다. 거기서 그들은 옆 건물에 사는 푸줏간 상인 알프레도와 합세한다. 그들은 모두 술을 마신다. 이때까지 그들은 꿈을 넘겨받아 그것을 모두 고쳤다.

〈안젤로 짜라는 탁자에서 소리없이 일어나 문으로 갔다. 아무도 주의를 기울이지 않았다. 빗장을 열고 밖으로 나간 그는 깜짝 놀라는 소리와, 새로 온 두 명이 입을 모아 「이것을 어디서 들었나?」라고 말하는 소리가 메아리지는 것을 들을 수 있었다.〉

끝에 가서 그는 플란네간 순경을 만나 뭇솔리니가 죽었다고 말
한다.

「꿈을 꾸고 있군요.」플란네간은 씩 웃었다.

「내가?」안젤로 짜라는 놀라며 말했다.「그건 나 혼자 꾸기에
너무 커. 다른 다섯명도 이 꿈을 꾸었다구!」

2. 소설 정신에 맞추어지는 촛점 :
   시작 전의 결정사항

단편소설로 발전할 착상이 떠올랐다면 기억나는 다른 단편과
그것을 비교해 보라. 몇년 동안 어떤 단편소설을 읽는 것이 낫다.
여러분이 과거에 좋아했던 작가나 현대 작가가 쓴 작품들을 읽으
라. 견줄 수 있다거나 더 좋다거나 다르다고 말할 무엇이 있는가?
여러분은 어떻게 그것을 말하려고 하는가? 어떤 관점에서? 여
러분은 어떤 분위기를 유지하거나 불러일으키고자 하는가? 그
주제는 여러분에게 어떤 정서를 일으키는가? 그것은『안젤로 짜
라의 꿈』처럼 생생하여 그것을 읽는 누구나 그 소설을 사실이라
고 믿을 수 있는가?

여러분이 몰두한 주제는 뚜렷이 생각나는 경험인가? 단편을
쓰기 위해 우리는 그것을 먼저 「보고」 상상력을 발휘하고 그 이
야기를 객관화시키고 그 주변의 생활과 작가로부터 분리시켜야
한다. 소설 정신을 유지하기 위해 우리는 그 이야기를 생각하고
느끼고 궁극적으로 그 이야기「이어야」한다. 작가의 등장인물들은
그들의 해설자로서 작가를 통해 연기해야 하며, 작가의 탐구와
망설임 혹은 약점 때문에 막히는 일이 가능한 한 없어야 한다.

도로티 맥클리어리는 그녀의 가치있는 소책『창조적 소설 작법』
에서 쓰기를, 모든 예술은 우주로부터 미소한 한 단위를 분리시
키고, 그 순간 그것이 가장 가치있어 보이게 할 방법으로 이 단
위에 빛을 밝히는 것으로써 이루어진다고 했다. 단편소설은 보
다 큰 단위인 소설과는 대조적으로, 헨리 세이델 캔비가 불렀듯

이 〈보다 작은 단위〉일 수 있는 반면, 그것은 개인생활에서 시간 단위를 가지고 있고, 전체 중 의미심장하고 진실된 부분을 표현할 정도로까지 시간 단위의 촛점을 맞춘다. 소설이 남자나 여자나 아이의——혹은 많은 부분을 조립하면서 이들 모두의——전체적 인생을 수용할 수 있는 반면, 그것은 우리가 최종적 합산과 보다 광범위한 소설적 견지에 상반되는 것으로 기억되는 의미깊은 단위들일 수도 있다. 중요한 것은 여러분의 〈단위〉를 발견하고 그것을 단편 소설의 형태로 조화시키는 기술을 발전시키는 것이다.

단편소설이 그 특수성을 주변 세계에서 분리시키는 것이라면, 작가가 가장 먼저 배워야 할 점 한 가지는 자신의 사고와 저술을 그가 단편에 착수하지 않았더라면 행하고 있을 사고와 저술에서 분리시키는 것이다. 그는 스스로를 허구적 정신 상태에 두어야 하며 이용할 수 있는 과거인 경험의 순간들과 그 자신의 친지처럼 친밀한 등장인물을 검토해 보아야 한다.

콜롬비아 대학의 휘트가 맡은 학급에서 젊은 카슨 맥쿨러와 메어리 오하라(그녀는 무성영화시대에 저술을 시작하였으나 정확히 중년이 되기까지 단편과 소설에 손대지 않는다) 같은 상이한 재능을 가진 작가들이 출현했다. 그런데 그 학급에서 짙은 빛 눈의 생각 깊은 젊은이 하나가 한 학기 내내 저술강좌를 들었다. 그는 노트하지도 않았고 귀를 기울이는 것처럼 보이지도 않았고 다만 창문만 내다보고 있었다. 그 학기가 끝나기 일주일 전 쯤에 그는 갑자기 소생하였다. 그는 쓰기 시작했다. 몇 편의 단편소설이 그의 타자기에서 쏟아져 나온 것 같았다. 이 중 대부분은 발행되었다. 그 젊은이는 J. D. 샐린저였다. 그는 그때 서머세트 모옴이 구애기간에 대해 쓴 바 〈의도적 환상〉에 몰두하고 있었음이 분명했다.

작가의 이 환상이 얼마나 오래 계속될 것인지는 아무도 말할 수 없다. 그러나 그것은 필수적인 발전 단계이며, 작가 경력의 시초에 특히 중요하다. 일반적으로 그것은 잠재의식적 과정이며 그 과정에서 정신은 흥미있는 것은 무엇이든 그것에 고착해 있고 근원적 개념 주변에서 다른 충동을 모은다. 도로티 맥클리어리는 말하기를, 골똘히 생각할 시간을 충분히 가지면 이야기를 시작할 준비가 언제 끝나는지 알 것이라고 했다. 그러면 개시 문장은 저절로 써질 것이다. 첫 문장이 그럴 듯하면 그때부터는 상상력과 재능이 뒤를 이어야 한다.

그러므로 한 가지 중요한 필요조건은 여러분이 일기나 선전문이나 해설이 아니라 소설이라는 견지에서 생각해야 한다는 점이다. 여러분의 단편소설의 본질이 될 유일하고 제한되고 긴장된 효과는 저술에 착수하기 이전에 뚜렷이 촛점을 향한다. 이것은 사진사와 관련시켜 볼 수 있다. 사진사의 눈은 렌즈의 모든 가능성에 대해 잘 통제되어 있어 모든 주제는 그가 셔터를 누르기도 전에 이미 정신 속에 틀잡혀 있다. 그러나 양화가 현상되었다고 해서 그가 처음 상상했던 때보다 더 많은 관심이 촬영이 끝난 사진에 기울여지지 않은 것은 아니다. 단편 작가의 경우가 마찬가지이다.

단편 작가는 더 이상 갈 수 없는 경계선——소설 작가에게는 적용되지 않는 한계——이 있음을 안다. 단편을 실제로 쓰는 것과는 별도로 이 점을 알 수 있는 최선의 방법은, 제한된 영역 내에서 성취될 수 있는 것에 의해 도전과 자극을 받음으로써 다른 문맥에서는 주제에 대해 생각하지 않는 것이다. 사설을 매일 쓰는 사람은 인생을 하나의 사설로 보는데 익숙해진다. 칼럼니스트에게는 인생이 일련의 단락이다. 단편 작가로서 여러분에게는 인생이 가능성 있는 수많은 단편처럼 보여야 한다. 그러면 충돌이 사라지기 오래 전에, 여러분이 본 것은 매우 강력해서 가능성 있는 것이 어디 있든 간에 여러분의 소설적 눈이 촛점잡혀 있음을 발견하게 될 것이다.

물론 프로 작가는 작업에 착수하기 전에 자신의 제재가 단편에 적합한지, 그것이 소설적 영역과 복잡성을 기대하는지, 그것이 혹시 희곡이 되기에 충분할만큼 극적인지 결정할 것이다. 노만 메일러는《토요 평론지》에 설득력 있게 써보낸 편지에서 말하기를, 위임된 작가나 프로 작가에게는 시간이 매우 귀중하므로 작업이 어디에서 끝날 것인지를 모르면 기획에 정력을 감히 투자하지 않는다고 했다.

그 반면 아마추어 작가는 이런 이점이 있다. 즉, 그는 아직도 기회가 있으며 어떤 방향에서 출발하는 위험을 무릅쓸 수 있다. 또 그러다가 마음을 돌이켜 다른 방향에서 다시 시작할 수 있다. 심지어 그를 거의 잠몰케 하나 그의 제재에서 최종적 형태나 주제의 한계를 인식하도록 기법적 숙달을 아직은 요구하지 않는 인상, 이야기, 경험들로 인해 인생의 혼돈 속에서 당황하며 서 있을 때조차 그는 실수를 허용할 수 있다. 실로 초보 작가는 사물의 형태를 너무 빨리 고정하는 것보다는 그 흐름이 방해받지 않게 가능한한 느슨하게 재능을 사용하는 것이 훨씬 바람직하다. 그가 이 단계에서 관심을 가질 필요가 있는 것은 그의 견해의 타당성과 강도이며, 독자에게 그 견해가 어떻게 가장 잘 나타나게 할 수 있는가, 또한 몇 년 후 자신이 읽어보았을 때 어떻게 느껴질 것인가 하는 점이다.

그러나 단편소설이란 우리가 원하는 것을 말하는 수단에 불과하다고 가정해 보자.

에드워드 J. 오브리엔은 설명하기를, 이 단계에서 〈우리가 요구하는 것은 그것(개념)이 확고하고 가능한 한 완벽히 인식되어야 한다는 것, 그것은 단일 효과를 위해 선별적으로 이용되어야 한다는 것, 그것이 단편소설의 무게를 지탱해나갈 수 없을 정도로 사소한 것이어서는 안된다는 것 등이 전부이다.〉 즉, 이 단계에서 단편소설이 어떻게 작용하느냐 보다 작가의 정신과 상상력이 어떻게 작용하느냐가 작가에게는 훨씬 중요하다. 조셉 콘라드는 충고하기를, 〈정신력 면에서 발전하는 한편, 인내와 충실한 관찰로써 여러분의 공감대를 넓히라〉고 했다.

그러면 우리는 마음 속에서 상충하는 모든 인상들 가운데 단편소설을 어떻게 인식할 것인가? H. G. 웰즈는 단편소설이란 30분 내에 읽을 수 있는 한 편의 소설이라고 말함으로써 전체적인 것을 대강 처리하였다. 세앙 오파오뤵은 그것을 〈명확히 사적인 탐구〉라고 주장했다. 체홉은 단편이 독자를 위해 작가가 해결해야 할 문제라고 말했다. 하지만 오늘날의 많은 단편작가들은, 범죄를 진술하는 것 자체가 고민스러운 마음을 적절하게 치유한다고 믿는 심리분석가와 똑같이 문제를 풀 필요가 전혀 없다고 확신한다.

단편을 쓰려고 하는 자들에게는 위의 그 어느 것도 도움이 되지 않는다. 그러므로 우리는 그대신 미국인, 영국인, 프랑스인, 러시아인, 독일인, 이탈리아인 및 기타 나라 사람들이 생각하는 행태인 단편의 전통적 요소를 고려해 보자. 단편소설은 다음 요소를 가져야 한다 :

등장인물(들)
액션, 발생된 것의 노출
배경, 분위기, 실제무대
촛점 : 관점
폭발, 클라이맥스 혹은 사건의 극점
플롯
요지와 의미
저술 양식 : 문체
적절한 길이 : 9천 단어 이하

이 요소들은 모든 종류의 단편에 다 적용된다. 경우에 따라서는 이중 어느 하나가 강조될 수 있고 어떤 작품에는 이 요소가 다 함께 나오지 않을 수도 있다. 그러나 모든 단편에서는 사건이 발생한다——때로 이 사건은 한 개념이나 정신상태를 드러내는 것에 지나지 않을 수 있다. 그것은 누군가에게 발생하거나 누군가에 의해 발생하는 원인이 될 수 있다. 그것은 특수한 시간과 지점에서 발생한다. 그것은 의미, 원인, 효과 및 그 이야기에 대한 목적을 부여하는 소세계에서 어떤 폭발 같은 종류에서 기인될 수 있고, 혹은 그런 폭발을 향해 진전될 수 있다. 그것은 단편이 얻어내고자 하는 효과를 가장 잘 이끌어내는 것과 관련있는 문체로 씌어진다.

3. 서 두

훌륭한 단편을 포함하여 어떤 것의 서두는 패러독스 같은 것이다. 높은 데서 다이빙하는 것이나 사랑이 바로 그러하다. 작가는 경험에 대한 필수적 지식을 모두 가지고 있는 듯이 독자에게 보여져야 한다. 그는 서두의 명수처럼 보여져야 한다. 종결은 필연적인 느낌이 들도록 끝맺어져야 한다. 작가가 첫 줄부터, 필연성과 논리성 있는 결과에 집중하면서 추진해 나가는 것은 중요하다. 독자는 여러분이 서두를 통해 불러일으킨 기대로써 이야기가 끝날 때까지 등장인물의 진전을 주시해야 한다.

이 지점에서 작가는 당연히 자문해 볼 것이다——그는 자신이 쓰고자 한다는 것을 알며, 자기 주변의 어떤 본질적인 드라마와 그 단편을 연관지으면서 등장인물, 사건, 분위기를 통해 단편을 시도하고 그에 착수할 태세가 되어 있다는 것을 읽고 관찰하고 생각한 것을 근거로 하여 믿는다. ——〈그러면 어떻게 시작하는 가?〉

일부 작가에게는 달성하기 종종 어렵겠지만 여기서 매우 중요한 것은 확신감이다. 우리는 자신의 중력을 창조하기 위해 압박감과 심란한 마음을 저항하면서, 소설이라는 팽팽히 매어져 있는 높은 줄 위에서 몸의 균형을 잡을 수 있다고 믿어야 한다. 그러나 이 확신감은 우리를 교묘히 피할지도 모른다.

게르트루드 슈타인은 그 대답, 적어도 그 대답들 중 하나를 알고 있었다. 그녀는 미국의 한 젊은 작가에게 그 대답을 이해시켰다. 어느날 그녀는 자신의 손님들에게 차를 따라주도록 그에게 부탁했다. 소심한 그는 신경이 곤두선 나머지 찻잔 보다는 받침접시에 더 많이 차를 뚝뚝 떨어뜨렸다. 게르트루드 슈타인은 단호하게 훈계하였다. 〈차를 따를 때는 젊은이,〉 그녀는 말했다. 〈담대히 따르라구!〉

독자가 요구할 정도의 담대함으로 단편의 서두를 따라 붓는다면, 상상력, 재능, 그것을 쉽게 인도하는 여러분의 수호신의 고집으로 그 단편이 자연스럽게 진행된다는 점을 관찰하라.

메어리 래빈의 단편소설에 대한 책 서문에서 던세니 경은 쓰기를, 〈결국〉 근본적으로 단편을 쓰는 것이란 〈독자의 흥미를 얻고, 이야기할 동안 그 흥미를 유지하며, 발생한 것을 독자가 보게 하는 문제〉라고 했다.

저자의 정신과 그 첫 단어를 종이에 옮기는 순간의 거리는 가능한한 가장 짧아야 한다. 독자와의 즉각적인 접촉은 분위기, 대화, 매력적인 주제, 혹은 등장인물에서 이루어져야 한다. 일부 편집자(그리고 독자)는 단편의 서두가 치명적인 중요성을 띤다고 간주한다. 그래서 첫 단락에서 흥미가 야기되지 않으면 저자의 기회는 영영 상실될 지 모른다고 보는 것이다. 매주 수천 단어를 읽는 편집자들은 게임을 추측해 보거나 간단한 친절을 베풀 시간이 전혀 없다. 여러분이 좋아하거나 말거나 간에 여러분은 명령을 내릴 저자이다. 그리고 여러분 자신의 만족스럽고 완전한 약속을 독자가 걸머지게 할 장본인은 여러분 자신인 것이다. 여러분이 첫 단어에서 마지막까지 숨을 죽일 수 있다면, 누구나 주의를 기울일 만한 가치있는 단편——비록 문체면에서는 세련되지 않았다 할지라도——을 쓴 것이다.

그리고 어느 경우에나 작가에게는 이러한 부인할 수 없는 이점이 있음을 기억하라. 그는 준비가 다 되었을 때까지 자신이 쓴 작품을 아무에게도 보여줄 필요가 없다. 그는 언제나 작업할 수 있고 나중에 고쳐쓸 수 있다. 그때문에 그의 작품은 처음 쓴 것보다 낫다.

젊은 트루먼 카포트는 우리가 한 작품을 사기 전에, 편집자들이 즐겨 하는 말로 〈발견〉하기 전에, 수많은 단편 작품을 《스토리》지에 기고하였다. 〈내 편에서 본 문제〉는 조오지 실베스터가 말하는 일인칭 소설인데, 서두의 몇 단락에서 유우머와 문체가 명확히 드러나 있었다.

〈나는 내게 대해 뭐라고들 말하는지 알아. 넌 내 편 아니면 그들 편을 들 수 있어. 그게 네 할 일이야. 내 말은 유니스나 올리비아 앤의 것과 반대되는 거야. 우리 중 누가 빈틈 없는지는 눈 좋은 사람이라면 누구나 다 뻔히 아는 거라구. 나는 미합중국 시민들이 그 사실들을 알기를 원할 뿐이야. 그게 다라구.〉

〈사실들: 서기년 8월 12일 일요일에 유니스는 자기 아버지가 남북전쟁 때 쓰던 칼로 나를 죽이려 했고 올리비아 앤은 14인치나 되는 호그 나이프로 그곳을 온통 베어 놓았음. 다른 많은 것은 말할 것도 없음.〉

〈내가 마아지와 결혼한 때는 지금부터 6개월 전이었다. 우선 그것부터가 잘못이었다. 우리는 단 4일간 알고 지낸 후 모빌에서 결혼했다. 우리는 둘 다 16세였고 그녀는 내 사촌 조오지아를 방문하고 있던 중이었다……〉

비꼬는 조의 이 문체는 분명 기분전환이 되었으며 그것은 재미난 관점을 성공적으로 유지했기 때문에 《스토리》지의 세 편집인 ——휘트, 엘리노어 길크리스트, 나——은 그것을 사기로 의견을 모았다.

그 단편을 계속 살펴보면, 화자와 그의 신부는 마아지의 집으로 돌아간다. 그녀는 두 아주머니 유니스와 올리비아 앤에게 양육받았었다. 화자는 말한다.

〈맹세코 나는 여러분에게 이 두 여인을 보여주고 싶다. 솔직히 말한다면 여러분은 죽을 지경이리라! 유니스는 엉덩이 한 쪽이 십분지 일톤은 족히 나갈 정도로 뚱뚱하게 살찐 키 큰 노파이다. 그녀는 비가 오나 해가 나나 진짜 구식인 나이트 가운, 키모노라던가 하는 고작해야 더러운 플란넬 가운에 지나지 않는 것을 입고 집 안팎을 가득 채우며 드나들었다.〉

〈미스터〉실베스터는 체구, 게으름, 〈남자다움〉 때문에 수모를 당한다. 그(화자)가 응접실에서 잠자게 된 동안 마아지는 동정을 받으며 침실에 혼자 있게 된다. 이 단편의 절정과 그 종결에서 젊은 이 남편은 마침내 그들 모두에게 도전한다. 그는 눈에 띤 스위트 러브 캔디 상자를 들고 가 응접실 안에서 문을 잠근다. 그리고 백달러를 훔쳤다는, 아마도 사실일진대, 비난을 받은 후에는 거기서 나올 것을 거절한다. ——이 모든 것은 그 당시 19세였던 트루먼의 주목할 만한 재능에 의해서 두 단락의 기대가 그대로 이끌어진다.

이제 로버트 페인이 쓴 『가라앉은 배』를 보자. 이 단편은 그 서두가 풍경화에서 나온 듯이 시작된다. 그러면서도 그것은 주인공 소녀를 둘러싼 분위기를 선명하게 전달한다.

〈아직 이른 시각이었다. 안개가 호수에서 피어오르고 있었다. 높은 산에서 내려온 퇴석들이 있는 저쪽 물가에는 크림색 안개가 간간이 끼어있다. 그러나 호수 한 가운데는 담청색으로 투명했고 표면 가까이에는 핑크빛 얼룩덜룩한 기장이 떠 있었다. 태양은 이미 그로스클로코너 호의 하얀 측면을 비추기 시작했다. 천천히 호수 위를 저어나간 그녀는 날이 너무 뜨거우리라는 것을 알았다. 너무 뜨거워 그녀는 피부가 염려되기 시작했다.〉

로버트 페인은 여기서 이른 아침의 분위기를 만들고 등장인물을 소개하며 단편을 시작하기 위해 감각에 의존한다. 그의 캔버스는 감각적으로 선택한 단어, 주인공, 관련된 배경에 의해 반쯤 잠이 깬 이른 아침의 분위기와 호수의 정경이 채색되어 있는 듯하다. 〈높은 산에서 내려온 퇴석…… 크림색 안개…… 그로스클로크너 호의 하얀 측면……〉 그리고 안개낀 호수면에 천천히 노를 젓는 소녀가 나타난다. 독자는 자신의 욕망이기도 한 그녀의 욕망, 호수에 뛰어들고 싶은 욕망을 이해할 것이다. 그것은 사랑으로 뛰어들고 싶은 욕망이다.

메어리 래빈이 쓴 『푸른 무덤과 검은 무덤』의 서두를 고려해 보라. 서두 문장은 분위기를 갖고 있다.

〈그것은 확실히 몸뚱이었다. 날이 어둡고 그들과 떠 있는 물체 사이에 검은 바다가 물결쳐 올라 뚜렷이 보기는 어려웠다. 그러

나 그것은 분명 사람 몸이었다. 결혼한지 1년밖에 안된 이웃사람 이몬 오그 머어넌의 몸이었다.〉

어부들은 바다에서 매장되는 〈푸른 무덤〉과 흙에 매장되는 〈검은 무덤〉에 대해 이야기한다. 그들은 그의 어린 〈육지〉의 과부에게 시체만은 건졌다고 말해야 함을 안다.

문을 두드려도 젊은 아내의 응답이 없어 그들은 이몬의 시체를 해변가에 두고 이웃집으로 갔다. 그들은 거기서 젊은 아내가 생전 처음 남편과 함께 어디로 갔다는 말을 듣는다. 그녀는 그와 함께 배를 탔고 그 이후로 보이지 않았다는 것이다.

어부들은 이몬에게로 간다. 그러나 젊은 남편의 시체는 없어졌다. 그러나 이제 모든 것이 분명해진다. 「이몬 오그 머어넌은, 바다에 대한 지식은 없고 오직 사랑에 대한 지식만 가진 여자들이 사는 육지에서 온 아내, 일년된 아내의 하얀 바다 팔에 꽉 붙잡힌 거야.」

두 어부의 관심과 감정을 알게 되는 것은 이야기가 시작될 때이다. 서두의 뒷 부분에는 젊은 아내에 대한 그들의 염려가 포함된다. 이 분위기는 매우 잘 설정되어 아이러니컬한 클라이맥스까지 그들을 이끌어간다. 그들은 실제로 바다에서 없어진 시체는 그가 아니라 그의 아내임을 발견한다. 이 단편의 첫 줄에 나타난 분위기는 끝까지 변함이 없다. 효과적인 서두가 되게 하려면 성공적 결말의 효과에 기여하지 않는 것은 남겨둘 필요가 없다.

견줄 바 없는 꼴레는 사랑의 본성이나 남녀 관계에 대한 환상 없이 항상 자신이 말해야 할 이야기의 핵심으로 곧장 뛰어든다. 장편 소설 『벨레 비스타』는 서두 단락이 이러하다.

〈여성의 생활에서 사랑의 공백기가 텅 빈 페이지라고 하는 생각은 불합리하다. 사실은 그 정 반대다. 격정적인 정사에 대해 남길 말이 무엇인가? 그것은 석 줄로 말할 수 있다. 그는 나를 사랑했다. 나는 그를 사랑했다. 그만 있으면 어느 누구도 눈에 들어오지 않았다. 우리는 행복했다. 그는 이제 나를 더 이상 사랑하지 않았다. 그래서 나는 고통스러웠다.〉

그리고 나서 작가는 그녀의 작품에서 가장 독창적으로 보이는 것 중 하나인 이야기를 계속한다. 그것은 프랑스 남부에서 여관을 함께 소유한 동성애자들처럼 보이는 두 여자에 대한 이야기이다. 한 숙박객이 그들의 잉꼬를 죽게 하였을 때 일련의 폭로가 있고 비밀이 알려진다. 그 두 여인 중 하나는 사실은 남자이다. 그들은 거기서 얼마 떨어지지 않은 곳에서 범죄를 저질러 수배된 인물들이다. 그런데 전혀 그렇게 보이지 않았던 것이다.

루드빅 베멜만은 그 경력의 시초에 단편을 쓰기보다 휘트에게 말하기를 더 좋아했다. 그것이 재능 낭비임을 휘트가 납득시켰을 때 그의 첫 단편들이 씌어졌다. 그 첫번째 것은 『테오도르와 푸른 다뉴브강』으로 단순히 이렇게 시작된다. 〈정찬이 끝났다. 방은 담배연기와 빈 탁자로 가득하다. 오케스트라는 「푸른 다뉴브강」을 연주했고 한 웨이터가 간이식당을 청소했다.〉

거기서 우리는 호텔 주인 테오도르의 비극이 시작되는 것을 본다. 그는 매년 고향 비엔나로 영광스럽게 귀향하여 요인물인듯이 행세한다. 그런데 불행히도 어린 시절 식당의 잡일꾼으로 일할 때 있었던 한 에피소드가 평생 그의 뇌리에서 사라지지 않았다. 그 에피소드는 이러했다. 즉, 비바람이 몰아쳐 밀가루 과자 반죽이 갑자기 떨어졌다. 테오도르는 간이 식당에서 그것을 치우라는 명령을 듣는다. 그런데 일하는 도중 크림을 엎어 온 몸에 뒤집어쓰고 그가 은근히 관심을 끌려하던 숙녀 앞에서 망신을 당한다.

이제 다시 비엔나로 돌아와서, 지배인님으로서 나이도 더 들고 의젓해진 그는 존경과 대우를 받고 있다. ——그러던 어느날 갑자기 질풍이 휘몰아쳐 비가 다시 밀가루 과자 반죽과 거품을 낸 크림에 떨어진다. 테오도르는 생각할 겨를도 없이 간이 식당으로 뛰어가 그것들을 치우려고 애쓴다. 그리하여 그의 위신은 또 다시 추락된다.

시드니 콕스는 쓰기를 단편을 시작할 때 우리 모두에게 보편적인 광경과 소리로 출발하라고 했다. 〈그렇게 함으로써 여러분은 비정서적 언어로 그(독자)의 감정을 불러일으키고 있고 여러분의 두 눈과 통찰력을 빌려주고 있으며…… 여러분을 기쁘게 하고 손상시킨 것들을 얼마나 생생하게 표현할 수 있는가를 보여주고 있는 셈이 된다.〉

우리는 자신에게 매우 중요한 사람의 공감을 얻고자 애쓰고 있는 것처럼 단편의 바로 첫 줄부터 우리의 말이 담고 있는 정서적 내용을 알고 있어야 한다. 훌륭한 연사는 청중 가운데 공감하는 얼굴을 종종 찾아낼 것이다. 그리고 그 남자 혹은 여자가 낯설다 하더라도 연사는 그를 향해 할 말을 할 것이다.

어스킨 콜드웰이 쓴 『따스한 강』에서 저자는 청중을 이해시키는 감각을 나타냈다. 그는 이 작품에 대해 다음과 같이 휘트에게 썼다. 〈단편을 쓰는 것은 위험한 모험입니다. 그것을 위험하게 만드는 것은 작가가 스스로 말해야 할 의무가 있다고 생각하는 오도된 소신입니다. 이런 의도를 갖고 있으면 그 구조는 틀림없이 화제가 되고 센세이션을 일으킬 번쩍이는 크레용으로 야하게 색칠된 부자연스러운 플롯이 되고 맙니다.〉

〈그러나 단편 소설은 이런 것 이상이 될 수 있읍니다. 그것은 두 세 사람이 모순이나 공감을 느끼며 정신, 마음, 욕망, 동기에 반응하여 행동을 나타낼 때 심오한 감정이나 일상적인 느낌을 명확히 표현하는 것입니다. 그것이 비록 교묘히 피해나가고 항상 성공적으로 달성되는 것은 아니라 해도, 이것이야말로 끈기있게 읽는 작가가 작품에 삽입하고자 찾는 소설의 정수입니다.〉 그리고 그는 자신이 좋아하는 단편으로서 『따스한 강』을 선택하였다.

그것은 이렇게 시작된다. 〈운전수는 매달려 있는 인도교 앞에서 멈추어 강건너에 있는 집을 가리켰다. 나는 그에게 정거장에서 2마일 타고 온 데 대한 요금으로 25센트 은화를 지불하고 차에서 내렸다. 그가 사라진 후 나는 차가운 밤에 홀로 남겨졌다. 골짜기에서는 별들이 반짝이고 발 아래에는 폭넓은 푸른 강이 따스하게 흐르고 있었다. 주변의 산들은 밤중에 보니 검은 구름처럼 일어서 있었다. 하늘을 똑바로 고개를 들고 바라보니 일몰의 희미한 잔재가 남아있었다.

〈삐꺽거리는 인도교는 내가 걸어갈 적마다 소리를 냈다. 혼들거리는 그 운동량은 이내 내 발걸음을 압도하였다. 발걸음을 더욱 빨리 재촉함으로써 강 위에 넓게 걸쳐진 호(弧)위에서 혼들리는 단진자에 겨우 들러붙을 수 있었다.〉

여기서부터 우리는 매우 감수성있게 써 깊은 감동을 자아내는 러브 스토리를 읽게 된다. 한 남자가 도시에서 몰래 정사를 갖는 한 소녀를 만나러 얼마의 거리를 여행한다. 그녀의 아버지는 그 곳에 있다. 그런데 분위기가 평온하고 따스하다. 그러나 그날 밤 그녀가 그의 방에 왔을 때 그는 웬지 자신도 모르게 그녀를 거절한다.

그 다음날 아침이 되어서야 비로소 그는 그 이유를 이해한다. 그는 그녀와 사랑에 빠진 것이다. 그래서 한 밤의 흥분 이상의 것을 이제 사랑에서 얻고자 한 것이었다.

4. 주 제

여러분은 자신의 배경을 알고 있다. 여러분은 호기심을 자아내는 많은 개인들과 그들이 한 일을 안다. 여러분은 그들의 작은 드라마를 인식하고 있다. 여러분은 극적 상황에 처한 그들을 보았거나 상상해 왔다. 단편소설을 자극하는 가장 간단한 수법은 누군가에 대한 비상한 관심을 이용하고, 보다 잘 드러날 수 있는 상이한 환경에서 그런 인물에게 발생할 일을 상상하고자 노력하는 것이다. 그는 비극, 수치, 기쁨, 조롱을 어떻게 직면할 것인가? 예기치 않은 어떤 환경이 그의 평정을 깨뜨릴 수 있는가? 그는 강렬한 사랑이나 격심한 증오를 품을 수 있는가? 단편 소설은 윌리암 사로얀의 초기에 쓴 사사로운 에세이적 작품이나, 도널드 바텔름의 환상극처럼 작가의 손에 따라 다양하고 많은 부면을 지닐 수 있다. 거기엔 아이삭 B. 싱거의 향수어린 이야기나, 버나드 말라무드, 호워드 네메로프, 존 업다이크의 심리학적 통찰력이 있는 단편도 있다. H. E. 베이츠가 말했듯이 단편은, 해 아래의 모든 주제——말이 죽는 것에서 소녀의 첫 연애에 이르기까지——
와 관련하여 가장 복잡한 인간의 감정을 분석하기 위한 플롯이나
등장인물도 없이, 산문시에서 발전한 어떤 것일 수 있다. 베이츠
는 수년 전에 이렇게 썼다. 〈영문학상 처음으로 단편은 축소판 소
설 이상의 어떤 것이 되었다.〉

어쨌든 어딘가에서 사람이 상상한 것은 누군가에게 발생되었을
것이다. 우리 대부분은 우리의 주변 세계 및 제임스가 의식세계
의 〈앞문〉과 〈뒷문〉이라고 부른 것에 대해 쓴다. 주제에는 단 한
가지 제약이 있는데, 그것은 너무 멀리 갈 수 없다는 것이다. 그
것은 구상면에서 집중적이어야 하고 효과면에서 제한되어야 한다.
엘리자베드 보웬은 쓰기를, 단편은 참된 효과를 거두기 위해 직
접적이고 사적인 인상——심리학적으로 〈신경의 동요〉 같은 종류
의——에서 나와야 한다고 했다. 그러나 그 동요가 아무리 천재
적이라 해도 단편소설에서는 단일 감정으로 제한되어야 한다.

일화는 단편이 아니다. 그러나 그것은 단편의 뜀판으로 사용될
수 있다. 몇년 전에 우리는 《스토리》지에 일단의 「세 가지 우화」
를 실었는데 그중 가장 재미난 것은 헤롤드 헬퍼가 쓴 『야릇한 관
념』이었다.

〈내가 우연히 제프 스토니메이커의 농장을 넘어가다가 새끼 송
아지를 번쩍 들어 올리고 있는 그를 처음 본 것은 10월의 어느 저
녁이었다.

「그 무게가 얼마쯤 되지?」나는 그에게 소리쳤다.

그는 송아지를 내려놓더니 알이 두꺼운 안경을 목도리로 닦고
는 말했다. 「오, 사십 오 파운드, 아마 오십 파운드는 될걸.」

「나는 자네가 저울을 싸게 살 수 있는 곳을 알고 있어.」 나는
말했다. 「수의사에게 가보면.」

「오, 나는 송아지의 무게를 재고 있던게 아니야.」 제프는 말
했다.

일주일 쯤 지나 화자는 다시 제프를 만나러 갔다. 그는 잠깐 실

례하더니 뒷문 밖으로 나갔다.

송아지는 거기에 어미 소와 함께 있었다. 제프는 송아지를 팔로 감싸 들어올렸다. 그것을 금방 내려놓은 그는 다시 집쪽으로 걸어왔다.

그가 집안에 들어왔을 때 나는 그에게 말했다. 「이봐, 제프, 자네 그 송아지를 들어볼건가?」

「나는 매일 저녁 그렇게 하고 있지.」 그는 말했다. 「정확히 다섯시에.」〉

제프는 그 점에 대하여 설명하기 시작한다. 동물의 체구는 하루 하루의 차이를 거의 식별할 수 없다. 〈내가 오늘 다섯시에 송아지를 들었다고 해서 내일 다섯시에 안들어봐도 된다는 이유는 성립되지 않아.〉 그의 희망은 그가 실수 없이 송아지를 매일 들어올리면, 그것이 다 자란 암소가 되었을 때에도 그것을 들 수 있게 되지 않겠는가 하는 것이었다.

화자는 매주 제프에게 들른다. 그러나 눈이 쌓여 그는 5, 6주 동안 가지 못했다. 그가 제프에게 다시 갔을 때는 다섯시였다. 제프는 갑자기 벌떡 일어난다. 송아지는 이제 몸집이 최소한 두 배로 불어나 있었다. 그것은 나뭇잎을 따먹고 있었다. 제프는 여전히 걸어가 송아지가 이제 〈적어도 백 파운드, 어쩌면 백십오 내지 백 이십 파운드는 나갈〉 것인데도 그것을 땅에서 들어 올렸다. 〈제프 스토니메이커는 자기 체중은 그 이상으로 달아보지 않았다.〉

이제 제프는 매일의 다섯시 때문에 농장을 결코 떠나지 않는 듯하다. 비가 오나 해가 나나 눈이 오나 그는 밖에 나가 송아지 발이 땅에서 떨어지도록 들어 올린다. 송아지는 점점 무거워진다.

어느날 제프는 서커스 구경을 하러 시내로 내려 온다. 그가 하마를 보았을 때 〈그의 눈은 아득히 꿈꾸는 듯〉이 보인다. 그는 하마의 무게가 얼마나 될까 물어본다. 나중에 그들은 무대 뒤로 간다. 제프는 조련사에게 십 달러를 주면서 새끼 하마를 들어보게 해 달라고 한다. 그것의 무게는 오십오 파운드이다. 어미 하마는 칠천칠백오십 파운드이다.

그 일이 있은 직후 제프는 동물의 시중을 들겠다는 쪽지를 남기고 서커스단과 함께 달아난다. 쉐벡타디에서 온 한 엽서에는 이렇게 써 있다. 〈나는 서커스단에 6년쯤 있을 예정이야. 하마가 다 자라는 것을 보려면 그 정도 걸리거든.〉

석달이 지나 서커스단 편지지에 보안관이 쓴 편지 한 통이 온다. 제프가 죽었다는 내용이다. 그는 안경을 떨어뜨렸을 때 아기 하마를 들어올리는 연습을 하고 있었던 것같다. 그런데 안경이 없어 볼 수 없었다. 안경을 찾지 못한 그는 실수로 어미 하마를 들어올리려고 애썼다. 〈그는 몇 분 후 죽었읍니다. 사람들은 그가 심장이 눌려 죽었다고 하지요.〉

그가 눈을 감기 전에 사람들은 그가 했던 일, 즉 그가 다 자란 어미 하마를 들어올리려 했다는 것을 그에게 말해 주었다. 그러자 그는 더욱 흐뭇하게 느꼈다. 〈그리고 그는 얼굴에 미소를 띤 채 세상을 떠났읍니다.〉

나무가 쓰러지는 소리를 들을 사람도 전혀 없는 숲속에 소리가 있느냐 없느냐 하는 철학적 문제처럼, 등장인물 없이도 단편소설을 쓸 수 있다는 점을 수긍하기란 힘들 것이다. 그러나 리어든 오코너의 매력적 단편 『두 마리의 학』을 살펴보라. 저자는 그 작품에서 두 마리의 큰 새에 대해 쓰고 묘사하고 이해하였으며, 그들의 실존에 닥친 위험을 느꼈고, 그것들에게 발생한 것을 단편 형태로 이야기했다. 그 결과는 두 명의 인간을 다룬 것만큼 흥미있는 것이었다. 최종적 분석을 해볼 때 효과적인 단편을 만드는 것은 주제가 아니라 주제 배후에 있는 저자의 통제와 재능이기 때문이다.

H. E. 베이츠는 대단히 복잡한 단편작을 써왔다. 그러나 고요한 시냇물처럼 현실 속에 흘러드는 듯한 단순하고 서정적인 단편도 그는 썼다. 『낚시』는 영국의 시골 대폿집에서, 아침 일찍 일

어나 고기잡으러 가자는 이야기를 수년 동안 해온 두 노인에 대한 것이다. 그들은 작은 돌더미 밑 골풀이 자라는 쪽에 큰 창꼬치가 숨어 있다는 것을 안다. 어느날 밤 맥주 몇 잔을 들이킨 후 그들은 다음날 아침 동트기 전에 일어나 그 일을 하자고 맹세한다.

그러나 다음날 아침——인간의 의지와 약점은 바로 그런 것이다——새벽이 오고 마침내 해도 뜬다. 그리고 작은 시냇물은 다리 밑을 굽이쳐 골풀과 창꼬치와 평화로운 아침을 지나 계속 흘러간다. 짐작컨대, 나이든 관절 역시 평안히 남아 있으리라.

여기 등장인물을 위한 눈, 오도된 인간의 노력을 위한 귀, 의지와 상황에서 아이러니를 보는 소설적 위트, 이것들을 가진 사람이면 누구나 떠올릴 수 있는 주제가 있다. 여기 많은 작가들이 무심히 지나쳐 왔으나 지금 표현되고 있고 단편 문학에서 영속적인 부분을 차지할 수 있는 상황이 있다.

단편소설은 비록 동일한 주제가 많은 작가들에 의해 반복되고 되뇌어지기도 하지만 역사상 어떤 시기에 특히 번영을 이룬다. 전쟁의 초기에는 서정적으로 씌어진 작품이 많다. 이별의 비극, 우연한 일로 급속히 발전한 사랑, 미처 모르는 사이에 다 자라버린 아들에 대한 어버이의 감정——이 주제들은 깊은 인식과 느낌, 통렬한 처리를 필요로 한다. 가끔 전체의 분위기가 숙명적일 수도 있다.

전쟁 말기에는 유우머가 인간 관계에 개입되고 길에서 만난 낯선이들 사이에서 튀어나온다. 모험담은 상상력을 붙잡고 늘어지기 시작하며 용감성에는 프레미엄이 붙는다. 사랑은 빠른 흥분, 낭만적으로 묘사된 매력, 하룻밤의 정사, 남자들 간의 동료감 등의 제재를 이룬다.

전쟁이 끝날 무렵에는 또 다시 이별, 처음에는 그저 외로움의 대응책으로 생각했으나 이제는 뒤에 남기고 떠나게 되어 죄책감을 느끼게 하는 소녀와 남자들의 사랑 이야기 등의 쓰라림이 다루어진다. 그 군인은 그것이 결코 끝나지 않으리라고 생각했으나 이제 조정을 해야 한다. 그는 앞에 놓인 일에 대해 걱정한다. 그런 류의 단편에서는 감상주의가 너무 흔히 지배적인 요소가 된다.

우리는 《스토리》지에 홀리스 앨퍼어트의 『중위들』——세 명의 중위들에 대한 애정 소설로서, 그들은 읍에서 밤새껏 머물러 즐거운 시간을 가져보려고 출발한다. 그러나 그들이 남편이 해외에 가 있는 예쁜 소녀를 만났을 때 결국 머물 여유없이 막사로 돌아가야 한다——로부터 돈 로손의 『해협 제도의 소녀』에 이르기까지 그런 류의 단편을 모두 실었다.

영국에 있는 비행사 마크는 남편이 공군에 입대해 있는 그웬을 만났다. 그들은 사랑에 빠진다. 그러나 그웬은 남편이 떠났을 때와 〈나는 동일해〉라고 말하며 남편에게 돌아가려고 결심한다. 마크와 그웬은 다만 친구 사이로 남는다. 그러나 마지막 밤에 그들은 연인이 된다. 마크가 독일 상공에서 공습 중에 사망한 후 그웬은 그가 한 말을 기억한다. 〈넌 「나는 동일해」라고 하면서 남편에게 돌아갈 수 없다는 걸 모르니? 우리 중 누구도 그렇게 할 수 없어, 그것은 우리가 서로를 갖는 것 이상의 문제야. 이것은 이미 우리 모두를 변하게 했어. 우리 모두를, 이 전쟁을, 그리고 방을 가로지르는 우리 모습과 처음 서로를 본 것 모두를. 우리가 서로 만나지 않았더라면 동일했을 거야. 우리는 과거로 돌아갈 수 없어. 우리 중 어느 누구도, 아무도, 이 세상의 어느 영혼도 되돌아가 〈나는 동일해〉라고 결코 말할 수 없을 거야.〉

몇년 전 우리는 파티 게임을 가졌는데 거기서 이런 질문이 나왔었다. 〈인생에서 가장 중요하다고 보는 것이 무엇인가?〉

여러 대답이 나왔다. 아내, 자식들, 애인, 일, 신, 그러나 뜻밖의 답변도 있었다.

휴가 중에 있던 한 해군이 말했다. 〈내 장미 덤불이 건전한 것. 이번 주에 그것에 비료를 주었지요. 내년 이맘 때 돌아와 꽃핀 그 모습을 볼 수 있으리라고 기대합니다.〉

외로운 여비서는 대답했다. 〈아침에 일어나 꾼 꿈을 기억할 수

있는 것. 나는 그래본 적이 없어요. 그래서 걱정스러워요. 어떤 때는 잠자리가 꺼려진다니까요.〉

하원의원의 딸은 말했다. 〈아빠가 낙선된 후 아침에 일어나야 될 필요가 없는 것!〉

작가의 상상력을 발휘하여 이들 개개인을 단편소설의 장면에 등장시켜 보라. 해군이 장미에 대해 지극히 염려하는 아이러니는 수많은 방법으로 사용될 수 있을 것이다. 어떤 마을을 습격해 들어갔는데 그는 자신의 것과 비슷한 장미 화원이 파괴되어 있음을 발견한다. 혹은 좀 끔찍한 것으로서 그는 전쟁에서 귀가하여 화려하게 핀 장미들을 발견할 수 있다. 그런데 그가 애지중지하던 강아지가 비료를 먹고 죽었다. 또한 해군과 그의 장미와 소녀를 한데 엮어 사랑 이야기를 상상해볼 수도 있을 것이다.

여비서는 꿈을 기억하는 열쇠를 발견할 수 있을 것이다. 그로부터 나올 수 있는 이야기는 수없이 많다. 꿈이 너무 즐거워 그녀는 시간이 나는대로 잠을 잔다. 그런데 그와는 대조적으로 그녀의 실생활은 흥미가 없다. 또는 꿈들이 너무 기괴하여 그녀는 꿈에서 야수에게 쫓기기도 한다. 그래서 다시 잠드는 것이 고역이다. 그러면 이것은 가엾은 그녀의 멀쩡한 정신에 어떤 영향을 미칠 것인가?

하원의원의 딸은? 그녀는 아버지의 일 때문에 일생을 근심스럽게 보내왔다. 그녀와 어머니는 항상 아버지의 직업에 참여할 것으로 기대되는가? 아버지의 이미지를 보강하는 구실을 하게 할 것인가? 그녀는 집을 떠나 자유 자재로 자신의 삶을 영위하려한 적이 자주 있었다. 그런데 먼저 해야 할 일이, 즉 선거가 있었다. 그녀는 어떤 전환이 일어나기까지 결코 떠나지 못한다. ——그렇다면, 무엇이 그녀의 생활에서 최종적인 폭발, 결정 혹은 액션을 일으켜 그녀로부터 아마도 영원히 떠나게 할 것인가? 아니면 결국 부친을 돕는 데서 긍지를 느껴 그대로 남는가? 아니면 도피할 수 없어 부친을 죽일 것인가?

중요한 것은 우리에게 가장 강한 힘으로 부닥친 것을 단편소설화 하는 것이다. 일단 이야기 실마리를 찾았고, 등장인물(들)을 이야기의 윤곽과 그들 상호간의 복잡한 관계에 조화시키기로 결정한 이상, 앞으로 뛰어들어 이 분위기의 충동의 갑작스런 구체화를 원고지 위에 옮겨야 한다는 점은 아무리 말해도 과하지 않다. 단편의 서두에서 확신감을 가졌다면 그 결말에서도 확신감을 유지하는 것이 물론 필수적이다.

여기서 다른 유혹이 나타날 수 있다. 단편소설은 다른 길로 가려 할 수 있다. 여러분의 개념과 그것을 깨닫는 여러분의 역량을 확신하도록 인정을 하면서도, 거기에는 이쪽이나 저쪽 길로 더 멀리까지 헤매이려는 유혹이 있을 수 있다는 것이다. 그러므로 숨을 죽이고——이 흥분은 신체적인 것이다——여러분이 말해야 한다고 이미 생각한 단편의 투명한 핵심으로부터 이탈된 것은 사정없이 베어내야 한다. 직감이 여러분을 인도하는대로 따라가라. 그리고 〈그것을 종이 위에 옮기라.〉

이 지점에서 궁극적 결과가 무엇인지, 최종적 의미나 취지가 무엇인지 전체적으로 확신하지 못한다면 그것은 잘된 것이다. 첫번에 잘 써야 한다고 주장하는 작가와 편집자와 대리인을 무시해 버리라. 두 번째 생각, 즉 초고를 쓴 후 묵상을 하면 처음에 가졌던 흥분과 창조성을 그대로 간직한 채 작품을 아주 신속히 개선할 수 있을 것이다. 등장인물들의 손에 제재가 들려있을 때 저술이 잘 풀린다는 것을 알 수 있다고 말한 자는 바로 E. M. 포스터였다.

5. 관 점

물론 우리는 처음부터 관점을 고정시키는 것이 얼마나 중요한지 알고 있다. 누가 이야기 하는가? 독자는 누구의 눈을 통해 등장인물과 플롯의 발전 및 움직임을 주시하는가? 어느 관점이 우리에게 가장 많은 자유를 주며, 어떤 것이 우리의 단편에 흥미와 의미와 공감을 가장 많이 더해 줄 듯한가?

작품 속의 인물이 자기 자신인 것처럼 아주 단순하게 이야기하려면 〈나〉화법이 초보 작가에게 가장 매력적이다. 우리와 타자기 사이에 가장 큰 장애물은 우리가 상상하는 사건을 믿게 하는 요소이므로, 우리가 실제로 작품 속의 주인공이라고 주장한다면 환상에 몰두하기가 더 쉽다.

알베르 까뮈의 『이방인』에서 저자는 해변가에서 아랍인을 무모하게 살해하고 체포되고 투옥당하고 재판받는 것이 어떠할 것인지 상상해야 했다. 프랑스 레지스탕스 시절에 작품을 쓰면서 까뮈는 실제로는 그런 적이 결코 없었지만 자신을 혼란스럽고 무기력한 종류의 인간이라고 느껴야 했던 것은 매우 당연했다.

그 아랍인은 실로 화자의 친구 레이몬드의 적이었다. 그러나 화자는 그를 도우려고 레이몬드로부터 연발권총을 뺏었다. 화자는 나중에 해변가에서 혼자 아랍인을 다시 만났다.

〈내가 할 일은 돌아서 걸어가 그것에 대한 생각을 더 이상 하지 않는 것 뿐이라는 생각이 머리를 스쳤다. 그러나 온통 열을 받아 달아오른 해변은 내 등을 따갑게 공격하고 있었다. 나는 조류 쪽을 향해 몇 발자국 걸어갔다. 아랍인은 움직이지 않았다.〉

아랍인은 칼을 뽑았다.

〈그때 모든 것이 내 눈 앞에서 휘청대기 시작했다. 광포한 돌풍이 바다에서 불어왔고 하늘은 끝에서 끝으로 두 동강이 나고 그 틈 사이로 커다란 화염판이 쏟아져 내렸다. 내 몸의 모든 신경은 강철 스프링이었고 나는 리볼버 총을 꽉 움켜쥐었다. 방아쇠가 당겨졌고 매끄러운 총머리가 손바닥을 슬쩍 밀었다. 힘찬 채찍 내리치는 소리가 났고 이로써 모든 것이 시작되었다. 나는 땀과 몸에 들러붙는 빛의 베일을 흔들어 떨구었다. 나는 그날의 균형, 행복했던 이 해변가의 광범위한 평정이 산산이 깨졌음을 알았다. 그러나 나는 보이는 흔적도 없이 느른해진 그 몸에 네 발을 더 쏘았다. 연속적인 사격은 제각기 내 파멸의 문을 힘차게 숙명적으로 두드렸다.〉

『이방인』이 3인칭 소설이었다면 그러한 참상에 우리를 포함시키고 우리로 하여금 그날의 열기, 친구와 연인 및 해변에서 만난 아랍인 사이의 긴장을 감지케 하는 강력한 힘이 발휘되지 못했을 것이다. 그러나 그것은 가능했다.

제임즈 조이스가 쓴 「고통스러운 경우」(『더블린 사람들』에서 발췌)는 외로운 사람 제임즈 더피 씨와, 그가 〈둥근 홀에서 두 숙녀 곁에 앉을 때〉 만난 외로운 여인에 대한 한 체코인의 이야기이다. 이것은 모두 더피의 관점에서 이야기된다. 우리는 더피씨가 〈신체적이거나 정신적인 무질서를 혐오〉하는 정도, 그리고 그가 어떻게 〈동료나 친구, 교회나 신조를 갖고 있지 않은지〉 읽게 된다.

시니코 부인도 그런 류를 많이 갖고 있지는 않으나 그들의 우정이 자라갈 때, 그녀는 그를 집에 초대해서 긴 저녁 시간을 여러날 함께 보냈다. 〈어느날 밤 그녀가 이례적인 흥분의 징후를 모두 보이던 중 시니코 부인은 그의 손을 열정적으로 붙잡아 자신의 뺨에 갖다 대었다.〉 그 결과 〈남자와 남자 간에는 성적 관계가 맺어질 수 없기 때문에 사랑이 불가능하고, 남자와 여자 간에는 성적 관계가 분명히 존재하므로 우정이 불가능하다〉는 이유로 더피씨는 그녀가 있을 법한 곳을 모두 피하면서 그녀를 만나지 않는다.

4년 후 그는 그녀가 사고로 죽었다는 것과 〈엄마가 독한 술을 사러 밤에 외출하는 습관이 있었다〉는 딸의 부가적인 설명을 듣게 된다. 그의 처음 반응은 쇼크와 혐오감이다. 그러나 후에 공원을 걸을 때 그는 그녀 없는 자신이 얼마나 외로운가 생각한다. 〈어둠 속에서 그녀가 자기와 가까이에 있는 듯이 여겨졌다. 순간마다 그는 귀에 와 닿는 그녀의 목소리와 그의 손에 와 닿는 그녀의 손을 느끼는 것처럼 보였다. 그는 귀를 기울이기 위해 아직도 서 있었다. 그는 왜 그녀의 생활을 억눌렀는가?〉 그리고 그는 이제 아무도 자신을 원하지 않는다는 것을 생각한다.

인간의 고민을 그린 이 두 가지 것 중 어느 것이 더 효과적인가? 이것은 아마 비극에 대한 각인의 기본적 태도에 따라 답변

될 수 있을 것이다.

까뮈의 『이방인』은, 마치 자신을 움직이는 힘을 전혀 통제하지 못하는 것처럼 자신의 밖에 서서 행동하는 자기 자신을 지켜본다. 조이스의 『더블린 사람』은 밖을 보면서 자기 자신을 거의 관찰하지 않고 안쪽에서 모든 것을 바라본다. 전자는 강요적인 운명의 지배하에 있으며 후자는 다른 사람에게 비극을 초래하는 자신의 운명을 창조한다.

양자의 관점은 뛰어난 솜씨로 다루어져 있다. 그러나 까뮈의 소설에는 자기 연민이 전혀 없고 죄와 과오에 대한 압도적인 감정이 있다. ──그런데 조이스의 소설에는 더피 씨가 자신의 손실을 최종적으로 이해했기 때문에 고통하는 마지막 장면에 이르기까지 참된 내성(內省)이 전혀 나오지 않는다. ──이 두 소설은 어떤 다른 방향에서 이야기할 수 있으리라고 상상하기 어렵다.

연기자이자 자신의 행위를 설명하는 자가 자신을 보는 관점에서 보며, 자신에 대한 가장 터무니없는 것들을 이야기할 수 있는 유우머 작가에게는 일인칭이 특히 매력적인 관점이다. 마크 트웨인에서 터버에서 펄란에 이르기까지 유우머 작가가 노리는 것은 웃음의 효과이기 때문에, 순진하고 악의없고 어리둥절한 등장인물은 일인칭으로 가장 잘 드러난다. 개선책이 될 수 있는 유우머가 섞인 내용은 항상 기꺼이 받아들여진다. 인생의 작은 운명의 결과로 인해 생긴 희생은 독자의 정신에서 우리 모두의 정신 속으로 이전될 수 있다. 그의 〈나〉는 자아──고유한 그의 자아──를 초월하므로 그는 더 이상 그 이야기 속의 〈나〉가 아니라 우리 모두의 친밀하고 사적이며 보편적인 요소인 것이다.

그러나 작가가 어떻게 자신의 소설을 이야기하든 간에, 그는 결코 등장인물 밖으로 걸어나와서는 안된다. 그는 일단 그 역할을 채택한 이상 거기서 탈퇴할 수 없다. 독자는 이야기를 시작한 인물의 안내를 따르기를 기대한다. 그리고 독자는 그때 이것이 모두 이런 식으로 발생했구나 라는 자신의 환상을 박탈당하면 안된다. 우리가 나, 혹은 신 자신 등 어떤 목소리를 선택하든 간에 우리는 이야기를 시작한 동일한 인칭으로 이야기를 전달할 임무를 맡았다.

단편소설에 관한 교재들은 모든 것을 보며, 모든 정신을 꿰뚫고 들어가고 모든 행동을 판단하는 전지적(全的的) 관점에 대해 다룬다. 비록 그렇다 해도 화자는 그가 이야기하는 행동에 억지로 끼어들면 안된다. 그는 그렇게 하는 것이 플롯의 일부가 아닌 이상, 갑자기 다른 인물이 되거나 그 인물이 되어볼 수 없다.

플로베르는 모파상에게 말했다. 〈작품 속에서 작가는 우주에 있는 신처럼 아무 곳에서도 보이지 않으나 도처에 존재해야 한다.〉 아마도 이 말은 항상 〈전지적〉 작가에게 한한 말일 것이다.

우리는 단편소설에서 관점을 어떻게 고정시키는가? 이 장의 서두로 돌아가 보라. 어느 관점이 우리에게 보다 많은 자유를 주며 이야기에 보다 큰 흥미를 더해 주는가?

달리는 이야기될 수 없었을 몇 가지 관점으로 씌어진 예로서, 도로티 파아커의 『호오시 *Horsie*』를 읽어보라. 호오시는 윌마트 양이다. 그녀는 예쁜 크루거 부인과 그녀의 신생아를 돌보는 간호원이다. 여기서 우리는 두 가지 관점, 즉 그 가족에 대한 윌마트 양의 생각과 윌마트 양에 대한 제럴드 크루거의 생각을 보게 된다.

우리는 그녀의 말같이 생긴 얼굴이 항상 웃으며 친절하고 낭만적이고 애처로울 정도로 감사해 하는 것을 본다.

젊은 남편 제럴드 크루거는 그녀를 그의 생활의 방해자로 본다. 그러나 그는 〈그녀에게 어머니가 있다는 생각을 한 번도 해보지 않았다. 또한 언젠가 그녀에겐 아버지도 분명 있었을 것이다. 그리고 윌마트 양은 두 사람이 한때 사랑하고 알았기 때문에 존재한 것이다. 그것은 곰곰히 할 만한 생각이 못되었다.〉 그는 이렇게 생각한다. 이것이 그의 관점이다.

카밀라 크루거는 그들의 주의가 집중되어 있는 인물이다. 그녀가 어떻고 다른 사람에게 미치는 그녀의 영향이 어떤지 우리는 듣긴 해도 그녀의 생각을 듣도록 허용되지는 않는다. 그것은 끝까지 계속되는 호오시와 제럴드 간에 대위(對位)적 기능을 한다. 그는 그녀에게 치자나무를 갖다 준다.

〈그것이 그녀의 마지막 순간이었다. 그는 붉은, 붉은 목 위의 길다란 그녀의 얼굴을 거의 아무런 거리낌없이 바라보았다.〉

윌마트 양은 〈그녀가 자신의 꽃들을 바라보았을 때〉 그들이 그녀를 어떻게 생각했는지 끝까지 모른다. 그것들은 그녀의 꽃이었다. 한 남자가 그것을 그녀에게 주었던 것이다. 그녀는 그 선물을 간직할 수 있었다.

우리는 또한 화자를 관찰자이자 동시에 참여자로 이용할 수 있다. 『셜록 홈즈』의 와트슨은 종종 자청해서 현장을 방문하지는 않지만 항상 현장에 있는 화자의 이점을 설명하는 한 예이다.

홈즈를 칭찬하고 찬미하며, 그들이 불려간 상황을 이야기하는 올챙이 배를 한 그의 보조자가 없었다면 셜록 홈즈의 승리를 다룬 기록이 없었을 것이다. 그리하여 우리는 와트슨의 확신을 갖게 된다. 우리는 그가 홈즈의 활동에 대해 아무것도 이야기하지 않고 혼자서 창조할 수 있었던 것보다 더 넓은 세계를 본다. 그리고 심지어 와트슨조차 셜록의 마음 속에 무슨 꿍꿍이가 있는지 볼 수 없으므로 그의 서스펜스는 우리의 것이 된다.

이야기를 하는 각 형태의 이점은 거의 동일하다. 일인칭 화법에서 등장인물은 자신에 대한 것, 자신의 기분과 마음 속에 품고 있는 일 등을 밝힐 수 있다. 이것은 삼인칭 인물의 경우에는 알기 힘든 것이다. 그러나 전지적 화자의 말은 신빙성이 덜할 수 있다. 그는 또한 자신의 감정이 점차 짙어지는대로 그것을 우리에게 전달해주며 우리는 그와의 사랑이 자라가는 것을 느낄 수 있다. 또한 『이방인』에서처럼 우리는 열기, 모친의 사망, 애인문제 등에 의해 그가 어떤 영향을 받는지 그보다 먼저 감지할 수 있을 것이다. 그래서 살인이라는 마지막 행위가 자행되었을 때, 우리는 주인공보다 준비를 더 잘 갖추고 있었을런지도 모른다.

삼인칭 화법에서 우리는 보다 더 여러 가지의 선택을 할 수 있다. 우리는 주된 참여자, 주변인물 혹은 『호오시』에서처럼 여러 인물의 관점에서 이야기할 수 있을 것이다. 저자로서 우리는 우리의 견해를 등장인물 중 어느 누구에게 부과할 수 있다. ──우리 생각의 표현을 창안할 수도 있다──그리고 이 한 인물로 그를 둘러싼 인물들을 뚜렷이 보게 할 수 있다.

끝으로 만일 전지적 관점을 택한다면, 우리는 사물, 예상되는 극적 사건(일반적으로는 여전히 위험한 계획이겠지만)을 알 수 있으며, 멀리서 우리가 해야 할 이야기의 높이로 그 사건을 들어올릴 지점에 초점을 맞출 수 있다.

6. 전 개

단편은 가능한한 빨리 결정적 상황에 도달해야 하며, 그 후에는 점증하는 확신감을 가지고 그 지점에서 앞으로 전진해야 한다. 여기서 저자는 이야기 줄거리의 세부점을 구성하고 극화시키되, 그 맥락을 탄탄히 만들고 에드가 알렌 포우가 경고한 바, 설정된 계획에서 작가의 주의를 산만케 하는 단어가 전혀 없게 해야함을 명심할 것이다.

단편의 첫 단락이나 그 직후에는 다음의 것들이 밝혀져 있을 것이다. 주인공과 기타 등장인물의 신원, 그(그녀)의 대략의 나이, 상황이나 다른 등장인물들 혹은 그 정신 상태와 그(그녀)의 관계.

우리는 최종적 변화, 위기, 극적 사건, 폭발을 예시하면서 당면한 문제를 제시했을 것이다. 그리고 우리는 단편의 분위기와 주인공의 정서적 및 심리적 분위기를 명료하게 불러일으켰을 것이다. 이제 우리는 더 앞으로 나아가야 하고, 배우들은 연기해야 하며, 장소는 배우들이 실제로 존재하는 곳처럼 묘사되어야 한다. 이제 어떤 것이 발생하면 우리는 그에 따라 진전해야 한다.

〈단편이란 기묘한 것이다〉라고 세앙 오파오랭은 썼다. 〈플롯은 이야기를 만들지 않는다. 그 대신 플롯이 없다면 이야기가 안된다. 정말 좋은 작품에는 내적 플롯이 있다. 그러나 내가 의미한 바는 할머니의 새장 속에 갇힌 의지 같은 것이 아니라 등장인물의 플롯이다.〉

단편은, 그것을 끝맺기 위해 어떻게 할 것인지와 관련하여 엄선되고 세부화된 방식으로 전개되어야 한다. 여러분에겐 시간이 많이 있지 않다. 단편소설은 짧다. 그러나 짧다는 것은 또한 상대적이다. 여러분의 주의가 날카롭고 무엇이 진전되는가에 관심이 높다는 것을 일단 알았다면, 여러분은 그것을 쏟아낼 수 있다. 어떤 단편에서든 서스펜스는 독자를 붙든다. 옛날의 이야기꾼들은 우선 서스펜스의 기술과 요령의 명수들이었다.

오늘날의 단편소설은 보다 큰 미묘성과 솔직성을 시도한다. 이런 저런 형태에서 서스펜스는 그것이 비록 소녀가 어떤 결심을 하는가 혹은 젊은이가 어떻게 두려움을 외면하는가 등의 문제에 지나지 않는다 해도 여전히 필수적인 것이다. 그것은 우리로 하여금 더 많은 것을 요구케 하는 반쯤 밝혀진 어떤 것이기도 하다.

단편을 장기 놀이에 비한다면, 분규가 커지기 시작함으로써 전개되는 것이 그의 승패를 필연적으로 가늠케 하는 것은, 게임의 중간에 왕이 그 지지자들에게 둘러싸여 적들과 고전할 때라 할 수 있다. 『킬리만자로의 눈』같은 단편은 처음부터 왕이 포위공격을 받고 적에게 노출되어 있게 한다. 그래서 그의 위치가 위험하다는 것은 즉각적으로 명백히 드러난다. 그의 다리에 탈저가 일어났을 때 왕은 좌절되고 게임은 끝난다. 그의 여왕은 이미 오래전에 제거되었고 그의 모든 볼모들은 쓰러졌다.

진실로 좋은 단편은 그 주제가 어린 소녀의 생일파티같이 무해한 것이든 애인의 정신 이상처럼 심각한 것이든 간에, 결코 부정직하게 다루어질 수 없다. 그것은 논리성에만 관심을 두고 발전할 수도 없다. 전개란 이야기의 첫 전제로부터 자연스럽게 진전되어야 하기 때문이다.

여러분은 저술하는 동안 한 손가락으로 계속 이야기의 맥을 짚고 있으라. 주제가 암시하는 바와 계속 보조를 맞추려면 이러한 신중성은 필수적이다. 그러나 보다 크고 확실한 단편의 윤곽 이내에서 단편이 여러분을 가끔 놀라게 하고 심지어는 고민하게 하도록 허용하라. 미소짓는 이 아름다운 여인을 지독한 수다장이로 드러나게 한들 안될 것이 무엇인가? 그것이 여러분의 단편이 취하고자 하는 회전이라면, 여러분의 단편, 다른 등장인물, 결말과 관여하여 그것이 어떤 의미를 담고 있는가 발견하라. 이야기가 진행됨에 따라 아무것도 발생할 수 없다는 원래의 견해를 엄격히 고수하는 계획은 결코 따르지 말라. 단편을 쓰는 것은 다섯 손가락과 메트로놈으로 매일 행하는 연습이 아니다. H. E. 베이츠가 말한 바처럼, 우리는 어떤 계획을 따르며 또 마땅히 그래야 한다. 그리고 우리의 상상력이 〈줄기차고 영속적이며 유동적인 상태〉에서 계속 생생하게 발휘되게 해야 한다.

칼 구스타프 융은 쓰기를, 예술이란 인간 존재를 붙들어 그를 도구로 삼는 내적 충동 같은 것이라고 했다. 〈예술가는 자신의 목적을 찾는 자유의지를 지닌 사람이 아니다. 오히려 그는 예술이 자신을 통해 그 목적을 실현하도록 허용하는 사람이다.〉

끝으로 여러분이 단편의 결말에 이르기 전 잠시 쉬라. 즉, 깊이 숙고해 보라. 그리고 거기까지 쓴 것을 쭉 읽어보라. 조금 걷든가 시골길을 산책하라. 첫 번째 부분에 고쳐 써야 할 것이 있다면 말이 씌어지기 전인 지금 그렇게 하라. 그러나 이야기가 이제 여러분의 마음에 명백히 그리고 돌이킬 수 없는 것이 되어야 하므로 단편의 종결 부분이 한 시간 혹은 그 다음날에 끝날 수 있도록 남겨두라.

7. 결 말

단편의 중요한 순간인 결말에서 나온 모든 사건과 감정과 인물들은 의미있는 것으로 나타나야 할 것이다. 비록 극적 사건을 경험한 등장인물은 이것을 인식하지 못한다 하더라도, 저자인 우리는 우리가 이해하고 알아왔던 모든 것을 이제 밝혀야 한다. 최종

결과를 우리가 미리 알고 있었다 해도, 긴장감을 조성하고 모순되는 방향으로 나가는 듯 했던 일련의 만남 속에서 싹튼 갈등은 우리와 독자를 혼란하게 하였을 것이다. 그러나 그것은 이제 만족스러운 결론으로 인도되었다.

그러나 여러분의 단편이 끝나는 때를 알고 있으라. 여기서 순수한 직감을 사용하라.

결말은 단편의 문맥과 비슷하게 눈에 선해야 하고 즉시 이해될 수 있어야 하며, 희망컨대, 보다 깊은 사고를 자극해야 한다.

엘머 라이스는 한때, 작가는 드라마를 다음과 같이 가장 단순한 형태의 전개로 축소할 수 있다고 말한 것으로 인용되었다.

1막 : 사람을 나무 위에 올린다.

2막 : 그에게 돌을 던진다.

3막 : 그를 내린다.

이제 우리는 그를 내려오게 해야 한다. 우리는 캐더린 앤 포터의 『경사진 탑』에 실린 단편처럼 어떤 어려운 〈인식의 결말〉에 의해서나 O. 헨리의 방식처럼 속입수적 결말에 의해 그렇게 할 수 있다. 또는 말라무드처럼, 거의 모든 경우에 그의 선임자들이 단편 분야에서 한 것보다 한 발자국 더 나아가 결점에 이르게 할 수 있다.

그 계획이 옳았다면 단편의 길이는 스스로 정해질 것이다.

마지막으로 우리는 이야기가 끝났을 때 각 부분들의 균형, 관점의 일치성을 검토할 것이다. 그리고 우리는 어떤 기본적 진리, 어떤 초월성, 정직성, 신빙성, 일상적 삶에서 모호했던 생활의 실태 등이 결말에 두드러지게 발견될 것을 희망할 것이다.

8. 자아비평

단편이 완성된 며칠 혹은 몇 주가 지나서 우리는 자신이 저자가 아니라 독자이자 비평가인 듯이 느껴질 정도로 작품에서 충분히 멀리 떨어져 있어야 한다. 그래서 무관심한 입장에서 그 단편이 우리가 아닌 다른 사람이 쓴 것처럼 보이게 되어야 한다.

여기서 작가의 사적인 접촉 때문에 불행히도 나쁘기로 이름난 작가의 기억력이 발동하기 시작한다. 어떤 지점에서 그는 의식적이자 심사숙고적으로 망각——기억이 아니라——을 배운다. 비록 그가 정찬이나 치과의사와 약속에 늦어 영구적으로 위험에 처한다 하더라도, 이러한 두뇌 세척은 다음 단계, 즉 자아비평 단계에 도달하기 위해 꼭 있어야 한다. 작가가 쓴 말은 마음 속에서 이내 굳어져 지울 수 없는 자극을 형성할 수 있기 때문이다. 여기서 요령이란 이야기를 밀쳐두고 강렬한 기억상실을 행하는 것이다. 결국 그것은 잊혀지게 될 것이다. 몇달 전 나는 나의 첫 소설을 집어들고 거기서 실제로 발생한 것이 결국 무엇이었나 알기 위해 읽을 수 있었음을 알았다.

자신의 작품을 판단하는 가장 결정적인 이 단계에서 여러분은 어떤 실수를 찾는가? 너무 적게 썼거나 많이 써서 정작 말하고자 하는 것을 말하지 못한 곳을 살펴보라. 다시 말해서 각 부분의 균형이 우선적으로 염려해야 할 부면이다. 그리고 이것이 달성되었다면, 독자의 주의를 이끄는 면에서 지체되었거나 후퇴된 부분이 없을 것이다. 일반적으로 초보 작가는 서두를 너무 오래 끌고 폭발과 대장면을 종종 너무 빨리 지나쳐 버린다.

끝으로 우리는 제목을 달아야 한다. 그러나 여기엔 규칙이 없으므로 쉽지 않다.

J. D. 샐린저는 우리의 마음에 가장 명백히 와 닿고 성공적인 제목을 붙였다. 그러나 그는 불평하면서 《새터데이 이브닝 포스트》지가 용서할 수 없게 자신의 제목을 바꿨다고 썼다. 우리는 그렇게 하지 않았다. 『로이스 타겟의 오랜 데뷔』는 그 내용이 어떤 곳에 결코 정착하지 못하는 일단의 미망인의 유형에 대한 것임을 암시해 준다. 우리가 발행하지 않은 것들——『바나나휘시의 완전한 날』은 자연적인 호칭을 좋아하는 자의 관심을 이끌 것이다. 헤밍웨이의 제목은 훌륭하고 기억날만한 것들이다. 우리 기억 속에 남아있는 제목들은 모호한 참조물이나 낭만시 몇 줄에서 따온

것이 아니다. 저술의 다른 모든 부면에서처럼 여기서도 여러분의 가장 깊은 지각 신경을 자극하려고 애쓰라. 개념에 대한 연상을 계속하라. 그리고 그것이 받아들일 만한 제목을 가지고 여러분에게 나타날 수 있는 유일한 방법이 아닌지 살펴보라.

물론 가장 좋은 것은 생각이나 근심할 필요없이 그 이야기에 어울리는 제목을 갖는 것이다. 이것은 가끔 처음부터 제목에 대해 생각함으로써 이루어질 수 있다. 무의식적으로 이야기에서 발췌한 한 줄이 여러분이 원하는 제목으로서 정확히 두드러질 수 있다.

끝으로 단편이든 소설이든 간에, 여러분이 일단 제목을 찾았다면, 편집인이 자신이 꿈꾸었던 다른 제목으로 바구지 못하게 하라. 여러분이 자신의 것으로 만족해 한다면, 빌린 옷을 입혀 자녀를 학교에 보냈다는 느낌이 영원히 들 것이다.

V. 소 설

1. 요소 및 실행

그렇습니다, 여러분. 그래요. ——소설은 이야기를 말하는 것
입니다.

——E. M. 포스터

단편에서는 총체적 일치성이라는 팽팽한 줄 위에서, 그리고 그
줄의 속성인 긴장 상태에서 균형을 잡는 작가의 능력에 따라 성
공이 평가된다. 소설에서 작가의 성공은 한 개의 줄 위에서 멋진
조절을 보여주는 것이라기 보다, 등장인물과 플롯의 가치기준을
동시에 조작하는 한편 이정표를 보는 시력이 결코 감퇴되거나 상
실되는 일없이 몇 개의 줄을 타고 저 멀리 있는 골인지점까지 계
속 전진하는 작가의 능력에 좌우된다.

일부 소설가들에게는 이런 방향 감각이 본능——여러분이 원한
다면 재능——에서 나온다. 재능의 필수적 요건은 또한 기법인데
이것은 형식 및 문체의 요소를 인식하는 것과 독서——의식적 생
각 이상의 몰두 과정인——에 의해 조금씩 축적된다. 우리 중 많
은 자들의 경우 성공적인 작품의 향상은 시행착오에서 나올 수 있
다. 우리는 그것에 의해 자아비평 기술을 발전시킬 수 있고, 소
설감각을 더욱 발전시키고 탐구할 수 있다. 무엇보다도 우리는
소설 형식으로 이야기할 수 있어야 한다.

우리는 소설 저술의 재능을 어떻게 인식하는가? 저술 분야에
서 이 재능을 다른 것과 구별되게 하는 것은 어떤 표지인가? 착
상에 대한 무수한 암시를 곰곰이 생각하면서 사고를 보다 폭넓은

결론으로 발전케 하는 경향이, 쉽게 닿는 것을 넘어 도달하는 시간을 갖고 소설이라는 보다 먼 거리를 여행하는 능력을 암시한다 해도, 그 재능은 단순히 용납할 만한 모든 작품의 필수 요건이 적절한 말의 사용에 달려있지는 않다.

그것은 작품에 몰두하고 중단없이 변화를 계속 가하는 능력, 즉 이야기 줄거리를 잊지 않고 모호하게 이야기되는 한 지점에서 다른 지점으로 발전해 나가는 능력에만 달려있지도 않다. 전반적인 통일성을 유지하는 한편 일상 사건에서 인간의 행위의 결과에 대한 형식과 이미지를 강조하면서, 외부를 향한 내적 정신을 드라마의 모든 지점으로 이끄는 무대감각을 작가의 재능이라고도 할 수 없다.

이 모든 것들은 중요하다. 그러나 소설가는 그 무엇보다도 시간 및 공간에 대한 지각, 보다 크고 복잡한 형태의 인생에 대한 감수성, 상상력의 한계까지 계속 확장하는 의식의 범주 등을 인식할 수 있어야 한다. 소설가가 등장인물의 행동을 바라볼 때, 그 재능은 비추이는 한 순간의 문맥뿐 아니라 일련의 복잡한 폭로에서도 나타난다. 그리고 논리적인 것뿐 아니라 역설적인 것 역시 적어도 인생 만큼 폭넓은 관념에 더해져야 한다.

《스토리》지에서 우리가 어떤 단편 작품을 거절한 이후, 작가의 재능이 그 형식에 제한될 수 없고 보다 더 넓은 것, 그 자체로서 완전한 소 단위 이상의 것을 시사하고 있음이 명백해졌을 때, 작가의 재능을 인식하고 격려하는 것은 하나의 도전이었다. 다른 발행인들은 우리가 발행한 단편 작가들에게 책을 쓰라고 요청하였다. 때때로 글래디스 슈미트와 J.D. 샐린저의 경우처럼 그들은 현저한 성공을 거두었다.

그러나 《스토리》지에서 메어리 오하라, 턴리 워커, 프랜시스 리어리, 에릭 나이트 등 많은 작가들은 단편에서 첫 성공을 거둔적 없이 소설을 썼거나 혹은 단편의 보다 작은 형식에서 소설을 발전시켰다. ——이것은 크리스토퍼 이셰루드의 『베를린 단편집』처럼 오랜 전통이자 기타 다른 것처럼 자연스러운 방법이었다.

2. 테마란 무엇인가?

우리의 소설은 무엇에 대한 것이며 누구에 대한 것인가? 소설이 우선 사실이나 실제 상황에 의해 제시되었다면, 어떤 다른 참조물이나 추론이 우리의 테마를 부연할 것인가? 우리의 소설이 다른 소설처럼 「여기서」 「저기로」 가야 한다면 「여기」는 어디인가? 우리를 「저기로」 데려가려면 어떤 단계가 취해져야 하는가?

테마는 멜로디이다. 멜로디는 우리의 테마이다. 그것은 등장인물의 행동과 그 행동의 근원인 플롯에 의해 점차 명시되는 변주곡과 퇴고로써 우리 소설의 주제와 분위기를 되풀이하여 주장하는 것이다.

테마에서 어떤 장애물, 진전, 놀라움, 대단원, 폭발 등이 우리의 흥미를 심화시킬 수 있으며 독자의 주의를 포착할 수 있는가? 이것은 우리를 너무 멀리 나아가게 하므로 피해야 하는가? 소설의 경도와 위도에서 탐험하다가 너무 멀리 간 나머지 테에마의 주류로 돌아오는 길을 잃을 위험에 처하지 않을 거라고 어떻게 확신할 수 있는가?

일단 길을 떠났다면 우리는 이야기의 본문에서 어떤 변화를 직면할 위험에 처할 수 있으며, 이 변화는 우리 이야기를 진전시키고 최종적 클라이맥스와 효과를 조성할 것인가? 우리는 테마를 먼저 찾고 그 다음 등장인물을 우리의 테에마에 맞출 것인가? 아니면 등장인물이 우리를 먼저 선택하게 함으로써 플롯, 분규, 서스펜스, 테마에 착수할 것인가?

이런 여러가지 질문들은 우리 자신에 대해 배우고 가르칠 필요성과, 만일 필요하다면 남의 기법을 훔칠 필요성도 지적해 준다. 어쨌든 소설을 쓰는데 착수하기 전 우리는 소설의 각 부분의 형태와 균형에 대해서 앞으로 알 필요가 있을 모든 것과 최종 결과로서 우리가 바라는 것들을 이미 흡수했어야 한다.

소설에서 「기법」은 많은 것들을 내포한다. 특히 그것은 E. M.

포스터의 『소설의 부면들』에서 예로 든 쉐라자데의 재주로 저자와 독자 간의 공모를 창안하는 수단이다. 포스터는 말하기를, 이야기란 기타 모든 것의 의지처인 소설의 〈중추이자 촌충〉이라고 했다. 그러나 이것은 〈폭군들과 야만인들에게 영향을 미치는 유일한 문학적 도구인 서스펜스〉 없이는 이루어질 수 없다. 그는 지적하기를, 쉐라자데가 그녀의 체포자이자 위협적인 사형집행자인 왕이 새벽부터 황혼까지 그녀가 지어낸 이야기에서 〈그 다음에 무엇이 발생할 것인지〉 계속 궁금하게 만듦으로써 이럭 저럭 생명을 보존했다고 했다.

실행은 그 다음으로 중요하다. 그것이 없다면 어느 소설도 성공적으로 씌어질 수 없다. 실행──이것은 사고, 궁리, 예상, 연극감각을 내포한다. 무엇이 우리로 하여금 소설을 끝내게 하는가? 우리의 소신과 정력은 필요한 날과 시간 만큼 우리를 유지시킬 것인가? 우리는 전망에 의해 흥분되며, 주요 제재 및 우리가 말해야 할 이야기에 점점 몰두하는가?

기억해야 할 중대한 것은, 소설에 착수하는 것이 사소한 문제가 아니며 심지어 경험있는 작가에게도 그러하다는 것이다. 시가 감각을 환기시키는 것이고 단편이 연애라면, 소설이란 도리없이 실행하는 것이다. 소설은 우리의 사랑, 정력, 생활에서 시간을내게 할 것이다. 그러므로 여러분이 주제, 소설 자체, 그것을 쓰는 과정과 사랑에 빠질 역량이 없다면 포기하라. 소설은 소홀히 여길만한 것이 될 수 없으며, 그런 방법으로는 결코 성공할 수 없다. 시간, 집중, 소신이라는 특성, 이 모든 것과 그 이상의 것들을 우리는 받아들여야 한다. 그러나 또한 실행에 있어 고려해볼만한 보다 덜 중요한 부면으로서, 우리를 적대하는 대중이나 평론가, 우리가 쓴 것을 당황케 하는 것 혹은 배반 행위로 간주하는 가족 및 친구 등이 있다. 그러나 우리에게 지불되는 정직성의 댓가는 적지 않다.

결국 진지한 연애를 할 때처럼 우리는 소설을 쓴 이후에는 우리가 탐구하고 알게 된 등장인물의 비법에 의하여, 우리가 함께 나

눈 경험에 의하여, 우리가 얼굴을 맞대고 발견한 자신의 모순과
모든 폭로에 수반되는 진실에 의하여 어떤 신비적인 방법으로 변
모된 자신을 발견할는지 모른다. 우리는 변화받을 수 있다. 우리
는 이런 현상을 싫어하거나 이것 역시 게임의 보너스라고 간주할
수 있다.

저술이란 우리 자신이 선택한 것으로서 승리를 위해 기술과 위
트의 열성을 가지고 임하는 게임이기 때문이다. 비록 우리가 안
다고 결코 확신할 수 없을 규칙으로 상대와 장기놀이를 할 수 있
다 해도, 시합——남이 아닌 우리 자신과의 시합, 우리의 천부적
재능, 나태, 이전의 업적, 실패와 하는 시합, 소설 자체의 내용,
등장인물, 자유분방한 상상력(혹은 소설에 너무 적은 시간과 집
중력을 쏟게 하는 일)과의 시합——이 날카롭다 해도, 우리는 여
전히 궁극적으로는 책을 공표하고자 하며 그외의 아무것도 이것
에 문제가 될 수 없다.

그러므로 창작을 위한 시간을 내라. 용무를 처리하고 주변에서
교제를 나누는 사람들을 찬찬히 뜯어보라. 근심을 제거하고 창조
적 저술의 활력적 기능을 방해하지 않도록 재정면과 성생활을 정
리하라. 그리고나서 앞으로의 비용을 셈하지 말고, 성취감이 나
고 끝을 향해 다가가고 있다는 느낌이 들만큼 충분히 쓰면서 여
러분의 소설 속으로 항해하라. 즉, 등장인물의 생활을 꿈꾸어 보
고 더이상 의심하지 말라.

처음에는 소설이 씌어「질」것이라고 상상하기 힘들 때가 가끔
있다.

3. 대사들 : 헨리 제임즈의 노트북에서

특정한 소설을 쓰려는 충동이 처음 생겼을 때를 회상하면 도움
이 된다. 여기 헨리 제임즈가 기록한 가치있는 노트북이 있다.
그는 착상의 근원을 주의깊이 기록했고, 발전하는 그 착상이 끊
임없이 불러일으키는 상상을 생생한 감정 표현으로 계속 기입해

두었다. 그는 소설의 개요부터 그것의 발행일자까지 다 기재하였다.

그는 썼다. 〈1895년 10월 31일 토르퀘이에서. 어제 저녁 여기에 열흘간 머물러 온 요나단 스투르지즈가 내게 언급한 것은 자극이 되었다. 그것은 열마디밖에 안되었지만 난 그 속에서 「소설의 소재」의 불빛을 본 것 같다.〉

이 기재로부터 1913년 12월에 하아퍼 출판사의 편집인에게 편지를 보내고 그 작품이 《노르드 아메리칸 리뷰》지에 연속 기재되기까지, 그는 자신의 소설 『대사들』의 진전 상황을 다 추적해 나간다.

「소설의 소재」는 미국인이 된다. 그는 〈말하자면 인생의 황혼기〉에 있다. 그것은 〈흥분, 열정, 충동, 기쁨의 의미에서 이제까지 「살았던」 적이 없는 나이든 남자 모습의 작은 개념〉을 제임즈에게 부여한다. 그러나 그는 지금 파리에 있다. 거기는 〈독일인이 사는 포부르 가의 오래된 집들이 주변에 둘러싸여 있어 거리에서는 보이지 않아야 한다.〉 제임즈는 그를 〈다소 지쳐있는 외국의 동포〉라고 본다. 그의 전반적이고 유일한 직업 경력은 힘들고 오랜 수고였다. 그는 장소, 사람, 어조, 이야기, 환경만 주어지면 ——〈그 모든 것으로부터〉—— 존재할 수 있다. 그가 인생에서 이루지 못한 것들에 대해 말하는 것이 들렸다. 〈이제 나는 너무 늙었어. 나는 어쨌든 내가 본 것을 하기엔 너무 늙었지.〉

제임즈는 평한다. 이것은 그가 쓰려는 소설의 〈본질이자 색조〉이다. 〈그들은 즉시 의사소통의 힘, 「올바른」 것들(그런 것들을 볼 때 세련된 작가는 얼얼한 자극을 받음으로써 그것을 알고 반응한다)에 대한 참된 마법으로 흥미있는 상황과 생생하고 실현될 수 있는 「테마」를 내 앞에 둔다.〉

이 책은 더이상 장년기에 있지 않은 남자의 경력 중 6개월 정도를 망라할 것이다. 제임즈는 그에게 램버트 스트레더라는 이름과 55세의 나이를 부여한다.

여기서부터 제임즈는 스트레더의 출신이 될 미국의 도시를 결

정하고 그 플롯을 좀 더 세부적으로 이야기한다. 〈미국의 이류도
시——뉴욕, 보스톤, 시카고처럼 크지 않고 뉴잉글랜드의 중요한
지방 중심지인 메사추세츠 주의 워세트너나 코네티컷 주의 하드포
드의 크기만한——, 요컨대 좀 더 큰 대학이 아직 들어서지 않
은 오래되고 계몽된 동부 사회〉가 그 출신지로 선정된다.

스트레더가 파리에 간 목적은 아들이 어느 프랑스 여인에게 몰
두해 있다는 통지를 받은 모친에게 그녀의 아들인 젊은 미국인
차드를 데려가기 위해서이다. 그를 구조하는 것이 스트레더의 의
무이다. 스트레더 역시 모든 실용적 목적을 위해 차드의 모친과
약혼 중에 있기 때문이다.

그러나 그가 차드를 보았을 때, 그는 〈그 일을 위해 꽤 훌륭하
고 진지하게 해온 준비가 허사였음을 알게 된다. 젊은이는 호감
을 갖게 하는 몹시 유순한 청년이다. 그것 자체가 놀라왔다. 스
트레더는 프랑스 부인 비욘네와 그녀의 딸을 만나자 한층 더 놀
란다. 그러나 그는 차드가 딸이 아닌 그 모친을 사랑한다는 생각
은 미처 하지 못한다. 그는 뉴썸 부인에게 이것을 써 보낸다.

한편 〈상당히 많이 축적된 지각과 정서는 스트레더를 절정으로
몰고가는 듯 하다.〉 비욘네 부인은 매력적이다. 그는 그녀를 충
분히 인식한다. 〈그녀는 젊고(즉, 38세이다) 명랑하고 우아하고
친절하고 동정적이고 재미있다. ——그리고 아찔할 정도의 현명함
으로 그를 놀라게 하지도 않는다(이것이 그녀의 가장 현명한 점
이다).〉 그리고 〈그의 내부에는 바퀴의 급격한 회전에 의해 자신
을 발견하고 균형을 잡으려 하는 또 하나의 자유 속에서 말 못할
욕망의 열정, 배반, 다소 초감각적 시간, 대사 노릇의 즐거움 같
은 것을 와락 채가는 아무도 모를 것들이 꿈틀대고 있다.〉

차드의 누이가 도착하여 그에게 최후 통첩을 할 때 플롯에는
더 복잡한 분규가 생긴다. 그가 만일 사흘 내에 귀가하지 않으면
그는 어머니의 위협대로 상속 재산을 포기해야 한다. 스트레더는
한동안 차드와 동맹을 맺고 그를 돕기로 약속한다. 누이인 포코
크 부인과 차드는 스트레더가 결정하도록 허락하는데 동의한다.

〈이것은 발생한 것을 간단히 스케치한 것이다.〉라고 제임즈는 썼다. 〈그럼에도 불구하고 그것은 착수되었다.〉

스트레더는 자신이 어디에 있는지 거의 알지도 못하고 근심도 않은 채 무작정 파리의 교외선을 탄다. 〈그의 완전한 결정의 효과는 자유스럽고 즐겁다 할 정도로 이상한 감정이었다. 아름다운 초여름날이다. 사태의 부면은 그를 유혹하고 현혹하는 것같다── 분위기는 장래에 기억될 영상과 지극한 행복과 암시로 가득 차 있다.〉

그러나 그때 그는 비온네 부인과 차드가 〈확정적이고 의심의 여지없이 매우 절친하게 정을 통하고 있음〉을 목격하게 된다. 〈그것은 한 마디로 말해서 스트레더에게 모든 것을 알게 하고 확신시키기에 충분한 것이다.〉 비록 그 전에도 어떤 사건들을 통해 그가 사랑한 것이 딸이 아님이 나타나지만, 이제야 그는 그 대상이 모친이었음을 알게 된다.

그들은 각기 파리로 돌아온다. 그때 스트레더는 비온네 부인의 방문을 맞는다. 그 방문을 통해 그는 〈40에 가까운 이 완숙한 여인이 12세 연하의 완숙한 청년 친구에 대해 갖고 있는 열정──그가 가장 기대하지 않았던 것으로 이상한 사실인──을 알게 된다. 스트레더에게는 아직도 존재하며 생각해 보아야 할 것들, 결코 의심할 여지가 없으며 그의 책에는 명백히 드러나 있는 많은 것들이 있다. 그러나 그는 알며 이해한다……〉 비록 그가 비온네 부인에 대해 〈마음 속으로 은밀하게〉 추측한 것을 전혀 확신하지는 못했어도.

〈그녀의 모든 것을 마지막으로 본 그는 놀랍고 끝없이 깊고 기묘하고 매력적이고 아름다운 그러나 좀 섬뜩한 것들을 발견하였다. 그리하여 그는 마침내 스스로 진정하고 자위한다.〉

이것은 액션이 처음부터 지향해온 진정한 클라이맥스──부여하고 수행하게 되어야할 모든 것이 이루어졌고, 주제를 설명하고 밝히는 힘으로 보아──이다.

스트레더는 차드의 편을 들었다. 포코크집 사람들은 귀가한다.

그리고 스트레더는 〈자신을 정확히 평가하고 상황을 깨닫는다. 자신이 그것을 잘되게 만들지 않을 것임을 그는 안다. 그는 그것을 잘되게 할 수 없음을 안다. 그는 그것이 뉴썸 부인에게 매우 가증스러울 정도로 나쁜 것이며 또한 그래야 한다는 것을 안다.〉 그러나 이제 그는 〈자신의 일이 끝났으며, 그의 이상하고 달콤쑬콤한 경험이 끝났다는 것, 그리고 발생한 것은 사실상 그 누구나 어떤 다른 것이 아닌 자기 자신, 자신의 이상한 감정, 자신의 정신에 발생했었〉음을 느낀다.

제임즈는 결론짓는다. 〈나는 확실하게 감내할 만한 것으로서 I 부에 10,000단어씩 10부, 즉 총 100,000단어를 예견했음을 언급해야 한다. 나는 필요한 경우 120,000단어——말하자면 11부와 12부를 덧붙여——까지 확장하는 선택을 그다지 좋아할 수 없다. 각각의 I 부는 두 장으로 한정하고 각 장은 아주 충만하고 긴장되게 한다. 11개의 둥근 메달이 그 두드러진 효과에 따라 벽 위에 매달려 있듯이. 그런 것이 일반적인 내 노선이다. 물론 내가 말하지 않은 문제들에 대해서도 할말이 많다……그러나 노선은 정말 곧아야 한다. 나는 이후에는 거의 부가할 필요가 없다. 그러므로 모든 것은 그 종류대로 제자리에 있게 될 것이다.〉

4. 소설의 설계 및 노트북

마음 속에서 소설이 일주일, 한달 혹은 십년동안 싹터 자라기 시작했을 때 우리는 어떤 것을 종이 위로 옮기는 초기 단계에 접어든다. 등장인물(들)을 정의하고, 회화의 대목, 얼굴, 장소 혹은 가능한 장면의 묘사를 얼마간 메모할 필요가 있을 것이므로 종이에 적어야 할 것은 많다. 심지어 우리의 최상의 문체로 철학적 사고까지 써놓을 수 있는데 그 사고가 뻗어나갈 방향을 모른다 해도 그렇게 할 수 있다. 등장인물이 가진 개념을 「느끼며」, 「그의」 마음에서 그의 참된 본질을 아는데 독자와 우리에게 도움이될 사항을 고려해 보라. 우리 작가는 지푸라기라도 잡으며, 우리에게 있는줄 미처 모를 수 있는 더 깊은 이해에 대한 사고에 무작정 몰두한다. 이것은 전적으로 소설가의 준비이자 실행 부분으로 우리의 의식적 사고와 노력이 고갈되었다고 느낄 때 나오는 제 2 의 호흡처럼 일종의 육감이다.

소설의 설계에 착수하는 최선의 방법은 곁에 공책을 두고 첫 페이지에 기초적인 제목을 붙이는 것이다. 말하자면, 이것은——거의 어떤 제목이나 좋으나 묘사적인 것이 더 간단하다——파리에서 궁지에 빠진 젊은 학생에 대한 소설이다.

이 단계에서 우리는 많은 것을 갖고 있거나 조금 갖고 있을 수 있다. 그러나 우리는 마침내 진행되는구나 하는 느낌을 갖기 위해 제목을 붙이고자 한다. 제목은 의미가 통하거나 심각하게 고려될 필요가 없다. 그것은 또 다시 듣지 못할 것일 수 있기 때문이다. 이 특수한 설계를 위해 한번 시도해 보자, 「파리의 촌극」「파리의 젊은이」「여러분이 가는 도중에. 그러나 어디로, 그리고 누가 알랴?」

이후 우리는 이름을 쓴다. 「오스카 윈터슈미트」, 혹은 아무거나 저자로서의 우리 이름. 이제 「여기」 우리는 진행 중에 「있다.」

우리가 이야기를 끝까지 생각해 보았거나 우리의 확고하고 총괄적인 착상이 무엇인가에 대해 생각해 보았다면(이쯤 되면 그 정도는 되어 있어야 한다), 다음 페이지에는 플롯의 간결한 개요를 적어야 한다. 이것은 소설을 쓰는 동안 여러번 찢겨 대치될 것이므로 그 뒤에 몇 페이지를 남겨두라. 그러나 우리는 씌어진 말로 형태화되기 시작한 이야기를 집중적으로 생각하기 위해 「어떤 것」을 시작한다.

예를 들어,

젊은이는 졸업을 위해 대학으로 돌아가는 대신 파리로 간다. 그는 1920년대의 파리에 대해 읽고 그곳이 지금도 동일한 곳, 즉 문학의 천국으로 발견되리라고 상상한다. 그 반대라는 증거가 나타남에도 불구하고 그는 자신이 잘못되었음을 인정하지 않는다. 그를 만난 사람마다 그의 낭만적 정신 때문에 그를 놀라웠던 그 시절의 인물로 간주한다. 현실이 기만적인데도 밤에 일기를 쓰거나 고향에 편지를 쓸 때(책에서는 너무 많이 소개할 필요없이 적나라한 표본 하나면 된다)그는 혼자 완전히 향수가 서린 세계를 창조할 것이다. 파리에서 3학년에 재학 중인 사라 로렌스 출신의 멋진 미국 소녀는 그의 연대기를 따라 틸러리즈의 샘에서 물을 튀기기 위해 옷을 벗은 젤다가 된다. 하루 저녁 이후 그는 실제로 그녀와 미국 영화를 보며 시간을 보냈다. 프랑스 메르붓 백포도주는 압상트 술 속에서 쓰디 쓴 쑥이 된다. 흥분된 부랑아는 벨레인 같은 소리를 낸다. 소설의 끝은 아직 구체화되지 않았으나 이것은 젊은이의 기대, 경험, 점차적인 환멸을 그린 소설이다.

이러한 개요는 한 페이지도 채우지 않을 것이다. 그러면 그것은 이제 놔두고 등장인물로 가보자.

물론 이름이 우선되어야 한다. 여기서 우리는 귀에 올바로 「들리는」 이름, 등장인물에 적절하게 「느껴지는」 이름, 그리고 「중간에 바꾸고 싶지 않을」 이름(이것은 원래 운일 수 있다. 우리는 때로 중간에 이름을 바꿔 페이지마다 표시해 두는 것을 잊어버린다)을 선택하려고 애써야 한다. 헨리 제임즈의 『노트북』에는 단순히 이름만 기록된 페이지들이 있다. 때때로 그는 들쑥날쑥 이름만 계속 쓴 것처럼 보일 것이다. 〈이름들〉 크루셔—스몰피스—코너—버테리—버어드—캐쉬—메들리(장소, 시골 저택)—드레쥐—워밍톤—프로버트—헤밍—등등. 우리 대부분은 단순히 마음 속에서 이름을 찾고 적절한 특성을 지닌 이름이 나타나기를 희망한다. 혹은 전화번호부나 클럽 명단을 들춰보기도 한다.

소설의 각 부분들의 조화는 초기 단계에서 매우 신중히 고려되어야 한다. 이야기의 강조점들을 구별하고 그것을 위해 공간을 대충 할당해 두라.

레이 B. 웨스트는 『보봐리 부인』을 뛰어나게 분석하면서 지적하기를, 이 소설은 연극의 5막으로 나뉠 수 있다고 했다. 『보봐리 부인』은 다섯 가지 부분으로 분류된다. 첫째 부분은 우둔한

샬르와 어울리지 않는 엠마의 불운한 결혼을 묘사한다.

　둘째 부분은 의심의 여지없이 변호사의 서기 레옹과 더불어 갖는 엠마의 낭만적 애착으로 그들 간에 아무런 일도 일어나지 않는다. 그러나 기혼인 그녀를 가까이하기 어렵다고 생각한 레옹은 엠마를 남기고 파리로 간다. 정서적 본능이 일깨워진 엠마는 의사인 남편에게 한층 더 지루함을 느낀다.

　셋째 막에서 엠마는 다시 만회되어 루돌프에게 유혹당한다. 그녀와 뻔뻔스럽고 터무니없는 진전의 투사 루돌프는 서투른 샬르를 설복하여 기형적 발을 가진 소년을 치료하게 하고 소년은 허벅다리를 절단한다. 엠마는 루돌프에게 선물을 사주느라고 무거운 부채를 짊어진다. 루돌프는 그녀를 떠난다.

　넷째 막은 레옹이 돌아와 새로운 정사가 진행될 때이다.

　다섯째 막은 다시 그녀의 환멸과 종교에의 귀의, 최종적으로 그녀의 죽음 등이 다루어진다.

　헨리 제임즈는 소설의 환(環), 『보봐리 부인』뿐 아니라 그의 작품에도 적용되는 묘사에 대해 이야기한다.

　〈참으로 그리고 보편적으로 관계들은 어느 곳에서도 중단되지 않는다. 예술가의 정교성 문제는 영원히 그의 고유한 기하학, 관계들이 그 안에서 순조롭게 진행되는 듯이 보일 환(環)에 의해서만 결정된다.〉

　노트북의 마지막 절반은 되는 대로 떠오른 사고와 메모를 위해 사용될 것이다. 밤중에 생각난 회화 대목, 버스에서 들은 대화, 사고 및 장소의 묘사, 그 순간에는 우리의 설계에서 아직 자리를 찾지 못한 뒤얽힌 관계의 발전 등. 역사, 철학, 자연, 인간의 약점, 우연의 일치, 불합리성, 점잖지 못한 것, 비상한 것, 질병——등 모든 것이 소설에 사용될 수 있다. 소설에서 적절한 위치와 시간과 걸쇠가 발견되기만 한다면 우리가 해본 어떤 생각도 고려될 수 있다. 보다 훌륭한 소설, 보다 위대하고 좋은 소설은 인생 자체에 가장 가까운 것이기 때문이다. 예술가의 손에서 줄들——소설의 노트북에 단단히 묶여있는 그 줄——이 아주 쉽게 나가도

록 절대 허용치 않는다면, 충분히 구체화되고 생생하고 예리하게
극화된 사건들은 우리가 해야 할 이야기에 적나라한 촌충 같은
플롯보다 더 많은 의미를 부여할 수 있다.

5. 서두 : 첫 장이 성취해야 할 것

메어리 오하라는 휘트에게 쓴 적이 있다. 〈어제는 책을 쓰는
중이라고 확신있게 말할 수 있었어요——오늘 밤을 걸으면서 혼잣
말을 했지요. 심사숙고할 것들이 너무 많아 지금 쓰고 있는 것들
이 책으로 나올 수 있을까 하구요. 저는 정말 스스로에게 놀랐어
요.〉

그것은 정말 책이 될 수 있겠지요. 어쨌든 저는 그것에 열중했
던 것 같아요. 그것은 삼년 동안 마음 속에서 이리저리 궁리해
왔던 것과 다소 동일한 제재이지요. 시골 골짜기에 있는 이 조그
만 은신처에 도착하여 자리에 앉아 그것을 쓰리라고 원래는 계획
했었지요. 그러나 종종 발생하듯이 전반적인 조립이 이루어지자
그것은 저를 지루하게 했어요. 그러던 어느날 갑자기 그것은 생
기가 돌아 등장인물들이 움직이기 시작했어요. 저는 너무 흥분한
나머지 단번에 그것을 쓰려고 시도했지요. (사실상 전 책을 단번
에 써야겠다고 마음 먹었었지요. 어디로 가는지도 모르면서 어떤
방향을 잡을는지는 알 수 없는 것 아니겠어요? 그리고 어떤 길
로 출발할지 알기까지는 어디에 도착하는지 어떻게 알까요?)

〈……콜롬비아 대학에서 제가 「그것을 큰 덩어리로 쓴다」고 한
말을 기억하세요? 저는 첫번째 덩어리를 쓰고 있어요. 그것은
6, 7장이 될 거예요. 첫 장에서 저는 다 자란 젊은 남자주인공
을 등장시켰어요. 전 그의 어린 시절로 돌아갔었고, 지금은 그때
를 즐기고 있지요……〉

〈모든 지성을 서두에 쏟아 부으라〉고 엘리자베드 보웰은 말했
다.

첫 장에서 우리는 장소, 등장인물, 시간, 분위기를 나타내야

한다. 이것은 말없이 진행된다. 환경을 설정하는 의미에서 〈장소는 캔자스의 한 농장, 뉴요크의 호텔, 지중해 연안의 식민지 등이 될 수 있다. 「등장인물」은 주인공이나 희생자, 사고자, 행위자 등이다. 「시간」은 우리가 해안 상륙 거점을 설치한 곳으로 거기서부터 우리의 공격은 맥을 이룬다, 「분위기」는 저자의 것이나 등장인물 혹은 시대적인 것일 수 있다. 그것은 바뀔 수 있고 대조적으로 구성되거나 「시간」과 밀접한 관련을 가질 수 있다.

『이상한 나라』의 첫 장에서 조이스 캐롤 오우츠는 이 모든 것을 성취한다. 그녀는 주인공인 14세 소년 제씨에게 비극이 닥칠 것 같은 위협의 요소로서 시간과 장소를 설정한다. 그 소년은 유빌에 사는데 그 마을의 대부분은 〈메인 스트리트의 양편에 있다——신발가게, 옷가게, 운동기구점, 버스 정류장, 영화관, 요새 같은 건물의 우체국, 선술집 몇 개, 가스 충전소, 몇 개의 식당.〉

예민하고 이해력이 빠른 소년은 아버지가 〈좌절된 맹목적 분노에 차 있듯이 머리를 약간 숙이고〉 아침 일찍 눈 속으로 나가는 것을 보았을 때 더욱 공포감을 느낀다.

제씨는 어쨌든 학교에 간다. 때는 1939년 12월로 크리스마스 휴가 바로 전날이다. 저자는 이것을 매우 정확히 밝혔다. 계절 및 그것의 분위기, 등장인물, 플롯에 미치는 영향이 그녀가 쓰려는 인생에 중요하기 때문이다. 〈대기처럼 들뜨고 공허하며 북소리 같은 절박함이 있다. 제씨는 이것을 기억하려고 한다.〉

그는 이것을 기억하려고 한다. 강당에서 열리는 축제에 남아있기에 너무 불안하기 때문이다. 그래서 그는 아버지가 집에 왔는가 보기 위해 집으로 떠난다. 집은 7마일 떨어져 있다. 그는 걸어야 한다. 지방의 한 상점에서 방과 후 일하도록 보고해야 하는데 그 전에 학교로 되돌아갈 시간이 충분치 않을 것임을 그는 안다. 〈그의 심장은 두근거린다. 그것은 가슴을 쑤시는 것 같다… 그는 어머니에 대해 생각한다. 그녀의 밝고 붉은빛 도는 금발, 아몬드형의 현명하고 솔직한 눈. 사람들은 그의 아버지보다 오히려 그가 어머니를 돌본다고 말한다. 가끔 제씨와 그의 두 여동생들은 예쁘게 차려 입었을 때의 그녀를 자랑스럽게 여긴다. 그러나 그녀가 너무 크게 말할 때는 부끄럽게 여긴다.〉 그러나 그녀는 지금 아기를 낳으려 한다. 그런데 〈그의 아버지는 아이를 원치 않는다.〉

제씨는 그날 아침 식사 때의 장면을 기억한다. 어머니의 약점이 그에게 드러난 것이다. 좀 일찍 그들은 화장실에서 마주쳤다. 둘은 모두 토하기 위해 왔다. 그녀는 임신했기 때문에, 제씨는 놀랐기 때문에. 〈그의 아버지는 브레난의 숲속에 숨어 있었는가? 통나무 위에 앉아 담배를 피우고 꽁초를 떨고 뒷꿈치로 밟아 으깨면서?〉

아버지는 집에 없었다. 그래서 제씨는 일터로 가려한다. 그런데 거기에 아버지가 나타나 문 안쪽에 서 있다. 그는 화가 나 있고 위협적이다. 그는 제씨를 데리러 갔다고 말한다. 이 일로 제씨가 일자리를 잃을 수 있음을 그는 안다. 이것이 첫 장의 끝부분이다. 이렇게 해서 첫 장에는 등장인물과 희랍 비극의 특성, 해안 상륙 거점의 시간 등이 설정되었다.

둘째 장에서는 거의 첫 장의 연속으로서——이 두 장은 함께 묶을 수 없다——아버지가 제씨를 집으로 데려온다. 제씨는 먼저 가 조용한 집의 문을 연다. 그리고 〈갑자기 피투성이 속으로 걸어 들어간다.〉 가족을 모두 죽인 아버지는 자신도 죽인다. 다만 제씨만 도망한다.

여기서부터 테에마와 플롯이 냉혹하게 결론지어질 때까지 소설은 제씨와 그의 인생에 개입되는 사람들, 전개 분규 등을 다룬다.

또 다른 소설은 다르게 시작될 것이며 주제도 덜 거슬리게 제시될 것이다. 황무지, 움직이는 것 하나 없는 밀밭, 책이 진전됨에 따라 성장할 유아의 출생 등에 대해 오래 묘사함으로써 소설을 시작할 수 없는 이상, 우리의 흥미와 주의는 보다 미묘한 기법으로 이끌어질 수 있다. 그러나 오늘날의 어떤 소설도 기대감을 제시하는데 실패할 수 없고 우리의 관심을 끌 등장인물을 제공합이 없이 오래 진전될 수 없다. 실로 이것은 가장 현대적인 작가들이 우리의 흥미를 구하고 주의를 이끄는 수단이다.

『좋은 아침, 한밤중』에서 진 라이즈는 이렇게 시작된다. 〈예전과 꼭 같아요.〉 방은 말한다. 〈그래요? 안그래요?〉

〈거기엔 두 개의 침대가 있다. 큰 것은 부인용이고 반대편의 작은 것은 신사용이다. 세면기는 커튼으로 가려져 있다. 그것은 싸구려 호텔 냄새가 약간, 거의 감지할 수 없을 정도로 나는 커다란 방이다. 밖의 거리는 좁고 자갈이 깔려 있으며 아주 가파르고 끝에는 계단이 있다. 사람들은 이것을 막다른 골목이라고 부른다.〉

〈나는 5일간 여기에 머물러 왔다. 나는 점심 먹을 곳, 저녁 먹을 곳, 저녁을 든 후 마실 곳을 정해 두었다. 나는 내 작은 인생을 정리하고 있다.〉

주인공 사샤는 분명 그녀가 알고 있던 곳에 와 있다. 필시 그녀는 인생을 어떻게든 재정리하려고 노력한다.

그녀는 계속 말한다. 〈나는 불을 켠다. 침대 머리맡 탁자 위에 에비앙 병, 수면제 통, 두 권의 책, 선반에서 똑딱이는 시계, 붉은 커튼…… 나중에 나는 수면제를 좀 더 먹고 불을 끄고 즉시 잠을 잔다.」

이 서두의 장에서 우리는 (1) 우리의 여성 화자가 한때 사랑했던 남자와 파리에 살았었다. (2) 그는 이제 그녀의 인생에 없다. (3) 그녀는 슬프다는 것을 알게 된다.

그녀는 아버지에 대한 꿈, 죄에 대한 꿈을 꾼다. 그때 그녀는 잠이 깬다. 〈나는 오늘 날씨가 좋다고 믿는다. 그러나 이 방의 조명은 너무 나빠 확인할 수 없다. 바깥 층계에서도 전깃불을 켜지 않으면 아무것도 볼 수 없다.〉

그녀는 매우 가난했던 것같으나 이제는 돈이 없는 듯하다.

〈쓸 돈이 얼마 있으면 근심할 게 없다.〉

그러나 그녀는 근심한다. 〈중요한 것은 계획표를 갖는 것이다. 아무것도 우연에 맡기지 말고 틈을 두지 말자. 싸구려 축음기 레코드를 틀어놓고 무모히 방황하는 일, 머리속으로 〈여기서 이것이 일어났고 저기서 그것이 일어났지〉라는 생각을 떠올리는 일이 없게 하자. 무엇보다도 공개적으로 울지 말아야 한다. 그 계획에 도움이 된다면 절대 울지 말자.〉

그녀는 카페에 가 다른 연인들을 관찰한다. 그리고 〈깨끗이 비어있는 큰 방에 혼자〉 앉아있다.

마침내 그녀는 〈오래 걸어 호텔로 온다. 수면제, 잠, 그저 잠, 어떤 꿈도 없이.〉

첫 장의 끝은 파리에 있던 그녀의 플래시백이다. 짧은 페이지에서 우리는 이 책이 진퇴유곡에 빠진 여인에 대한 것이며, 이것은 우리의 관심이 될 수 있음을 안다. 그러나 작품이 일인칭으로 씌었기 때문에 그녀가 구조된다면 기회는 있다. 이 소설의 결론은 우리를 내내 감동시킬 것이다.

포스터는 소설이란 때에 맞춘 인생과 가치있는 인생을 이야기하는 것이며, 거기에는 항상 태엽이 감겨진 시계가 있음을 상기시킨다. 우리는 말하자면 서두를 낮 열 두시에 고정시켜 놓았다. 그리고 우리는 소설이 끝나는 시간까지 냉혹하게 전진한다.

6. 전개 및 위험요소. 실마리, 논리성, 관계

미리 주의깊이 계획되었을 서두가 끝난 후 우리는 긴장을 좀 풀 수 있다. 즉, 목표를 보는 시력을 상실하지 않으면서 떠오른 적절한 단어와 충동과 방향을 붙잡을 태세에 있고, 창조 행위를 의식함으로써 생긴 흥분으로부터 집중력을 배양하려 하며, 마음 속에서 발전하고 있는 이야기에 귀를 기울이는 것과 관련된 정신 상태를 지닐 수 있다.

결코 무시할 수 없을 활동 계획을 세우는 한편, 우리는 계획할 때는 예상치 못했던 관계와 의미와 깊이를 또한 자유로이 탐사할 수 있을 것이다.

진 라이즈의 책에서 예를 든 것처럼 시종 엄격하게 일관되어 있는 형태로 씌어진 소설은 드물다. 한 여인의 머릿 속에서 설명도 없이 과거의 일이 발생하게 만들어 과거를 알려주는 그녀의 플래시백 기법은 대부분의 것보다 미묘하긴 해도, 수많은 소설은 현재와 과거 간에 예리한 경계선이 그어져 있다. 에리카 종은 그녀의 매우 교묘한 소설 『비행의 공포 *Fear of Flying*』에서 자신의 과거의 사랑, 성적 경험, 여러 심리분석가의 소파를 솔직하게 돌아본다. 이것이 어떻게 달성되든 간에 플롯에는 수월한 변이와 논리적 전개가 있어야 하며, 그 진전을 정당화하기 위해 등장인물의 정신에는 의식이 있어야 한다.

또한 소설이란 단편의 연속이 아니며, 각 장들은 결코 그 자체로 완전할 수 없음을 기억해야 한다. 오히려 기법은 끝나는 말로 결론짓는 것이 아니라 대답이 앞에——그 다음 장에. 비록 그 다음장의 끝에서 다시 또 앞에 있는 것을 지적한다 해도——놓여 있다고 제시하고 기대감을 불러일으키는 것이다.

일부 작가들은 매시를 놓칠까 주의하면서 창을 던질 목표입이 분명한 마지막 장을 먼저 쓴다.

어쨌든 소설이 전개될 때는 자신을 좀 속이면서, 작가인 나는 이 플롯의 결과에 대해 독자만큼 관심이 있고, 중간의 장면과 문제들이 야기될 때 그것들을 음미할 시간이 있다고 꾸며낼 필요가 있다. 그러나 내가 완전히 통제하고 있을 때는 책 내용이 모두 거기에 있다고 확신할 때밖에 없다. ——혹은 그때 나는 이런 방법을 사용하고 그것을 맛본다. 나는 등장인물과 함께 그들의 행위와 논리적 지령에 따라 그들을 걸쇠에 걸기도 하고 내리기도 하면서 전진할 수 있다.

플롯의 요소들은 비타협적 논리를 따라야 하므로 등장인물의 발전도 그러해야 한다. 작가는 소설에서 한 인격의 한 부면 이상을 검토하고 모순된 행동을 탐색해야 한다. 모순된 행동의 범주에는 일치성이 있어야 한다. 한 예로서, 사랑하는 여인은 그녀의 남자로 인해 화가 났거나 싫증났거나 손상을 입지 않은 한 그의 애무를 외면하지 않는다. 알코올 중독자는 습관을 고치거나 누군

가에게 무엇을 증명해 보이려고 노력하지 않는 한 침착하게 술을
거절하지 않는다. 만족해하는 아내이자 어머니는 어떤 격변적 사
건이나 폭발 직전의 오랜 반항 과정이 없이는 경계하는 여성 해방
론자가 되지 않는다. 소설을 쓰는 긴 과정에는 많은 함정들이 있
을 수 있다. 그러나 가장 중요하게 고려해야 할 점은 모순과 역
설을 지닌 우리의 등장인물을 이해하는 것이다. 어떤 인물이 어떻
게 행동하고 인생의 어떤 순간에 어떻게 반응하는가를 알 때까지,
우리는 소설의 구조나 형태를 완전히 확신하지 못할 것이다.

　여기서 우리는 장편소설을 이야기하는 관점의 중요성을 실감
하게 된다. D. H. 로렌스의 『채털리 부인의 연인』이 그 남편의 관
점에서 씌어졌다면——그의 생각은 이야기 전개에서 좀체로 고려
되지 않고 있다——혹은 멜로즈가 생각했을 모든 것을 우리가 알
았다면, 이 작품은 전혀 다른 빛을 발산했을 것이다.

　관심있는 화자로 사용된 제 삼자는 각 인물과 사건에 대하여
우리에게 무언가 말할 수 있다! 그러나 전지적 관점(작가는 직접
거기서 관찰하고 고려하고 판단하고 이야기가 그를 움직이는대로
진전 상태를 묘사할 수 있다)은 어떤 길이의 책에서든 우리가 더
넓은 영역을 보게 할 수 있으나, 현 시대에 그것은 전과 같은 여
유를 우리에게 부여하지 않는다. 19세기 소설에서의 철학과 방
백은 더이상 관용되지 못한다. 대부분의 책은 관련된 단일 인물
의 관점에서 이야기된다.

　조셉 콘라드의 『암흑의 심장』에서 사용된 것으로 화자가 자신
이 포함되지 않은 이야기를 말하는 기법은 현대 소설에서 드물게
나타난다. 우리는 여기서 아주 시초부터 즉시 촛점을 맞추라고
주장한다. 그래야 소설이 진전되는 대로 효과가 강화된다. 소설
가의 주된 관심사는, 화법과 인쇄된 지면의 경험 사이의 거리를
단축하고, 행위 배후의 얼굴과 사실이 내포하는 것을 심화하고,
인제 나처럼 당연히 플롯을 진척시키는 데 있다.

　등장인물 간의 관계는 우연에 맡길 수 없으며, 플롯의 단순한
요구를 따를 수 없다. 등장인물과 지속적이거나 방해받은 행위

및 소망 사이의 상호작용은 다른 모든 것들과 독립될 수 없다.
등장인물의 행동은 공연히 발생하면 안되는 것이다. 다른 등장인
물(들)이 주인공과 반응하는 것은 우리가 주변에서 주인공을 볼
수 있게 하기 위해 나타나야 한다. 이것이 저자의 책임이다. 그
는 천사의 입장에서 주인공의 반응을 헤아림으로써 우리의 반응을
공감으로 미묘하게 인도하거나, 혹은 제재를 다룰 때처럼 통제를
사용하여 우리로 하여금 부득이 유죄판결을 내리게 할 것이다.
　안나 카레리나는 많은 사람들의 생활에 영향을 미쳤다. 그러나
결국 재판 받은 것도 그녀였고, 자신을 재판하고 처벌하는 것 역
시 그녀였다. 톨스토이는 그 여인을 주춧대 위에 혼자 세워둔 것
이 아니라, 다른 사람들 특히 그녀의 애인과 관련을 갖게 하였다.

7. 위기(들) : 서스펜스와 감정적 색채의 사용

　진 라이즈의 소설에는 두 가지 연애가 나온다. 하나는 과거의
것이고 하나는 현재 발전 중에 있다. 전자의 위기는 후자의 것과
겹친다. 사샤가 두번째 남자에게 이끌릴 때 첫번째 남자에 대한
생각이 떠오른다. 과거의 우울함과 의구심은 현재의 연애에 그림
자를 드리운다. 「그녀의 기억 속에서 발생한」 위기는 새로운 교
제의 절박한 위기와 일치된다. 위기를 일으킨 논쟁은, 근본적으
로 단순한 사랑 이야기에 불가피한 극적 사건을 제공하는 애매모
호한 것들과 모순들을 제시한다.
　사샤는 화가 나 그녀의 연인인 연하의 남자를 보낸다. 그러나
그때 그녀는 생각한다. 〈돌아와요, 돌아와요, 돌아와!〉——그녀
는 그가 오지 않으리라는 것을 안다. 그녀는 그를 모욕했고 이제
그녀는 영원히 혼자일 것이다. 아직도 그녀는 그가 돌아오는 상
상을 한다. 파리의 거리로 나간 그를 본다. 그는 호텔로 돌아와
이층으로 온다.
　〈그가 들어온다. 문을 닫는다.〉
　〈나는 팔로 눈을 가리고 매우 조용히 누워 있다. 죽은듯이 조

용히〉

그러나 실제로 연인이 돌아왔다. 다시 이것은 그녀가 전에 알았던 애인과 관련된 기억의 속임수인가?

〈역사가는 기록하지만 소설가는 창조한다〉고 포스터는 말했다.

소설가는 위기의 형태로 서스펜스를 창조해야 하며, 그의 선택에 따라 우리를 미혹케 하는 힘을 지닌다. 그러나 그는 독자가 계속 의문을 갖게 해야 함을 결코 잊을 수 없다. 작가는 항상 독자보다 한 발짝을 앞서 있어야 하며 독자가 다만 추측할 뿐인 대답을 알아야 한다.

그러나 작가가 등장인물에 대해 알고 있는 것을 결국 다 말할 필요는 없지만, 그는 알려면 알 수 있다는 것을 독자에게 확신시켜야 한다. 그는 재궁의 색채로 작품 속에서 계속 암시를 주어야 한다.

실제 색채들은 감정을 표현하고 예외적인 인간 행위가 일어난 부분을 강조하는데 도움이 된다. 붉은 색의 사용——붉은 얼굴, 등등——은 분노라든가 당황을 표현할 것이다. 녹색은 여름날의 평정한 색이다. 고인이 된 루이스 브롬필드는 오래 전의 소설에서 등장인물들의 머리에서 나는 냄새의 빛깔에 대해 말했는데, 이것은 그들의 개성 표현에 첨부되었고 그들의 행위에 실마리를 부여하였다. 분위기를 다채롭게 표현하고, 여러 결과가 구매자의 눈을 이끌기 위해 광고에 사용되게 하려면 전문가들은 연구를 해야 한다. 그러므로 소설가는 장면이 눈앞에 있는 현실처럼 자연스럽게 나타나게 하려면 색조, 배색, 색채 스펙트럼의 명암에서 대비를 이루는 깊이와 의미를 더하고 전달할 수 있을 것이다.

숲속에서 우리는 쉿 소리를 듣는다. 우리의 감각은 민감해진다. 방울뱀이 소리를 냈을 것이다. 그래서 우리는 더욱 조심스럽게 발을 내디디며 살펴보고 귀를 기울이고 냄새까지 맡는다(오이 냄새를 풍기는 것은 코퍼헤드 독사이다). 우리는 발아래 땅이 딱딱해지는 것을 느낀다. 우리는 바위땅에 접근 중인 것을 안다.

우리는 방울뱀이 바위더미 아래에 새끼를 까기를 더 좋아한다는 말을 상기한다. 우리는 둥근 돌 밑에서 움직이는 것을 본다. 긴 몸이 온통 줄무늬로 호화롭고 쐐기 모양의 머리에서 독있는 혀가 날름거리는 방울뱀이 보인다. 우리는 두려움을 느끼고 둘레의 색을 의식한다. 뱀의 색, 돌의 회색, 길 위에 떨어진 낙엽의 갈색 하얀 구름 뒤의 푸른 하늘.

소설의 경우 우리는 이 부분에서 잠시 멈출 것이다. 여인이냐 호랑이냐? 우리는 뱀을 죽이려 할 것인가, 아니면 그 뱀의 상대가 집으로 가는 길 위에서 서리를 틀고 있지 않기를 바라면서 방향을 바꿔 도망할 것인가? 아마도 바로 전에 나무가 길 위로 쓰러져 우리는 뱀이 있는 바위 근처로 돌아가야 할 것인가?

그래서 우리도 서스펜스를 느끼게 된다. 작가는 창작할 때 이것을 느낄 것이며 독자도 읽을 때 이것에 영향을 받을 거라고 기대한다. 서스펜스는 우리가 계속 질문하게 한다. 그 다음엔 무엇이 나오는가, 언제?

소설에서 우리가 만든 서스펜스는 반복적이어야 한다. 우리가 가는 도중에는 둥근 돌들이 많이 있고 후퇴할 길이 많이 있기 때문이다.

제임즈 디키의 『구출』에서 황무지의 강변을 따라 등장인물이 도주하고 있을 때처럼 하나의 장애물이 지나면 또 다른 것이 버티고 있을 수 있다. 위험은 동물, 급류, 다른 인간의 형태로 위협을 가할 수 있다. 서스펜스는 『구출』의 경우처럼 명백하거나 『좋은 아침, 한밤중』 테네시 윌리엄즈의 『스톤 부인의 로마에서 보낸 봄』에서 처럼 억제되고 미묘하며 숨겨져 있을 수 있다. 테네시는 있음직한 갈등, 재난, 붕괴를 신중하게 고려된 단어로 묘사하였다. 노련한 극작가나 재능있는 소설가의 손에서 우리는 계속 희망을 가지고 두려워하며 음모를 꾀한다. 우리는 언제나 서스펜스의 상황에 처해 있게 된다.

8. 방해 : 장애물, 충동

저술을 시작하기 전에 처음부터 끝까지 모든 것을 명료하게 볼 수 있는 소설가는 보다 쉬운 직업을 가졌음에 틀림없다. 그러나 그는 극도의 재미를 느끼지 못할 수 있다. 그는 자신의 절대 안전한 계획과 윤곽에 지극히 만족한 나머지 자연스러움이나 독자 및 저자 자신을 새롭게 하는 놀라움의 요소가 결여되게 할 수도 있다.

때때로 순전한 윤곽의 뼈대는 살을 발라낼 것을 요구한다. 〈교수집에서의 파티〉라고 쓴 몇 마디의 주제를 앞에 놓고 앉아 있는 것은 실로 간편하고 즐겁다. 그리고나서 우리는 창작의 이 단계에서 할 수 있는 느긋한 속도에 맞추어 대화, 등장인물, 음식, 음료, 윤곽에서 의도했던 갈등을 풍요로이 쓴다.

때로 우리는 있는 그대로의 사실들을 적을 수 있다. 그러나 우리는 느트북을 쓸 때 지녔던 충동과 신선한 인상이 상실되었음을 느낀다. 이것은 작품의 중간에 발생할 수 있다. 그리하여 〈작가의 장애물〉이라는 귀절로 불행하게 귀결될 수 있다.

작가는 그가 어디에 있는지, 어디에 있어 왔는지, 어디로 나가고자 하는지 안다. 그러나 그 모든 것을 지나 그의 저술의 근원은 말라버린 듯하다. 이 단계에 도달하여 더이상 진전하지 못하는 작가들도 개중에는 일부 있다.

이런 일이 발생하면 작품을 옆으로 밀어 두라. 그것에 대해 꿈꾸라. 그것에 대해 생각하라. 그러나 그 문제를 여러분만큼 심각하게 생각하고 동정과 이해를 나타내지 않는 듯한 그 누구에게도 이에 대해 거의 말하지 말라. 여러분이 그것에 대해 거의 말하지 말라. 여러분이 그것에 대해 말하지 않을 경우, 그것은 수학자의 방정식이 풀어지듯이 밤중에 올바르게 나타나 여러분이 다시 착수하게 할 것이다. 혹은 그렇지 않을 수도 있다.

장애물은 누구에게나 때때로 나타나는데 그 원인은 우리가 여기서 고려해 볼 것보다 더 많이 있으며, 겉으로 보이는 것처럼 항상 복잡하기만 한 것은 아니다. 권태, 우리는 때때로 쓰려고 계획했던 장면이나 등장인물에 대해 더 이상 염려하지 않는 자신을 발견할 것이다. 우리는 단순히 강렬한 마음을 가질 수 없다. 혹은 재론할 여지없이 특수한 주제를 이미 충분히 언급했기 때문에 이 장면이 정말 필요하지 않음을 알게 된다. 혹은 우리가 원래 계획했던 바와는 달리 장면이 다른 각도에서 접근되거나 다른 인물에 의해 말하여질 수도 있다.

우리는 근육의 한도 이상으로 추진해 왔는지 모른다. 그렇다면 게임을 끝낸 운동가처럼 근육이 다시 회복되기까지 휴식 시간이 필수적일 것이다. 그러면 그때 무엇을 하는가?

최선의 해결책은 소설 속의 저 멀리 있는 다른 지점으로 건너뛰는 것이다. 「어딘가에서」 여러분의 지속적인 정신을 정거시키라. 여러분이 포함시키려는 영역, 결국 나중에 쓰게 될 것을 아는 장면에 대해 숙고해 보라. 그리고 여러분을 가장 흥분시키는 것 절반의 노력을 기울이지 않고서도 가장 풍요하고 생생하게 떠오르는 것을 선택하라. 그리고 마음 속에 있는 다른 것을 모두 밀어 버리고 그것을 쓰라.

내 경우 가장 효과적인 치유책은 단순히 건너뛰는 것, 하얀 공간 혹은 몇 페이지를 남겨두는 것, 그리고 방해 지점을 넘어 계속 전진하는 것이다. 때로는 다른 무대와 다른 분위기와 플롯의 다른 지점까지 훨씬 더 멀리 갈 수 있다. 우리는 언제나 우리가 떠났던 지점으로 돌아올 수 있다. 그런데 아주 기묘하게도 많은 단락이 있어야 된다고 생각했던 지점에 겨우 한 줄 정도만 있으면 된다는 것이 발견될 때가 자주 있다.

마지막 것으로, 여러분은 자신을 검열하는 중에 있을 수 있다. 여러분의 과묵한 본능이 허용하는 것보다 더 드러나게 쓰기를 좋아하는 경우가 있다. 이때에는 진정한 해결책이 없다. 여러분 자신의 본성이 결국 작품의 한계를 붙잡고 있기 때문이다.

개인적인 참상으로 인해 오랫동안 재능이 자유로이 흐르지 못했던 마크 트웨인은 쓰기를 〈책이 스스로를 써 나가는 동안 나는 충실하고 흥미있는 시기였으며, 내 사업은 부진하지 않았다. 그러나 책이 그 상황을 고안하고, 모험을 창안하고, 회화를 지도하는 노력을 내 머리로 이전시키려 했을 때, 나는 그것을 치워버리고 내 마음에서 그것을 몰아냈다……이유는 아주 간단했다……내 저장소가 말랐기 때문이었다. 이야기는……무에서 나올 수 없었다.〉 그러나 이로부터 6년 후 그는 『허클베리 핀의 모험』을 산출했다.

어떤 종류의 독서는 쓰려는 우리의 욕구를 자극할 수 있고, 명상을 못하게 막는 문을 열 수 있다. 수년 동안 작가는 다른 누구가 아니라면 어떤 작가가 자극의 근원이 되는지 알아 왔어야 한다. 내게는 소설 분야에서 D. H. 로렌스가 그랬듯이 초기의 경쾌한 앨더스 헉슬리가 풍요케 하는 힘이었다. 휘트의 경우에는, 쓰는 문제로 더이상 고민하느니 그것을 계속 읽고싶은 유혹이 생긴다고 불평하긴 했지만 『돈키호테』를 다시 읽어보는 것이 그의 상상력을 언제나 다시 불타오르게 했다.

외국어는 창조 에너지를 준비운동시키는데 도움이 된다. 그것은 또한 방해가 될 수도 있다. 주의력이 방황하는 경향이 있다면 언어에 집중하는 행위는 위트를 날카롭게 하며 사물을 보는 새로운 방법을 제시할 수 있다. 그 반면 연구가 너무 즐거워 끝내야 할 저술에서 다시 빗나가버릴 수도 있다.

여러분의 제재를 계속 붙잡도록 보장하는 가장 친숙한 요령은 정신 속에서 쓸 수 있다고 여겨진 것이 아무리 짧든 매일 그것을 쓰는 것이다. 그리고 아주 선명하게 떠오른 중요한 발전, 장면은 다음날을 위해 남겨두는 것이다. 많은 작가들은 이렇게 한다. 그래서 그들은 방향을 확신하지 못하거나 첫발을 어떻게 내디뎌야 할지 방황할 때 생기는 불안을 느끼는 일없이 다음의 할당된 일에 열렬히 착수할 수 있다. 또한 이 방법은 앞에 있는 저술의 기쁨이 약속되므로 충동을 느슨하게 하지도 않는다.

9. 결 말

〈소설은 인생의 의미뿐 아니라 영속적인 의미도 부여해야 한다〉고 E. M. 포스터는 말한다. 소설의 길이는 이 요구사항을 성취하는 시간에 좌우될 수 있다.

우리는 시작하기 전에 이미 이야기를 어디에서 따올 것인지 알므로 정확히 멈출 지점도 알 것이다. 우리가 계속 그 지점에 머물 수 있고 그 지점이 결론적이 아니라는 것, 씌어진 이야기가 우리가 한걸음 더 나가도록 요구하고 있음을 우리는 깨달을 수 있다. 혹은 두걸음 진전하거나 어쩌면 그 지점까지도 갈 필요가 없는지도 모른다. 우리는 원래의 명확히 드러내고자 하는 기획을 무시하고 더 우아하게 소설이 끝나도록 할 수 있다.

우리가 가려는 곳에는 대개 기회가 있음을 우리는 안다. 우리가 멈추어야 할 곳의 경우에도 이것은 거의 마찬가지일 것이다. 이야기는 어떤 지점에서 끝날 수 있다. 그리고 다시 아이러니, 정보, 장래, 계획을 부가하여 마무리짓는 것이 테에마의 보다 큰 개념을 완성하거나 또는 등장인물의 운명을 결정하는데 필요할 수 있다.

싱클레어 루이스의 『엘머 갠트리』에서 작가가 소설의 개념을 처음 가졌을 때 끝부분의 아이러니컬한 단락을 계획했었는지의 여부를 알아보는 것은 흥미있을 것이다. 그 책은 허영심과 부정직한 결점을 지닌 소도시의 야망에 찬 설교자와, 그가 저항하지 않는 유혹을 통한 그의 경력을 다룬 것이다. 마침내 그는 천벌을 받아 아마도 개심했을 것이다. ——그러나 그가 새로운 회중에서 처음 보는 예쁜 얼굴과 마주쳤을 때, 그가 깨달았으리라고 보이는 교훈에도 불구하고 유혹에 저항하지 않으리라는 것을 독자는 안다.

이 마지막 아이러니 없이도 그 소설은 완전하다. 그것은 다만 루이스가 우리에게 알리고자 했던 등장인물의 묘사를 아무런 해도 없이 완성시키는 약간의 첨부된 창안물에 지나지 않는다.

내 소설 『이 가슴, 이 사냥꾼』에서 그 결말은 훨씬 더 일찍 계획되었었다. 결혼에 대한 이 이야기에서, 젊은 아내는 남편을 상당히 용서해 주었고 다른 사람이 그에 대해 갖는 적대감이나 비난을 막아주었다. 그녀가 그를 떠났다가 다시 찾은 후에 마지막 장면이 나온다. 결혼은 지속될 것이다. 그러나, 남편 빅터는 어머니 집에 있는 그녀를 만난다. 그리고 그녀와 함께 머물기를 원한다. 그러나 젊은 아내는 안된다고 말한다. 그녀는 혼자 있기를 원한다.

이제 그녀의 모친까지도 놀란 듯이 보였다. 그러나 잠시 후에 그녀는 말했다. 「그러면 그렇게 하렴. 빅터는 이해할거야.」

오랫동안 그가 느꼈던 것보다 더 큰 우울감이 빅터를 덮쳤다. 그는 무엇을 할 수 있는가? 그는 지금 활동할 길이 막혔는데. 그는 이 두 여인에게 어떻게 맞설 것인지 몰랐다. 더구나 한 여인은 자기 아이를 갖고 있는 아내인 것이다. 그는 권리가 있었다. 그러나 어떻게 그것을 강요할 수 있는가? 〈나는 당신이 나를 갖고 싶어할 거라고 생각했어, 휄릭스.〉 그는 말한다. 그는 한번 더 시도하려고 하지만 그다지 확신감을 느끼지는 않았다. 〈당신은 계속 잠자리에 들 수 있어. 그리고 나중에 나도 침대에 오를 수 있고. 우리는 내일 멋진 드라이브를 할 수 있다구.〉

〈안돼요.〉 그녀는 말했다. 〈안녕, 빅…… 나는 상원의원의 주말에 시간맞춰 돌아가려고 노력하겠어요. 약속해요.〉 그리고는 어린 아이처럼 공손하게 그에게 다가와 키스하도록 두 뺨을 내밀었다.

그녀의 어머니는 방해하지는 않았으나 무슨 말이나 행동이 나오기를 기다리면서 바라보고 있었다. 그는 그것을 받아들여야 했다. 그러나 휄릭스가 시간내에 돌아오지 않으면 상원의원은 이유를 알고자 할 것이다. 그러면 그의 전 장래, 그가 해놓은 수개월 간의 일, 그들 나름의 인생을 받아들이기 위해 그가 해야 했던 조정——이 모든 것이 수포로 돌아갈 것이다. 사태가 잘 될 때에만 그것은 유익하며 그가 다른 곳에서 다시 시작해야 했던 그 방법대로 머물러 있을 것이다. 그러나 알 수 없는 일이었다.

그것은 휄릭스에게 달려 있었다. 큰일이었다. 그는 여자가 남자에게 이래라 저래라 하고 말하는 것을 결코 허용하지 않는 사람이었다. 이제 그녀는 멋진 방법과 교묘한 태도로 모든 것을 결단낼 수 있었다. 그녀가 하지만 돌아온다면, 그는 지금 자신이 무엇을 원하는지, 무엇을 하고자 하는지 알았다. 그는 권력과 돈을 원했다. 그리고 문제가 완전히 해결되면 그것을 가질 수 있을 것이다.

〈휄릭스가 돌아오기만 한다면……〉
몇몇 비평가들은 이러한 결말을 좋게 평하였다.

10. 수정 및 강조

모든 책은 적어도 한 번쯤 작가의 손으로 직접 수정되어야 하고 전체적으로 타이핑되어야 한다. 고도의 프로 작가들은 더이상 원고에 대해 염려하지 않고 타이피스트에게 넘겨줄 수 있다고 장담한다. 그들은 행운아일 것이다. 그러나 그들은 때때로 실수를 저지른다. 작품을 쓸 때와 같은 프라이버시로 작품을 일부 수정하고 또 하며 재검토하는 데는 다른 대용책이 없다. 소설가 프랭크 이어비는 말한다. 〈정말 위대한 소설은 펜이 아니라 칼로 만들어진다는 것이 내 주장이다. 소설가는 아무리 찬란한 귀절이라도 이야기 진전에 도움되지 않는 것은 잘라낼 뱃짱이 있어야 한다.〉
소설을 쓸 때 우리의 흥미와 흥분은 항상 똑같지는 않은 듯하다. 때때로 우리는 등장인물과 그 행위를 다른 때보다 더 깊이 관찰한다. 두번째 단계에서 발견될 수 있는 단점으로서, 때때로 모호하게 쓰며 줄을 팽팽하게 잡고 있지 않다. 우리의 인형을 춤추게 하는 줄들이 팽팽하지 않으면 인물들은 붕괴되고 환영이 사라진다. 작가는 전지적 입장에서 쓰든 참여자로서 쓰든 조정자의 역할을 절대 포기할 수 없다. 그러나 완전한 환영을 창조하는데 실패할 경우, 비평가가 신선한 정신과 아마도 비우호적 눈을 가지고 그의 작품에 접근하기 전에 그는 스스로 그 점을 발견하는 것이 좋을 것이다.

때때로 어느 지점에서 느슨해진 것보다 전후 관련이 무질서한 것이 문제가 된다. 이야기와 소재는 적절한 비율로 되어 있다. 그러나 말 앞에 마차가 있다면, 즉 역할을 맡기기도 전에 등장인물을 소개하거나, 실제로 나와야 할 순간에 나오도록 남겨두는 것이 더 좋은데 어떤 인물의 마음 상태를 미리 묘사해 버리면 문제가 되는 것이다. 다행히 작가는, 작품을 발표할 준비가 되어 있을 때까지 아무도 작품을 판단하지 못하게 할 이점을 갖고 있다.

최종적이고 가장 민감한 점검은, 뒤로 물러앉아 완전한 것이 우리 앞에 나타나도록 우리 작품의 전반을 읽는 것이다. 이 후에 우리는 모든 것을 숙고해 보고 변경이 필요한지 살펴볼 것이다. 우리는 커다란 덩이를 다시 써야 할 필요가 있을지 모르며 제자리에서 벗어난 듯이 보이는 에피소드를 재배열하고 여러 곳을 절단하기 위해 칼을 사용해야 할지 모른다. 그러나 언제나 절단 자국이 보이지 않도록 주의를 기울여야 한다. 이 문맥에서 한 줄 혹은 한 단락만 여기저기 수정하는 것으로는 충분치 않을 것이다. 우리는 항상 결렬된 곳이나 수정할 곳의 전에 시작하여 그곳을 지나 끝내야 한다. 성공적인 작품에는 일종의 심장 고동 같은 것이 있다. 절단된 곳을 통과할 때 이 리듬이 들리지 않는다면, 거친 변경의 순간이 엿보일 것이다.

그러나 언젠가 여러분의 책은 끝나 독자에게 주어져야 한다.

아마도 우리가 영국의 비평가 시드니 스미드씨의 말을 인용할 때는 이 단계인 듯하다. 〈소설에 대한 주된 질문은——그것이 즐겁게 했는가? 그렇게 빨리 나온 정찬을 보고 놀랐는가? 11시를 10시로, 12시를 11시로 착각했는가? 옷입기에 너무 늦었는가? 일상적인 시간이 지나도록 앉아있었는가? 소설이 이런 결과들을 낳았다면 좋은 것이다. 그러나 그렇지 못하다면——이야기, 언어, 사랑, 스캔달 자체는 그것을 면제해줄 수 없다. 소설은 다만 즐겁게 하도록 고안된 것이다. 그것은 그렇게 해야 한다. 그렇지 않다면 그것은 아무것도 한 것이 없는 셈이다.〉

11. 공상 과학 소설

모든 소설의 저술에서 공약, 길이, 규칙 등은 자유자재일 수 있으나 본질적으로는 동일한 경계 내에 있으므로 우리는 이 장에서 소설 유형의 범주를 세우지 않았다. 작가가 아닌 편집자에게는 보다 긴 소설 작품의 요구 사항——제재, 테마, 플롯, 서두, 전개, 위기(한 가지는 결정적인 것), 결말, 모든 것을 두드러지게 하는 것——면에서 작가와 좀 차이가 있다.

요컨대, 고딕, 미스테리, 모험, 범죄, 낭만, 역사, 서부 소설 및 〈문학적 사건들〉이 있다. 이 모든 것은 독자 대중의 취향에 중요한 위치를 차지한다. 거기에는 또한 공상과학 소설이 있는데 그것은 H.G. 웰즈와 쥴 베른 시대 이후로 찬란한 발전을 이루어 왔다. 소설적 예언은 클라크 아시모프, 브루너 및 기타 상상력 있는 작가들의 손에서 보관적이 되고 널리 인정되어 왔다. 그러나 그것은 전문가——이 경우, 두 전문가——만이 지성적으로 쓸 수 있다는 점이 다르다. 그러므로 나는 다음과 같은 도움말에 대해 유명한 공상 과학 소설가 잭 단과 가드너 R. 도초이스에게 많은 은혜를 입었다.

공상과학 소설은 환상과 실제의 무차별적 결합이다. 그것은 어느 문학에서처럼 탐구하는 인간과 그의 환경에 관심을 갖는다. 그러나 그것은 또한 인간이 공학, 새로운 개념과 사상, 인위적인 것이든 이국적인 것이든 다른 과학적인 것들로 인해 어떤 영향을 주고 받는가에도 관심을 둔다. 공상과학 소설가는 현재를 비추기 위해 시간과 공간의 원근법을 사용하면서 가능한 미래를 외삽(外揷)하며 그것들을 상상이 가능한 경험으로 만든다. 그는 그것들로부터 〈사고 모형〉을 만든다. 이 모형은 신구(新舊) 자극에 대한 반응을 통해 인간의 영혼을 드러내주고, 극적 과정의 견지에서 그의 사상, 희망, 〈가능한 일〉 등을 표현한다. 그리고 이런 과정을 통해 그는 새로운 신화를 창조한다. 인간의 모든 경험, 과학, 역사 및 철학은 새로운 역사를 창안하는데 사용된다.

그러나 이 공상 과학 소설의 환상적이고 외삽적인 요소들은 간접적인 상상에서 나올 수 없다. 〈아무것이나 다 된다〉는 것은 공상과학 소설의 경우에는 통하지 않는다. 초기의 창조적 폭발——이야기가 〈거기서 시작되었다〉는 직관——이 있은 후에 그것은 부각이 되고 실감이 나야 하기 때문이다. 작가는 마치 조각가인 양 그의 계획을 성취해야 한다. 그 이야기는 얼마나 먼 장래에 발생할 것인가? 그것이 지상의 것과 다른 세계라면 그 식물상과 동물상은 어떠한가? 그것의 역사와 문화와 사람들은? 그는 이야기 및 등장인물의 상호작용에 착수할 수 있게 되기 전에, 세부적인 세계를 창안해야 한다. 그 세계는 그 자체로 조화를 이루어야 하고 작가가 그 이유를 설명하지 않은 이상 현재 알려진 것과 모순되지 말아야 한다. 공상과학 소설과 주된 소설 간의 근본적인 차이점 한 가지는, 작가가 허공의 슬레이트로 시작해야 한다는 것이다. 그는 전체적인 천으로 이야기의 환경을 만들고 그 이야기를 살아있게 할 논리적 세부점을 지닌 조화있는 세계를 상상하고, 그가 만든 세계에서 상호작용할 배경과 일치한 등장인물을 창안해야 한다.

그러나 공상과학 소설을 쓰기 위해 작가가 과학자가 되거나 과학 분야의 학위를 소지해야 하는 것은 아니다. 물론 그것은 도움이 되겠지만, 정말 중요한 것은 다른 장르에서처럼 그를 둘러싼 세계를 명료하게 감지하고 그가 본 것으로부터 외삽할 수 있는 능력에 더하여, 소설 저술의 기술과 인간에 대한 지식일 것이다. 그는 볼 수 없는 감추인 관계를 감지하고, 장래에 두드러지게 될 현재 속의 잠수해 있는 경향을 정확히 가리킬 수 있어야 한다. 인간 조건의 장래에 대한 진보적 기록을 가지고 나타날 수 있도록 작가가 공학이 현재의 우리에게 해줄 수 있는 것, 그것이 작용하는 방법 등을 파악할 수 있다는 것은 중요한 일이다. 기억하라, 공상과학 소설이란 새로운 공학과 그 효과를 묘사하는 것뿐 아니라 그 공학 때문에 사람들이 「서로」 어떻게 상이한 반응을 나타내는가를 묘사한 것이다.

 가장 중요한 것으로서 작가는 공상과학 소설을 시도하기 전에 그것을 읽어야 한다. 그는 기교에 대한 개념과 그 형세를 알아야 한다. 공상과학 소설을 처음 시도한 대부분의 작가는 잘 알지 못하면서 예전의 배경에 오래된 사상과 자료를 진저리날 정도로 익히 알고 있는 방식으로 개작하면서 많은 시간과 노력을 낭비한다. 공상과학은 보편적으로 받아들여지는 사상, 개념, 전문용어의 언어를 점차적으로 설정해왔다. 그리고 작가가 그 언어에 정통해지는 유일한 방법은 다른 작가가 그것으로 어떤 것을 성취했는지 검토하는 것이다. 그렇지 않으면 그는 이미 그 사상을 잘 알고 있어 무언가 새로운 것을 기대하는 청중에게 시간 여행의 개념을 설명하느라고 많은 시간을 허비할 수 있다. 이 점과 관련하여(작가의 이론에 권위를 더하고 새로운 사상을 공급하기 위해) 과학, 역사, 인류학, 생물학 및 신학을 연구할 수 있다면 도움이 될 것이다. 모든 학식은 다 방아찧을 곡식이 된다. 새로운 진전과 보조를 맞추기 위해 《사이언스 뉴스》같이 보다 덜 전문적인 개요지를 예약해 보는 것도 도움이 될 수 있다.

 공상과학 소설은 지식과 경험의 새로운 입력으로 계속 연료 공급을 받아야 할 미래를 내다보는 문학의 개방적인 쟝르이다.

 일단 여러분이 자아훈련을 했다면, 여러분의 상상력은 나를 수 있고 꿈이나 악몽을 소설의 재료로 바꿀 수 있다.

 아래 작가들이 쓴 공상과학 소설을 참조하라 :

아이삭 아시모프	콜드웨이너 스미드
아아더 C. 클라크	오라프 스타플레돈
하아란 엘리슨	로버트 하인리히
우술라 K. 르 귀엔	줄 베른
레이 브라드베리	H. G. 웰즈
테오도르 스튀르젼	존 브루너
로버트 실버버그	존 W. 캠프벨 2세
J. R. R. 톨키엔	

Ⅵ. 노벨라 Novella

단편잡지 《스토리》지는 다른 어디에서도 발행하지 않은 이보다 긴 단편의 형태를 옹호하였다. 《스토리》지의 지면들 사이에서 노벨라는 두드러졌다. 《스토리》지가 이 단어를 쓰기 시작하자 『최우수 미국 단편집』의 발행인 에드워드 J. 오브리엔은 〈소홀히 여겨진 형식〉의 재생에 주의를 돌렸다. 헨리 제임즈, 토마스 만, 이반 버닌 등 많은 작가들은 과거에 이 형식을 써 훌륭한 작품을 산출하였다. 《스토리》지가 노벨라를 계속 발행하자 이 용어는 여기서 우리가 사용하는 것처럼 현행어가 되어 받아들여졌다. 〈영어로는 그 형식에 해당하는 단어가 없다〉고 오브리엔 씨는 썼다. 〈노벨레트 novelette 는 뼈대만 있는 소설이다. 그와는 반대로 노벨라는 단편소설 단위들이 지닌 모든 한계를 수용하는 일면이 있는 단편이다.〉 그 용어 자체는 이태리어이며, 이탤릭체만 빼고는 그대로 영어로 옮겨졌다. 그것은 독일어 노벨레 Novelle, 불어 누벨 nouvelle 과 병행한다.

노벨라는 흥미진진한 인기물이었다. 단편소설은 수천명의 실행자 손에서 다양하고 단정할 수 없는 것이 되긴 하지만 비교적 짧다는 획일성이 있다. 그것은 바이올린처럼 크기에 있어 표준에 달해왔다. 노벨라는 길이가 1만 내지 5만 단어 사이의 어느 것이라도 좋으므로 비올라와 같다. 비올라는 서정적인 바이올린과 깊은 맛이 있는 첼로 사이의 음조를 갖고 있으며 지금까지 표준화된 적이 없다. 어느 두 비올라도 길이, 폭, 바이올린 크기보다 더 큰 몸체에서 나는 소리의 깊이가 서로 같은 적이 없었다. 노벨라의 길이와 처리법은 제재와 저자의 사상에서 싹튼다. 훌륭하고 충만한 형태의 이 소설 형식에서 저자는 각기 풍요로운 극적 공간성——구조가 충분히 크므로——으로 말해야 할 것을 전개하고 제시할 시간 여유를 갖는다. 작가는 전통적 소설의 길이에 맞추기 위해 이야기를 채워넣는 시도를 할 필요가 없으므로 그것은 작가의 정직성과 예술적 수완의 열쇠이다.

고인이 된 히쉘 브리켈은 쓰기를, 〈발행인으로 있던 옛날 한 작가와 나는 훌륭한 소설 한 편을 망쳤다. 그것은 정확히 필요한 만큼의 길이로 되어 있었다. 그러나 우리는 그것을 삼백 페이지에 달하는 소설로 늘려보려고 했던 것이다. 얼마나 많은 단어가 단편에 포함되어야 하는지에 대한 독단적인 규칙이 하나씩하나씩 삭제되고 잊혀져가는 것을 참된 만족감을 느끼며 볼 때, 이 슬픈 경험은 가끔 되살아나곤 했다.〉

오브리엔은 한 가지 특성, 즉 노벨라가 단편소설 단위의 「모든」 제약을 받아들일 필요가 없다고 말한 대목에서 실수를 한 듯하다. 그 기법은 강력한 단일효과를 거두는데 집중한 것이긴 하지만, 이 효과는 보다 다양한 수법에 의해 성취될 수 있다.

지금은 우리와 친숙해진 체홉의 『귀여운 여인』으로 되돌아가 보면, 저자는 단편의 한 목적——환경이 어떠하든 간에 변화할 줄 모르는 그녀에게서 보여지는 함축성있는 아이러니——에 집중하는 데서 이탈하지 않았다.

노벨라의 경우에는 다른 가치있는 것, 인간의식과 행동의 다른 맥락이 주요 테마와 무관하게 뻗어나갈 때 강조점을 이전할 수 있다. 그리고 테마 자체가 처음에는 어느 한 가지인 것처럼 보이다가도 이야기의 마디마디가 그것을 다른 방향으로 진전시킬 때 다른 것으로 바꾸어질 수 있다.

캐더린 앤 포터의 『정오의 포도주』(《스토리》지에 처음 실림)에서 헬튼 씨가 낙 톰프슨 가의 낙농장에 도착할 때 우리는 〈밀짚색 머리에 깡마르고 키큰 남자〉인 그를 만난다. 톰프슨 씨는 〈소란스럽게 자랑하는 남자로 목을 너무 똑바로 세워 목의 툭 튀어나온 뼈와 얼굴 전반이 같은 수준에 있는 것같고, 구렛나루는 목까지 내려와 젖혀진 칼라 밑의 검은 가슴털 속으로 사라진다.〉

이 묘사는 단순히 헬톤 씨와 그를 일당 1달러에 고용한 톰프슨 씨의 배경을 알려주는 복선인 것처럼 보여질 것이다.

헬톤 씨는 자신이 노드 다코타에서 온 스웨덴 인이라는 것 이외에는 자신에 대해 아무 말도 하지 않는다. 그러나 그는 이전에 해왔던 일보다 더 훌륭하게 일하므로 농장은 번영한다. 그는 하모니카를 분다. 한번은 톰프슨 부인이 그가 한 일을 칭찬해주러 그의 방에 갔다가 빛나는 하모니카가 많이 있음을 본다. 〈모두 비싸고 좋은 것들인데, 그의 간이침대 옆 선반에 줄지어 놓여있었다.〉

어느날 톰프슨 집에 두 소년이 몰래 헬톤의 방에 들어갔다. 헬톤 씨는 하모니카를 갖고 있는 그들을 붙잡는다. 여기서 폭력이 유발되나 톰프슨 부인은 그들을 나무라고 그들은 아버지로부터 처벌을 받는다.

헬톤씨는 처음 온 날 밝힌 것 말고는 더이상의 것을 드러내지 않는다. 그는 이야기도 나누지 않고 다만 하모니카만 분다. 〈음조가 변함없이 지속되다가 갑자기 이상한 것으로 바뀌기도 했다. 헬톤 씨는 밤마다, 때로는 일손을 쉬고 앉은 오후에도 하모니카를 불었다.〉

톰프슨 가족들은 그 음악을 처음에는 좋아하지만 나중에는 싫증을 낸다. 그러나 그것은 고용인의 유일한 낙이다. 톰프슨 부인이 가족들과 함께 교회에 가자고 그를 초대해도 그는 거절한다. 소년들이 하모니카로 장난할 때를 제외하고는 그는 조용하였다. 그러나 그런 장난도 단 한 번 있었을 뿐 만사는 잘 진행되었다.

그러던 어느날 뚱뚱한 낯선이가 〈노드 다코타에서 온 오라르 에릭 헬톤 씨〉를 찾으러 농장에 온다. 집 근처의 모퉁이에서 헬톤이 부는 하모니카의 곡조가 들려왔다.

방문자인 해치 씨는 헬톤 씨가 노드 다코타에서도 〈수용소에 있었을 때 실제 죄수복을 입고〉 앉아 그 곡조를 연주했다고 말한다. 그때 모든 것이 밝혀진다. 헬톤 씨는 여자친구에게 구애받기 위해 하모니카를 빌려간 동생이 그것을 잃어버리자 〈느닷없이 일

어나 전초용 포크로 동생을 꿰뚫어〉 버렸다. 그는 수용소에 감금
되었으나 도주하였다. 해치 씨는 헬톤을 데려가려고 왔다. 그는
고백하기를, 〈도주한 정신이상자〉를 체포하면 꽤 적지않은 돈을
받게 되며 이를 위해 수갑까지 가져왔다고 한다. 그는 톰프슨 씨
가 자신을 도와줄 것으로 기대한다.

그러나 톰프슨 씨는 갑자기 화를 내며 고용인에게 잘못된 것이
없다고 항변한다. 〈여기에 온 당신이 미친거야. 당신은 지금까지
보아온 그보다 더 심한 미치광이야!〉 그는 외친다. 그리고 해치
보고 나가라고 명령한다.

헬톤 씨가 두 팔을 흔들며 그곳에 온다. 그의 눈은 사나워 보인
다. 그는 방문자와 톰프슨 씨 사이에 섰다. 뚱뚱한 사나이는 칼을
갖고 그에게 덤빈다.

〈톰프슨 씨는 칼날이 헬톤 씨의 배로 들어가는 것을 보았다. 그
는 통나무를 베다만 도끼가 자기 손에 들려 있음을 깨달았다. 그
는 자신의 팔이 해치의 머리 위로 들어올려져 소를 기절시킬 때
처럼 그 머리에 도끼를 내리치는 것을 느꼈다.〉 그때 헬톤 씨는
숲속으로 들어가 버린다.

이것이 단편으로 씌어졌다면 이 부분의 마지막 몇 줄이 아이러
니컬하게 끝났거나 상황으로 끝맺어졌을 것이다. 톰프슨 씨는 헬
톤 씨가 위험하다는 것을 발견했을 것이고 해치는 단순히 그를 구
조하고자 했을 것이다. 혹은 뚱뚱한 사나이는 사실이 그렇듯이
순전히 협잡꾼일 것이며 톰프슨이 그를 불신한 것은 옳았을 것이
다. 단편은 이야기가 길게 전개되지 않도록 할 것이며, 헬톤 씨의
문제가 해결된 후의 톰프슨 부부에 관하여는 특히 그러할 것이
다. 결론이 발견될 것이며, 그 의미는 이 지점까지의 이야기에
기초해 있을 것이다.

그러나 노벨라에서 우리는 제 삼의 방법으로 나아간다. 톰프슨
씨는 결국 살인혐의를 벗지만 날마다 부인과 함께 차를 몰고 지
방 부근을 돌아다니면서 이웃집마다 멈추어 발생한 사건의 자초
지종을 이야기하고 또 이야기하도록 주장한다. 톰프슨 부인은 그

를 지지해야 한다. 그녀는 거의 울고 있다. 헬톤이 죽어서가 아니라 이런 사태가 자신에게 쇠약한 건강을 갖게 하기 때문이다.

그녀가 맥없이 쓰러질 때, 친구들과 이웃이 있는 두 아들은 아버지를 싫어한다. 그들의 어머니의 침대 곁에 서서 아버지를 〈위험하고 거친 야수〉인 듯이 응시한다. 가족의 붕괴는 이제 완연하다.

톰프슨 씨는 싸울 기력도 없이 어머니를 잘 돌보라고 말한 후 부엌 찬장에서 엽총을 꺼내 밖으로 나간다.

그는 그 이야기를 다시 반복하고 자신이 해치의 목숨을 일부러 빼앗은 것이 아니고 헬톤 씨를 보호하려다가 그만 그렇게 되었을 뿐임을 밝히는 쪽지를 쓴다. 그리고 총부리를 턱아래 두고 엄지발가락으로 방아쇠를 잡아당길 수 있게 납작하게 눕는다.

포터 양이 장편소설을 쓰기로 결정했었다면, 각 부분은 이와 동일하지 않았을 것이다. 각 부분의 발전 상황은 장으로 되었을 것이고 각 등장인물마다 독립적으로 전개되어 장면에 나왔거나 빠졌을 것이다. 예로서, 소년들이 헬톤 씨의 오두막으로 기어들어가 그의 하모니카를 가졌을 때, 우리는 그들과 함께 있었을 것이다. 우리는 장난하는 그들의 감정이나 불안을 느낄 것이며 저자가 오두막으로 돌아와 그들을 붙잡고 화가 나서 그들을 쥐어 흔드는 헬톤 씨를 묘사했을 때 우리는 긴장감을 느꼈을 것이다. 우리는 그와 같이 화를 냈을 것이다. 그리고 해치 씨가 헬톤의 비밀을 폭로했을 때 우리는 충분히 준비태세를 해두고 있었을 것이다.

소설에서는 노드 다코타를 다룬 장이 앞서나와, 가증스런 해치가 헬톤의 모친을 만나러 가 여행준비를 하는 것이 보여졌을 것이다. 모친은 노벨라에서는 멀리서 등장한다. 해치에게 아들을 만나도록 주소와 돈을 준 것은 그녀이기 때문이다. 우리는 톰프슨 가족과 함께 사이좋게 지내며 정착한 헬톤 씨에게 점점 다가오고 있는 협박적인 해치를 보았을 것이다.

결말 부분에는 많은 노벨라의 경우에서처럼, 단편소설보다 더 눈에 보이는 듯한 논리적 특성, 즉 소설적 특성이 엿보인다. 그러나 소설에서라면, 톰프슨씨가 자신을 해명할 때 거의 완벽한 장면을 보여줌으로써 몇 개의 장으로 결말이 확장될 수 있었을 것이다. 시간은 껑충 뛰어 넘어가지 않았을 것이다. 소설에서는 재판 사건도 틀림없는 강조점이었을 것이다. 결국 우리는 소년들이 아버지에게 어떤 반응을 나타냈는가 하는 것도 듣기만 하는 것이 아니라 그 이전 장면처럼 그들의 감정, 수치, 증오를 공유했을 것이다. 톰프슨씨의 비극도 마찬가지이다.

소설의 제 3 의 형식인 이것은 작가에게 특히 만족감을 준다. 그러므로 그만한 길이의 작품에 대한 수요가 없긴 하지만, 모든 작가는 자신의 경력 중에 적어도 한번쯤은 이 형식을 시도해 보아야 할 것이다. 노벨라는 소설 한 권의 삼분지 일이나 사분지 일의 길이로 책에 포함되거나 단편집의 한 편으로 수록된다.

우리 모두는 우리 세기의 유명한 노벨라를 기억한다. 이반 버닌의 『샌프란시스코에서 온 신사』, 토마스 만의 『베니스에서의 죽음』, 헨리 제임즈의 『스크루의 회전』, 에디트 휘톤의 『에단 프롬』, 윌라 캐더의 『길잃은 여인』, 그리고 꼴레, 알베르토 모라비아, 아이삭 디네센, 케이 보일, D. H. 로렌스 등의 많은 작품 등 거의 모든 훌륭한 작가들은 이 형식으로 자신을 표현해 왔으며, 우리의 문학들은 그것들을 발견함으로써 더욱 풍요해진다.

VII. 프로 작가가 되는 것에 관하여

인생에는 단편이나 장편소설이 처음 받아들여질 때처럼 행복하게 우리의 지평선에 확장되는 소수의 순간들이 있다. 새로운 사랑을 할 때나 신생아의 출생시처럼 모든 길은 천상을 향해 밝게 빛나고 탁 트여있는 듯하다. 따라서 우리는 새로운 발견을 기대하고, 우리의 소유물을 잘 보호하며, 뒤따를 달구지 여행의 흥분을 위해 짐을 꾸리기만 하면 되는 듯하다.

첫 번째 성공에 대해 F. 스코트 피츠제럴드만큼 실감나게 쓴 자는 없다. 그러면 모든 것이 갑자기 바뀐다. 이 기사는 첫 번째 광풍과 그것이 수반하는 달콤한 안개에 대한 것이다. 그것은 짧고 귀중한 시간이다.

……배달부가 초인종을 울렸다. 그날 나는 일을 포기하고 거리로 달려나갔다. 자동차들을 세우고 벗들과 친지들에게 그것——내 소설 『낙원의 이편』이 발행되기 위해 받아들여졌다는 소식——에 대해 이야기하였다. 그 주일에 배달부는 초인종을 울리고 또 울렸다. 그리고 나는 근소한 내 빚을 청산하고 양복 한 벌을 샀다. 그리고 매일 아침에는 이루 말할 수 없이 높고 전망이 밝은 세계를 느끼며 잠에서 깨어났다.

〈소설이 나타나기를 기다리는 동안 아마추어에서 프로로의 변형이 생기기 시작한다——이것은 여러분의 전반적 인생을 한 형태의 일로 꿰매어 합치는 것과 같은 종류의 것이다. 그리하여 한 가지 일의 끝은 자동적으로 또 다른 일의 시작인 것이다. 전에 나는 아마추어였었다. 그런데 남부의 자갈밭에서 한 소녀와 함께 돌 사이를 거닐고 있었던 10월의 나는 프로였다.〉

토마스 울프는 쉐루드 앤더슨에게 보내는 편지에서 이렇게 말했다. 〈나는 출판에 굶주려 있다고 생각한다. 나는 출판되는 것을 사랑한다. 출판되지 못하는 것은 나를 미치게 한다. 때때로 나는 세상의 모든 발행자들의 목덜미를 붙잡고 강제로 아가리를 벌리게 한 후 목구멍 속으로 원고를 처넣고 싶다고 느낀다. ——「빌어먹을, 옛다!」 나는 출판되고 싶고 또 그래야만 한다.〉

〈당신은 그것이 뜻하는 바를 안다——당신은 작가이며 그것을 이해한다. 그것은 단순히 작품이 「발행되는 데서 오는 만족」이 아니다. 맙소사! 그것은 작품이 완성되었다는 데서 오는 만족이며, 그것을 끝까지 해냈다는 데서 오는 만족이다! 그것이 좋든 나쁘든, 그것이 좋아졌든 더 나빠졌든, 그것은 이제 당신의 인생에서 끝났고 완성되었고 다 처리되었다. 그러므로 무엇이 나타날는지는 모르지만 당신은 이제 이 일에 관한 한 적어도 망각과 건망증이라는 자비롭고 지겨운 위안을 받을 수 있다.〉

작가들이 책과 책을 쓰는 사이에는 신경질적이고 과민하게 되는 경향이 있다. 그들은 다른 어떤 것에 착수하고 싶어하며 예전의 의심이 발동하는 경우가 매우 흔하다. 비록 토마스 울프에게 인내, 혹 고집이 있긴 했지만, 검토하고 또 검토하고 발전이 있기까지 기다리는 학자들의 고집을 지니고 있는 작가들은 소수이다. 로그를 발견한 스코틀랜드의 존 나피르는 그것이 〈성취되기까지〉 14년간이나 무한정 숫자에 매달렸다. 소설은 한 해, 두 해 혹은 다섯 해가 걸릴 수 있다. 다음 소설이 씌어지기까지의 시간도 그만한 장시간을 요할 수 있다.

작가의 입장은 다른 사람들과 좀 다르다. 그의 제재의 대부분은——울프의 경우에는 전부 다——그 자신의 인생이 되어왔다. 제재는 거기에 있다. 저술은 결과를 알아보려고 인생을 시험하는 실험실이다.

작가로서 첫 성공을 거두고 몇 넌니 지난 후 윌리엄 사로얀은 『예술과 우매한 언동』이라는 기사를 《스토리》지에 썼다. 우선, 자신이 작가라고 노골적으로 선언하는 것은 상식에 벗어난 것이었다.——여하튼 내게는 그랬다. 사회에 이런 선언을 한 결과는——

글쎄, 사람들은 그런 선언을 좋아하지 않는다. 그런 선언을 하는 것은 기분좋은 것이 아니다. 사회는 본인을 작가라고 생각하는 자가 누구인지 알고 싶어한다. 그러나 그 점에 대해 준비된 대답은 아무것도 없다. 작가는 몰래 열중하고 폭력 혁명주의자처럼 지극히 은밀하게 자신의 사업에 몰두해야 한다……

〈그러나 나는 내 작품이——계속 써오고 있는——발행되었다는 사실, 그리고 내가 유명해졌다는 사실을 이내 지나쳤다. 25세에 마침내 작품이 발행되어 어안이 벙벙하긴 했으나, 나는 명성을 「새로운」 사건처럼 여기지 않았다고 참되게 그리고 결백하게 말할 수 있다. 나는 이미 오랫동안 내가 실제로 유명하다고 느껴왔기 때문이다. 그것은 의심하지 않는 대중을 심히 불신하면서 어리석게도 과격해지지 않으려 하는 자라면 응당 느껴야 할 기분이었다. 따라서 이날까지 심지어 안정된 중류층 사람들조차 나에 대해 들어보지 못했고 내 작품을 하나도 읽지않았다 해도 전혀 이상해 보이지 않았다.〉

프로 작가가 되는데 걸리는 시간은 꼭 꼬집어 말하기 어렵다. 어떤 경우에는 세상이 우리를 알아주기 전에 다른 사태가 우리 마음, 조정장치, 영상 속에서 발생하고 있을 때가 있다. 사로얀은 〈이미 오랫동안 실제로 유명하다고 느껴〉 왔었다. 준비태세는 그런 연대기에서 너무나 자주 무시되는 중요한 단계이다. 작가는 이때쯤 자신의 작품과 재능에 대한 불신을 「마음 속에서」 떨구어 버렸고 다른 사람들의 회의론에 태연해져 있다. 그는 점차 자아비평에 귀를 기울이고 자신이 이미 안다고 여겼던 것보다 훨씬 많은 것을 배울만큼 편집인의 충고와 도움을 받아들이기에 겸손한 자세를 갖추고 있다.

그에게는 저술이 더 이상 은밀한 기쁨(몰두한 작가나 연인에게도 있긴 하지만)같은 것이 아니다. 그는 저술도 하나의 일임을 안다. 계약이 위기에 처했을 때, 그는 돈을 지불받고 약속했던 작품을 써내는 것이 도덕적 의무임을 안다.

아마추어가 아니라 프로가 되려면 일하는 것과 생각하는 것 혹

은 그 어느 한쪽에 바치는 시간의 삼분지 이를 저술하는데 사용
할 계획을 세워야 한다. 편집인이나 발행자에게 자신이 계약할
준비가 되었음을 확신시키기 위해, 프로 작가는 이전에 발행된
작품이나 혹은 발행자가 받아들일 만한 기획된 과제의 근본 윤곽
을 제시해야 한다. 혹은 그는 편집인이 수정할 부분이 거의 없다
고 느낄 정도의 완벽하고 완전한 작품 일부를 보여주어야 한다.

단편의 경우 편집인이 작품을 사기 「전에」 변경이나 개선을 요
구하는 일은 드물다. 그는 후에 이것들을 요구할 것이다. 여러분
은 어떤 때는 그 요구를 받아들이고 어떤 때는 받아들이지 않을
것이다. 때로는 받아들이지 않는 것이 더 좋다. 거의 대부분의
정기 간행 잡지는 변경을 요구할 때 문학작품이 요구하는 것과 다
른 이유가 있을 것이다. 그들은 보다 애매하게 끝나는 것이 더 솔
직할 것같은 데 해피 엔딩을 원할 수 있다. 또한 영국 잡지라면
〈독자의 동일시〉를 위해 몬타나 대신 영국의 시골을 배경으로 삼
으려 할는 지 모른다.

전자의 경우에 여러분은 양심과 협의해야 할 것이다. 기억해
두라. 그 소설은 수천(혹은 수백) 달러가 소모된 후에도 오랫동
안 여러분 일개인의 일건 서류로서 영원히 존속할 것임을.

후자의 경우 중요한 것이 아니라면 지리적인 것이나 그 정도의
가치를 지닌 다른 것은 바꿔도 상관없다.

《스토리》지에서 우리는 일반적으로 단편을 있는 그대로 받아들
일 수 있는가, 우리의 흥미를 끄는가 하는 점을 살폈다. 우리가
가진 선택의 자유를 모든 편집인들이 다 갖고 있는 것은 아니다.
물론 그 때문에 우리는 뛰어난 표준, 즉 판단에 부합되는 독특한
저자의 재능을 인식하고 기뻐할 수 있었다. 40년간에 걸친 휘트
의 천재적 편집으로 인해 우리의 평판은 안정되어 있었다.

우리는 청탁받지 않은 미지의 저자가 쓴 원고에서 무엇을 찾았
는가? 첫째, 출판물을 읽을 독자를 대신하여 우리는 매력있거나
자극적이거나 분위기를 야기시키거나 등장인물이 흥미있는 첫 단
락을 원했다. 앞서 이 점을 다루었지만 이것은 아무리 강조해도

지나친 것이 아니다.

우리는 논리적으로 흥미있게 다음 단락으로 넘어가기를 원했다. 그다음 단락은 또 그다음 단락으로——다시 말해서 우리 입장에서 아무런 노력을 들이지 않고 끝까지 우리의 주의가 곧장 이끌리기를 기대했다.

이외에도, 우리는 작가가 제재에 대한 지식, 그의 심리학, 그의 배경 면에서 권위 있을 것을 주장했다. 그는 우리를 「믿게」해야 한다. 그리고 그 역시 「믿어졌다」고 믿어야 한다. 브루클린에서 온 젊은 푸에르토리코 작가가 윌리엄 포크너의 미개척지를 확신감있게 쓸 수 없을 것이며, 여자를 꺼려하는 자가 사춘기소녀의 임신이라는 진퇴양난을 묘사하여 우리의 공감을 사기는 불가능할 것이다.

우리는 감상벽, 자아의식적 비유, 나르시시스적 저술을 배격한다. 그 작품에서 저자는 불가불 자신의 모습을 보게 되기 때문이다. 외설물을 위한 외설물——『플레이보이』지의 한 편집인이 한번은 휘트에게 말하기를, 그들이 우리 단편 일부를 가지고 〈달아나〉기는 힘들 것이라고 했다. 우리의 것이 〈문학〉이라는 생각이 우선적으로 들기 때문이었다.

우리는 타이핑이 잘못된 것, 철자법이 틀린 것, 더럽혀진 원고 등을 못 참아하는 죄를 지었을 것이다. 틀림없이 세상의 모든 잡지사에서 거절당한 수십편의 단편을 보낸 대리인들은 우리에게 어떤 가치있는 것을 가졌다고 판명된 적이 거의 없다. 그러나 우리는 그것을 다 읽었다. 우리가 그것을 모두 읽었다는 것은 하늘만 알 것이다!

단편 작가를 위한 가장 훌륭한 충고는 처음부터 너무 프로적인 목표를 세우지 말라는 것이다. 가장 우수한 〈젊은〉 작품은 누구나 알다시피 대개 작은 잡지에 처음 실린다. 그러면 그것은 두 개의 주요 선집『아메리카 최우수 단편집』과 O. 헨리 선집의 편집인들에게 읽혀진다. 규모가 큰 정기 간행 잡지의 양심적인 편집인들은 미지의 새로운 작가들에게 매우 자주 관심을 가지며,

그들에게 도움이 되거나 격려적인 충고를 해줄 수 있다.

엘리스 모리스는 『하아퍼의 바자』를 편집할 때 이 책의 저자에게 노출적인 편지를 썼다. 거절당한 원고더미 속으로 가장 빨리 들어가는 단편은 문학적 지각력과 재능이 부족한 것이다. 내가 느끼기에 많은 젊은 작가들은 이야기할 단편들을 가지고는 있지만 그것을 이야기할 연장을 완벽하게 다듬는 데는 신경을 쓰지 않는다. 문장이 서툴고 대화가 모두 진부하거나 확신감이 없다(현실감이 없다). ——그리하여 주제가 아무리 흥미있고 타당해도 남는 것은 결국 아무것도 없다. 재능있는 작가는 어떤 주제를 취해도 분명 그것을 금으로 바꾸어 놓을 수 있다. ——그는 예술의 비법으로 그것을 우려낼 것이며, 〈삶의 어떤 특정한 일각을 조명〉한다.

〈또한 그 주제가 대단히 탁월하다 해도 작가는 그것을 설명으로 전달하기 보다는 극화시키는 법을 배워야 한다. 너무도 많은 단편들이 「발생한 것」이라기 보다 「말하여진」이다. 독자를 사로잡는 단편의 성공은 또한 이것에 의존한다. 작가가 아무리 민감하고 지각력있고 어떠어떠하다 해도 두 페이지 내로 독자를 잡지 못하면 그것으로 끝난다.〉

〈내 책상을 통과하는 단편에서 내가 찾는 특성은 근본적으로 활력, 신선미, 조명의 조합일 것이다. 그밖에 덧붙일 것은 몰라도 좋다!〉

단편을 찾는 어느 편집인도 그보다 더 잘 덧붙일 수는 없을 것이다.

소설의 경우 단편에 적용되는 대부분의 것이 소설에도 적용될 것이다. 물론 〈활력, 신선미, 조명〉을 전달할 능력은 삼 사백 페이지로 연장되어야 한다. 단편이나 소설 모두가 기법이 필수적이다. 각 형식은 그 특수성을 따라 이해되고 정통하게 다루어져야 한다.

하아퍼 및 로우에서 내 작품을 편집한 조우 버가라에게 나는 편집부 입장에서 어떤 소설을 발행할만 하다고 보는지 설명해 달라고 부탁했다. 여기 그의 논평이 있다.

편집인들은 그들이 발행하는 소설을 어떻게 선정하는가? 원고를 읽을 때 그들은 무엇을 찾는가? 이와 유사한 질문을 받지 않고 칵테일 파티가 끝난 적은 거의 없었다. 나는 질문자들이 모호하고 실망하지 않을까 두려운 생각이 종종 든다. 편집인들이 자기 나름의 보편적인 지침을 발전시키는 경향이 있음은 사실이다. 그러나 절대 확실한 법칙은 없으며 그들을 인도하는 믿을만한 점검표도 없다. (편집인들을 위해서는 다행한 일이다. 그렇지 않다면 누가 그들을 필요로 하겠는가?)

편집인들은 비소설을 평가하는데 확고한 근거를 가지고 있다. 그 주제는 특수한 청중에게 흥미있는가? 경쟁할만한 책들이 없는가? 그 저자는 주의를 끌만한 신임장이 있는가? 저자는 새로운 극적 요소를 발견해 냈는가? 그는 조직적이고 흥미있는 방식으로 제재를 제시할 수 있는가? 그의 책은 그 분야에 공헌할 것인가?

〈이것들은 솔직한 답변을 유도할 솔직한 질문들이다. 약간의 조사, 경쟁적인 책들의 연구, 세일즈맨들과의 잡담, 그리고 편집인은 결정을 내리게 된다.

소설과의 작업은 그렇게 솔직한 것이 아니다. 편집인은(혹은 어느 누구라도)고도의 전문적인 역작을 골라내듯이 가망없는 원고도 알아맞힐 수 있다. 책들에게 둘러싸여 그 모든 것들을 어떻게 판단하는가? 편집인은 정직성, 문체, 서스펜스, 밝혀내는 통찰력을 찾을 수 있다. 독자는 등장인물과 그들에게 발생한 사건에 관심을 가질 것인가? 배경이 다채롭고 확실할 만한가? 저자가 액션, 섹스, 폭력을 사용했다면, 그것들은 이야기에서 자연히 흘러나와 이야기에 공헌하는가, 아니면 매 십페이지마다 사태를 격려하기 위해 질질 끌려가는가? 전반적으로 작품이 충격적인가? 이런 요소들을 고려해 본 후에 편집인들은 원고, 취향, 판단, 이례적인 직관의 돌진에 대한 그(그녀)의 정서적 반응에 의존 해야 한다.〉

하아퍼의 서스펜스 소설의 편집인(그녀 자신이 저자이기도 한)

인 조안 카안은 발행할 원고의 선택에 관해 이렇게 말했다.

〈거기에는 내가 좋아하는 책들이 있다. 그리고 그들은 네가 발행해온 책들이다. 그것들은 「나」를 흥미있게 했다——그래서 나는 그것들이 다른 누구도 흥미 있게 하리라고 희망한다. 그리고 그것들은 아주 잘 씌어졌기 때문에 그 언어 구사력이 저자의 목적에 공헌한다. 그런 경우 독자는 매우 편할 것이다.〉

『엑소시스트』와 기타 많은 소설과 비소설을 편집한 하아퍼 편집인 앤 헤리스는 그 점을 이런 식으로 설명했다.

〈소설은 독자를 진행되는 것——플롯의 사건, 등장인물의 내면——속으로 빠지게 해야 한다. 그래야 그(그녀)는 끝까지 그것과 함께 머물고자 한다.〉

〈이것은 작품이 발행될 수 있느냐 없느냐에 대한 기초적인 평가 기준이다. 책이 문학적 성질의 것이든 상업적 잠재성이 있는 것이든, 혹은 그 양자이든 간에, 그리고 그것이 실험적 기법을 사용했든 혹은 순수한 탐정 소설처럼 전형적으로 단순한 형식을 따랐든 간에, 이 기준은 다 적용된다. 발생하고 있는 것을 염려하고 지켜보며 독자를 「포함」시키는 것——이것이 필수적으로 성취되어 있어야 한다.〉

아무도 소설 작가의 성공을 보장할 수 없음을 덧붙여야 할 것이다. 저자가 써야 하듯이 발행자는 발행해야 한다. 그러므로 여러분을 자극한 것을 쓰라. 여러분의 호기심을 자아내는 등장인물에 대해 쓰라. 여러분을 감동시킨 사건을 쓰라. 여러분의 작품을 비평하라. 애써 냉정해지라. 그리고 나서 좀 더 쓰라.

프로 작가는 자신이 왜, 그리고 무엇을 하는지, 즉 쓰는지 알고 있고 또 안다고 생각한다. 시인이자 산문작가인 로버트 그레브즈는 작품을 쓰는 이유에 대해 다음과 같이 작가를 분류할 수 있다고 생각한다. (1)돈 (2)명성 (3)재미 (4)도피 (5)절박한 필요 (6)잡다한 이유. 그는 산문 작가의 55퍼센트가 (1)그룹에 속하고, 즉 돈을 위해 쓰고, 18퍼센트가 명성을 위해, 15퍼센트는 재미를 위해, 7퍼센트는 도피구로, 4퍼센트는 필요에 의해, 1

퍼센트는 잡다한 이유로 쓴다고 믿는다.

그레브즈의 이 여섯 가지 관찰 결과는 매우 그럴듯하게 들리며 작가가 쓰고자 하는 이유에 대한 설명이 될 수 있을 것이다. 그러나 각각의 단편이나 소설은 별개의 저술 행위이며 동일한 개념이나 이유 때문에 존재하게 된 작품은 둘도 없을 것이다.

프로 작가를 받아들일 만한 동일한 작품을 두 번 쓸 수 있는자라고 말한다면, 그는 어디에서 어떻게 그리고 그가 가장 잘 행할 수 있는 것이 무엇인지 배워 알았을 것이다. 그러나 그는 거기서 멈추지 않을 것이다. 그는 첫 번째 성공을 끝없이 반복할 것이다. 예술가로서 그의 성장은 기법에 기법을 더하고, 청중에게 지속적 성장과 점차적 발전을 새로이 약속하며, 자신의 레퍼터리를 확장하는 것을 내포한다.

프로 작가는 일을 하는데 한 가지 이상의 방법이 있으며 때로는 혼합된 많은 방법이 있음을 안다. 그는 돈을 위해 쓰지만 발전적 작품을 쓸 수 있다. 그는 재미로 쓰지만 그 저변에 진지한 면이 있을 수 있다. 그는 가르치기 위해 착수하지만 배움으로써 끝맺을 수도 있다. 그는 즐겁게 하며 동시에 교훈도 줄 수 있다.

그것은 모두 그가 작품이 무엇이 되게 하고 무엇을 반영하느냐에 달려있다. 그의 총체적인 견해는? 그의 부분적인 견해는? 그의 등장인물의 견해와 철학은? 그가 쓰는 시대는? 인간의 비극? 인간의 희극? 그것은 작가에게 보이는 그대로의 단순하고 자연스러운 「이야기」이며, 거기에 나오는 사람들은 생활에서 위기가 행위의 「이야기」를 만들 때 어떻게 보이고 어떻게 생각하며 행동하는가를 보여주려는 목적으로 등장하는가?

〈그러나 소설을 쓸 때 열망하는 자는 비천한 자 못지않게 경제 문제로 고심한다〉고 버나드 드 보토는 썼다. 그는 계속 지적하기를, 한 편의 소설을 쓰는데 반년에서 십년이 걸리며 〈구겐하임 사회 사업단도 그를 찬미하는 친척도 그들에게 영원히 보조금을 지불하지 않을 것〉이라고 했다.

쉐루드 앤더슨은 《스토리》지에 썼다. 〈상당수가 돈을 위해 쓴다. 이것은 그처럼 쉽게 보인다. 그러나 그것은 그렇게 쉬운 것이 아니다. 나는 행복하다고 말하는 상업적 작가를 아직 한 번도 보지 못했다. 거기엔 양보해야 할 것이 너무 많다.〉

그러나 노만 메일러는 그의 다음 소설의 판권으로 백만 달러를 지불하기로 한 발행자와의 계약에 대해 불행해하지 않았다고 보고된다. 그는 자기 작품의 보존을 손상하는 어떤 압력도 받지 않은 듯했다.

더 성공한 소설가를 여기에 소개한다. 전기 기록자 랠프 D. 가드너에 따르면 호레이쇼 앨거 2세는 소년이 자라 정상에 오르는 내용의 책을 수천판 발행되게 하여 400,000,000부나 팔았으며 그것은 지금도 계속 상승추세에 있다. 그러나 대부분의 작가들은 그보다 더 적은 것으로 만족해야 한다.

그러나 작가가 그 소설이나 단편을 팔았다 하자. 이제 그는 진행중에 있다는 느낌을 가진다. 그가 들은 바에 의하면 두 번째 소설은 주지의 사실로서 더 어렵다고 한다. 그것을 배치하고 즐거워하고 심지어 쓰는 것조차 더 어렵다. 그러나 그는 자신도 그러리라고 믿지 않는다. 그는 이미 새로운 기획에 착수했고 이번에는 새로운 기반을 가지고 있을지 모른다. 확실히 어느 작가도 단순히 첫 성공을 반복하고자 하지 않는다.

불행히도 모두 동일한 가치를 지닌 책이나 단편을 앉아서 연달아 쳐낼 수 있는 작가는 거의 없다. 모든 작가에겐 기복이 있다. 그는 대개 첫 성공을 거둔 후 이 사실을 깨닫는다. 단편 작가는 한 편의 완벽한 단편을 쓰고 뒤이어 서너편의 나쁜 작품을 쓰거나 팔리지 않는 것들을 쓸 수 있다. 소설가는 처음에 비평가의 환상을 잡았을지 모르나 두 번째 소설이 무시된 것을 알게 될 것이다. 혹은 그의 두 번째 작품은 첫 번째만큼 기쁨을 주지 않을 수 있다. 이것은 그에게 불편하고 잔인하게 지적된다.

그 경력의 말기에 『균열』(세번에 걸쳐 《에스콰이어》지에 연재

물을 쓴 피츠제럴드는 항상 자랑할 수 없는 작품을 쓰는 작가의 무능력에 대해 말했다. 〈나는 실수를 결코 비난하지 않는다. —— 인생에는 너무 많은 복잡한 상황이 있다——그러나 나는 노력의 부족에 대하여는 절대 무자비하다.〉

일부 작가들은 이 지점에서 멈추어 더는 쓰지 않는다. 그는 저술이 전혀 재미없음을 발견했기 때문이다. 단편은 엷은 대기층에서 나와 작가의 귓전에서 짹짹거리면서 그의 독특한 문체로 기록될 것을 요청하지 않는다. 소설을 쓰게 하는 삶에 대한 느낌은 전처럼 단순히 주제에서 튀어나오지 않을 수 있다.

〈저술을 계속하는 것은 시작할 때와 동일한 노력을 요구한다.〉 엘리자베드 보웬은 말했다. 〈앞으로 전진하는 모든 발걸음은 우리를 새로운 영역으로 데리고 간다. 그것은 거기에 없을지도 모르는 능력을 소환하는 것도 포함된다.〉

사람이 〈이름〉을 획득한 후에도 〈이름은 단순히 기증된 것이 아니다. 그것은 언어지고 유지되어야 하는 것이다.〉라고 그녀는 덧붙였다.

딜란 토마스는 말했다. 〈어떤 가능한 성공도 내겐 나쁘다…… 나는 이십년 전의 나라야 한다. 그때 나는 거만했고 잊혀져 있었다. 그런데 지금의 나는 겸손하고 발견된다. 나는 그때가 더 좋다.〉

작가가 자신에 대해 평가한 것을 제외하고는 동년배들의 판단이 다른 사람들의 칭찬보다 더 많은 것을 작가에게 뜻한다.

윌리엄 포크너는 1956년에 하베이 브라이트에게 말했다. 그는 그 나라에서 가장 훌륭한 작가들의 이름을 일컬어보라는 요청을 받았다. 그래서 그는 〈울프가 첫째, 나는 둘째, 그 다음은 헤밍웨이, 도스 파쏘스, 콜드웰〉이라고 대답했었다. 그러나 그는 계속 말하기를 〈나는 우리 모두가 낙오자들이라고 말했네. 우리는 모두 완벽한 꿈과의 조화를 이루는 데 실패했으니까. 나는 그 작가들을 불가능한 것을 행하는 면에서의 멋진 실패를 바탕으로 평

했던 것이었네.〉

울프는 첫째로 꼽혔다. 〈그는 모든 인간 존재를 문학으로 환원시켰으니까.〉울프 다음에 〈나는 대부분의 것을 시도했으니까.〉그러나 헤밍웨이는 「자신이 알고 있는 것의 범주 안에 그저 머물기만 했다. 그는 훌륭하게 했다. 그러나 불가능한 것을 시도하지않았다.」

포크너는 불행하게 결론지었다. 〈작품이란 예술가가 처음에 가졌던 완전한 꿈과 절대 조화를 이루지 않아.〉

여러 명문집, 특히 『이것이 나의 최우수작이다』와 『세계의 최우수작』에서 휘트는 저자들에게 물었다. 〈여러분은 무엇을 자신의 최우수작으로 봅니까?〉

그는 가끔 왜 단편을 써야 하는지 물었다. 무엇이 소설 혹은 책을 쓰는 근원이었는가? 그들은 처음에 어떻게 작가가 되었는가? 무엇이 그들에게 가장 큰 영향을 미쳤는가? 그 노고를 경험한 그들은 저술에 대해 뭐라고 말할 수 있는가? 예를 들어, 휘트는 그의 『이것이 나의 최우수작이다』 첫째 권에서 다음과 같은 사실을 알게 되었다. 〈누가 로버트 프로스트의 어느 시를 좋아하지 않을 때, 그 시인이 그것에 대한 본래의 애정을 되찾기까지는 오랜 시간이 걸린다. 헤밍웨이 씨는 그의 작품 중 일부로 너무 많이 대표되어온 나머지 이제 일반적인 명문집을 통해 모든 학생들이 자신의 분위기만 생각하는 것을 거의 참고 바라볼 수 없다. 발행자들이나 저자가 다같이, 선집에 가장 많이 포함되어 온 윌라 캐더의 『풀의 경우』를 그녀의 최우수작이나 가장 대표적인 작품이라고 생각하지 않는 것은 흥미로왔다. 일부 작가들이 자신이 쓴 옛날의 작품들을 읽을 수 없다는 것, 혹은 읽을 때 무척 고통스러워하고 곤혹해 한다는 것, 그런데 다른 일부 사람들은 그의 이십년 전 작품이 현재의 것만큼 좋거나 더 낫다고 생각하는 것 등을 우리는 발견했다.

콘라드 에이켄은 가장 좋아하는 자신의 작품으로 『이상한 달빛』을 선택했는데 그 이유를 이런 식으로 설명했다. 〈이 작은 이야기는 누가 보아도 알 수 있듯이 거의 자서전적이다. 그래서 저자는 항상 그것을 좋아해왔을 것이다. 그러나 거기엔 또 다른 이유가 있다. 내가 생각해낸 이유는 이러하다. 작가가 자신의 경험을 시나 단편으로 만들 때 그는 그 경험 자체를 잊어버리는 경향이 있을 것이다……마치 냉장시키듯이. 그 이후 특별한 달의 그 모습을 다시 보고자 할 때 그는 기억보다 그 가공품에서 그것에 보다 쉽고 생생하게 근접할 수 있음을 깨닫게 될 것이다.〉

노만 메일러는 『어느 미국인의 꿈』을 최우수작으로 보았는데, 그는 포크너가 동년배들을 평가하듯이 판단했다. 〈나는 그 어느 것보다 이 소설에서 훨씬 더 많은 것을 시도했다. 그래서 그것이 문학 비평대에 쉽게 오르지 않고 검토조차 되지 않도록 나는 한동안 테마와 함께 살았었다.〉

존 허제이는 유쾌하게 썼다. 〈나는 여느 작가처럼 내 최우수작이 아직 나타나지 않았다고 상상한다——아마도 내일 아침 그것을 쓰게 되리라. 그렇다, 내일 아침이다. 기다려 보라! 지금으로선 『한 개의 조약돌』에서 이 페이지들을 선택한다.〉

버나드 마라무드는 그의 단편 『유대새』를 좋아했다. 그것은 말하는 새로서 호워드 네메로프의 『까마귀를 둘러싼 여담』에서 영감을 얻은 것이었다……유대 물고기에 대해 생각하면서 나는 그 새를 유대의 것으로 가정하자고 혼잣말을 했다. 그 지점에서 이야기는 소생하였다.

제씨 스튜어트는 단편 『봄철의 사랑』을 더 좋아했다. 그것이 켄터키 동부 지방의 언덕과 산 등 그의 세계에서 나온 것이기 때문이다. 〈그것이 지속되기에 충분하리만큼 내구력이 있었다면, 그것은 내 세계가 사실이었기 때문이다.〉

조셉 헬러는 〈쉐이스코프 중위〉가 나오는 장면을 사실적으로 엮어놓은 것을 좋아했다. 〈그것은 그 시절에 우리가 직면한 자연의 위험을 가장 풍요하게 묘사한 것이며, 그 위험에 반응하는 사람들에 대한 내 조소가 예리하게 표현되어 있기 때문이다.〉

필립 로트가 가장 좋아한 인용문은 『포르토니의 불평』에서 발췌한 것이다——이것은 정신 분석 환자의 독백 형식의 소설이다. 그것이 「진전」되는 방법, 주제를 선언하는 방법——「오, 이 아버지!」——때문에 이것을 선택하였다. 이로써 이 세 마디의 서두 단어 및 그것이 주장하는 요점을 환기시키는 것, 즉 애매모호하게 느껴지는 것들이나 기억나는 경험들을 탐구한다.

아마도 이 책을 결론짓는 유일한 방법이 있을 것이다. 그것은 휘트가 책상 위에 붙여두었던 《뉴요커》지의 오래된 만화를 글로 표현한 것으로서 프로 작가와 아마추어 작가의 차이를 이보다 더 잘 예시하는 것은 없을 것이다.

멕시코에서 용기를 만드는 두 명의 인디안이 햇빛을 받으며 앉아 있다. 그들 앞에는 의아해하는 표정의 두 미국인이 있다. 한 행상인은 자신의 작품——주전자, 꽃병, 접시, 온갖 종류와 크기의 항아리들——에 둘러싸여 있다. 또 한 친구는 한 개의 항아리를 앞에 놓고 앉아 반쯤 졸고 있다. 여행자들은 그에게 이것밖에 가진 것이 없느냐고 물었음이 분명했다. 그 만화의 설명문은 이렇다. 〈왜 더 만드나요? 이 한 개도 아직 못팔았는데.〉

프로 작가는 계속 써야 한다. 그의 항아리를 파는데 매우 긴 시간이 걸려도 그는 항아리 만드는 것을 중단하지 않는다. 그것이 쓰는 행위, 우리의 재능을 개선하는 목표, 새로운 경험과 오래된 기억 및 새로운 사랑과 오래된 감정을 이용하는 기쁨, 감각을 계속 살아있게 하고 위트를 예리하게 하는 행위, 우리를 끝까지 몰두하게 하는 진흙 자체의 의미와 색조를 보다 뜻깊게 발견하는 행위이기 때문이다.

물론 작가는 발행되기를 기대할 것이다. 그는 동정적이고 지적인 편집인을 만나고 그것이 발행되도록, 그리고 이해심 있는 비평가와 열광적인 독자들을 맞을 수 있도록 자신이 아는 모든 신에게 기원할 것이다. 그는 통털어 자신의 역할이 단순함을 알 것이다. 그는 물품을 전달하기만 하면 된다.

헨리 밀러는 인생의 도전을 넘기고 불변의 찬사를 받을 수많은 책들을 쓴 후 65세 때 이렇게 썼다. 〈지금도 나는 보편적인 그

말의 의미에서 스스로를 작가라고 간주하지 않는다. 나는 작가의 인생, 더욱 더 무진장하게 나타나는 과정에 대한 이야기를 말하는 사람이다. 세계의 발전처럼 그것은 무한하다. 그것은 안에 있는 것을 비우고 X차원을 통해 항해하는 중이다. 그 결과 길을 따라가다보면 어딘가에서 사람이 말해야 할 것은 말하는 것 자체만큼 중요하지 않음을 깨닫게 된다.

에필로그

휘트 버넷(1899-1972)에 대한 경의
──J.D. 샐린저

1939년의 옛날에 20세의 학생으로서 나는 한동안 콜롬비아 대학에서 현직 편집인들의──휘트 버넷의──단편소설 강좌를 청강하였다. 간단히 말해 그것은 아무리 생각해도 내게 훌륭하고 교훈적이며 적합한 한 해였다. 버넷 씨는 단편소설 강좌를 단순하고 매우 통찰력 있게 지도하였으나 결코 거물급인 체하지 않았다. 그가 강단에 선 것이 어떤 개인적인 이유 때문인지는 몰라도 그는 대학이나 계간지 계통에서 자신의 버팀대로서 장편 혹은 단편소설을 고의적으로 이용한 적이 전혀 없었다. 그에 대한 칭찬을 하자면, 그는 보통 늦게 강의실에 나타나 일찍 빠져 나갔다. ──나는 선량하고 양심적인 단편소설 강좌의 지도자가 이보다 더 인간적일 수 있을까 하는 의문을 종종 갖는다. 그러나 그는 그런 사람이었다. 나는 그가 어떻게 그리고 왜 그랬는가에 대해 몇 가지 의견을 갖고 있으나, 그는 훌륭한 단편, 즉 강력한 단편에 대해 열정을 지니고 있었고, 교실을 매우 안락하고 원활하게 지배했다고 말하는 것이 중요할 듯하다. 그가 우수한 단편이라면 「누구 것이든지」──버닌의 것, 사로얀의 것, 모파상의 것, 도로티 파커의 것, 딘 페일즈의 것, 테스 슬레진저의 것, 헤밍웨이의 것, 클레런스 데이의 것 등. 특별히 애호하거나 유행을 따라 편견을 가지지 않고──기꺼이 손을 내밀었다는 것은 우리에게도 분명히 보였다. 지금 그의 목소리가 귀에 들리는 듯하지만 그는 틀림없이 단편소설에 공헌하고자 그곳에 있었다. 그러나 나는 버넷 씨에게 내 목쉰 칭찬 몇 마디를 더 참아달라고 부탁하지 않겠다. 어쨌든 이것은 그와 같은 종류의 것이 전혀 아니니까.

여기 이십오년 이상 내 가슴 속에 간직되어 온 것이 있다.

어느날 저녁 교실에서 휘트 씨는 포크너의 『저물어가는 저녁해』

를 소리내어 읽을만한 분위기에 싸여 있음을 느꼈다. 그는 느낌대로 행하였다. 빠른 낭독이었다. 가장 독특하고 표현할 수 없을 정도로 낮은 음조였다. 사실 그는 단편을 낭독한 것이 아니라 문자 그대로 통독한 것이다. 그리고 대단히 사려깊게도 음성의 이십오 퍼센트만 소리를 내었다. 붐비는 지하철에서 거의 아무나 막 잡아내어 읽게 했어도 그보다는 더 극적이고 〈더 훌륭하게〉 공연했을 것이다. 그러나 그것이 바로 요지였다. 버넷씨는 일부러 연기를 억제하였다. 그는 아름답게 읽는 것을 삼가하였다. 그것은 마치 그가 스스로를 낭독하는 램프로 변모시키고 목소리를 종이와 활자로 바꾼 것 같았다. 그는 대체로 등장인물이 어떻게 말하고 무엇을 말하는지 여러분이 직접 알도록 여러분에게 맡겨버렸다. 여러분은 중간에 개입된 사람없이 포크너의 단편에 곧바로 접한 것이었다. 나는 그 이전이나 그 이후, 작가의 욕구, 긍정, 권한을 그토록 직관적으로 온 마음을 다해 순전히 인쇄된 지면에 양보하는 낭독을 들어본 적이 없었다. 유감스럽게도 나는 포크너를 만날 기회가 한번도 없었다. 그러나 버넷 씨의 독특한 낭독에 대한 편지를 그에게 써보낼 생각은 종종 하였다. 남의 것을 이용하는 이 멋진 영역에서 단편을 아름답게 낭독하는 사람들은 도처에 ——레코드, 테이프, 극장, 텔레비젼 등과 관련하여——존재한다. 나는 자신의 작품이 감동적으로 설명되는 것을 무수히 들었을 포크너에게 버넷이 낭독을 하면서 저자와 그의 친애하는 독자 사이에 나타나지 않았다고 말하고 싶었다. 그가 그런 낭독을 또 했는지 나는 모른다. 그러나 한 번만이라도 그것을 들어본 사람이라면, 쓰어진 단편의 형식이 적당한 취지로 기만되거나 하는 일없이 본래대로 제자리에 있게 할 것이 분명하다.

휘트 버넷, 핼리 버넷, 그리고 모든 《스토리》지 독자 및 기고자에게 인사를 보낸다.　　　　　　　　　　——J. D. S

(핼리와 휘트 버넷이 쓴 책의 서문으로 이전에 발행되지 않은 것에서 인용함)

역자후기

　지난번 청하를 통해 발행된 바 있는 『소설 작법』에 뒤이어 다시 이렇게 작가 지망자들을 위한 좋은 지침서를 소개하게 되어 매우 반갑다.

　특히 이 『소설작법 Ⅱ』는 현재에 이르기까지 눈에 띄게 활약해 온 다수의 일선 작가들의 직접적인 입을 통해 우리가 알고자 하는 소설 작법의 각 부면이 조명되므로, 우리를 작가들의 세계로 한층 더 가까이 이끌어준다. 그것은 마치 언제나 온전한 치장을 갖추고 각본에 씌어진대로 행하여진 연기를 통해 알던 배우들을 무대 뒤로 찾아가 스스럼없이 대화를 나누며 그들이 배우가 된 배경과 경력과 치장법과 연기의 비결을 듣고 연습하는 과정까지 목격하는 바와 같다. 게다가 이 책은 창작 활동 및 창작 강의와 더불어 거의 삼십여년 간 편집일에 종사해 온 버넷 부부에 의해 씌어졌으므로, 작가 지망자들 편에서만 바라본 소설의 제 Ⅰ면뿐 아니라 다 씌어져 완성된 소설을 저 편, 즉 편집부 측에서 독자를 대신하여 바라보는 제 2면도 염두에 두게하므로 작가 지망자가 아집에 빠지지 않고 균형을 잡으면서 전반적이고도 포괄적인 소설의 요구 조건을 인식하게 한다. 특히 이 속에는 단편소설 작법이 따로 분류되어 설명되므로 처음부터 장편소설에 손대지 못하는 작가 지망자들이 부담감을 덜 갖고 첫 작품을 시도하게 도와준다.

　이 작품은 수평적인 입장에서 수많은 작가들이 빙 둘러서서 본 소설의 본체와 작성법을 관통하여 드러내주므로 독자들을 작가의 입장으로 끌어올려 소설 저작에 보다 손쉽게 착수하게 하는 반면 앞서 말한 「소설 작법」은 소설 저술에 대한 보다 구체적이고 깊

이있는 방법들을 제시하므로 이 둘은 서로 좋은 보완재가 되리라
고 확신한다.
  끝으로, 독자들이 부디 발행될 만한 훌륭한 소설을 써서 소설
가로서 정립하는 날이 오기를 진심으로 기원한다.

옮긴이 김경화는 1957년 충북 청주에서 태어났다. 경기여고와 서울대 가정대학을 졸업한 그는 전공으로 의료학을, 부전공으로 독문학을 전공한 것을 계기로 전문 번역가의 길에 들어선다. '국제번역'에서 다수의 책을 번역했으며 역서로 『삶의 불꽃을 향하여』 『聖·헤세』 등이 있다.

소설작법 II

지은이·핼리 버넷·휘트 버넷 / 옮긴이·김경화 / 펴낸이·박용일 / 펴낸곳·청하
주소·서울시 마포구 용강동 117-4 월명빌딩 5층
전화·702-1660 / 팩스·704-2016 / E-mail·happy-changha@hanmail.net
출판등록·1992년 12월 12일 제16-622호
1쇄 발행일·1984년 12월 30일 / 11쇄 발행일·2001년 7월 1일

값/7,000원
ⓒChungha Publishing Co., 1984
ISBN 89-403-0010-6 93800